Robert Gordian
Tödliche Brautnacht

Robert Gordian

Tödliche Brautnacht

Ein Odo- und Lupus-Krimi

KBV

Originalausgabe
© 2008 KBV Verlags- und Mediengesellschaft mbH, Hillesheim
www.kbv-verlag.de
E-Mail: info@kbv-verlag.de
Telefon: 0 65 93 - 99 86 68
Fax: 0 65 93 - 99 87 01
Umschlagillustration: Ralf Kramp
Redaktion, Satz: Volker Maria Neumann, Köln
Druck: GEmediaprint, Eupen
www.gemediaprint.com
Printed in Belgium
ISBN 978-3-940077-44-8

1. Kapitel

Gruß und Heil entbietet dem edlen Volbertus, Prior im Kloster N., sein treuer Vetter Lupus.

Lange Zeit hörtest du nichts von mir. Es sind sogar einige Jahre vergangen, seit ich dir unser letztes Abenteuer schilderte. Warum schwieg ich? Ganz einfach, weil nichts passierte. Für Belangloses soll man nicht die Kuhhaut verderben, dazu ist sie als Pergament zu kostbar.

Ich beklage mich nicht, aber nachdem ich auf unseren Reisen ein Stück von Gottes Welt gesehen hatte, fiel es mir nicht leicht, in die Kanzlei zurückzukehren und wieder jahraus, jahrein das Gleiche zu tun: Ernennungsurkunden aufsetzen, Erbschaftsverträge überprüfen, Verordnungen entwerfen und vervielfältigen. Odo sah zwar von Zeit zu Zeit herein und sagte: »Geduld, mein Bester, bald geht's wieder los!« Aber dann waren es immer nur hohe Herren, meist Grafen und Bischöfe, die als *missi dominici** ins Reich geschickt wurden. Seit unser Herr Karl nicht mehr nur König, sondern Kaiser ist, legt er nämlich besonderen Wert darauf, dass die Männer, die er als seine Bevollmächtigten und Stellvertreter ausschickt, etwas von seinem Glanz verbreiten. Dazu müssen sie natürlich auch selber glänzen und, wenn sie zur Geistlichkeit gehören, wenigstens ein paar Perlen an der Mütze haben. Was kann einer wie ich, der es nur bis zum Diakon gebracht hat, für seine Dienste schlecht bezahlt wird und immer noch in seiner alten, abgewetzten Mönchskutte herumläuft, schon für Glanz verbreiten?

Mit Odo steht es nicht viel besser. Die schönen Träume vom Aufstieg in höhere Ränge am Hofe, beim Militär, in einer Stadt oder in einer Grafschaft haben sich rasch verflüch-

---

* kursiv gesetzte Ausdrücke sind im Glossar erklärt (S.212 f.)

tigt. Er ist nach wie vor einfacher Königsvasall. In letzter Zeit befehligte er eine kleine Abteilung der Palastwache. Jedes Mal, wenn wieder so eine glänzende Abordnung loszog, schimpfte er: »Diese aufgeputzten Vergnügungsreisenden! Was können die als *mandatum* haben? Fressen, saufen und huren. Und natürlich Geschenke einsammeln. Wir beide kommen erst wieder dran, wenn es irgendwo richtig brennt und stinkt. Erinnere dich an meine Worte!«

Wie recht er hatte! Beim Lesen dieser Abhandlung wird dir, mein lieber Volbertus, manchmal ein Schauer über den Rücken laufen. Ich empfehle dir deshalb, sie in Etappen zu lesen, zwischendurch aber immer mal wieder etwas Erbauliches aus den heiligen Schriften oder den Werken der Kirchenväter. So wirst du dich stärken und die Schrecknisse und Ungeheuerlichkeiten, die ich dir mitteilen muss, werden dich nicht so erschüttern. Denn trotz allem wollen wir ja nicht daran zweifeln, dass Gott den Menschen nach seinem Bilde schuf.

Es war an einem Apriltag, so um die neunte Stunde, nachmittags also. Ich hatte gerade, nach meiner Gewohnheit aus der Klosterzeit, mein Stundengebet verrichtet und war darüber ein wenig eingenickt, als ich plötzlich einen Schlag auf die Schulter verspürte. Mein Kopf – er hatte wohl auf dem Schreibpult gelegen – fuhr hoch und meine Augen erblickten Odos gewaltige Nase und seine braunen Augen, die wie Kastanien im Feuer glühten.

»Aufgewacht, Vater, jetzt wird es ernst! Es gibt Arbeit. Der Alte verlangt nach uns. Komm mit!«

»Was sagst du? Wer? Der Herr Karl? Der Kaiser persönlich?«

»Wer sonst sollte Odo von Reims so in Trab bringen?«

»Und er will, dass auch ich ...?«

»Nun mach schon! Wir haben Audienz!«

»Kann ich denn so, wie ich bin ...?«

»Du meinst ohne deinen Heiligenschein? Wir sagen, der wird gerade vergoldet. Auf! Vorwärts!«

Kurz darauf wurden wir beide in den kaiserlichen Empfangssaal geführt.

Der Herr Karl saß in seinem Armstuhl, und als er uns bemerkte, winkte er uns gleich ungeduldig heran. Bei ihm war der kleine Herr Einhard, ein Gelehrter, der zum engeren Kreis seiner Berater gehört. Der stand neben dem Armstuhl so nahe am Ohr des Kaisers, dass er sich nicht einmal vorbeugen musste, um etwas hineinzuflüstern. Außerdem waren da noch zwei Fremde, die ich schon mehrmals hier in Aachen gesehen hatte. Obwohl es bereits sommerlich warm war, trugen sie auch jetzt ihre Schafspelze. Ihre spitzen Filzkappen hatten sie ehrfürchtig abgenommen und kneteten sie mit den Händen. Man erkannte sie daran als Leute von jenen Stämmen, die im Norden und Osten jenseits der Elbe leben und die wir als Wenden bezeichnen. Mir schwante nichts Gutes, als ich sie hier sah.

Wir traten vor, verbeugten uns vor dem Herrn Karl und wurden gnädig von ihm angeredet. Ich war ihm lange nicht so nahe gewesen und fand ihn noch eindrucksvoller als früher. Der massige Körper, der Stiernacken, der runde Kopf mit den grauen Haaren, der buschige Schnurrbart – alles wirkte majestätisch. Er ist ja ein Riese, und obwohl ich stand und er saß, sah er auf mich herab. Sein Blick ist so scharf und zwingend, dass man wahrhaftig Mühe hat, ihn auszuhalten. In meiner Aufregung und Verwirrung hörte ich zwar seine Worte, erfasste aber zunächst ihren Sinn nicht, und erst als ich mal kurz einen hilfeheischenden Seitenblick wagte und Odo zufrieden grinsen sah, begriff ich, dass wir gelobt wurden. Tatsächlich, der Kaiser rühmte unsere Verdienste! Er sprach von unserem Scharfsinn und unserem Mut, die sich gegen Bischofsmörder, Reliquienfälscher, Erbschleicher und Witwenschänder bewährt hätten. Freilich hatte er sich das alles nicht selber gemerkt, sondern es war Herr Einhard, der unentwegt die Lippen bewegte und ihm vorsagte. Der Herr Karl sagte dann, wir hätten uns so vortrefflich bewährt, dass wir verdienten, dafür geehrt zu werden. Männer wie wir – und dabei ballte er die Faust und klopfte nachdrücklich auf die Armlehne – würden von ihm ihrem Wert entsprechend behandelt und seien für höhere Aufgaben bestimmt. Odos Grinsen wurde noch breiter. Der ganze Odo wurde breiter, seine Brust wölbte sich, sein Schnurrbart sträubte sich, seine Schultern dehnten sich so sehr, dass er mich, der ich neben ihm stand, beinahe aus der Senkrechten stieß. Ich gestehe, auch ich war voller Erwartung Nach dieser kaiserlichen Lobrede musste uns etwas Wunderbares geschehen. Gleich würde es kommen.

Und dann kam es.

Wir hatten, im Lichte des höchsten Wohlwollens stehend, die beiden Wenden gar nicht mehr wahrgenommen. Bescheiden hielten sie sich etwas abseits.

Jetzt deutete der Herr Karl mit dem Finger auf sie und fuhr fort: »Diese Männer benötigen eure Hilfe. Das heißt, nicht nur sie, sondern ihre Leute zu Hause, die Wenden oder ... eh ... (Herr Einhard flüsterte eifrig) ... Obodriten, Polaben, Waräger ... nun, diese Stämme zwischen der Elbe und dem östlichen Meer. Ihr König Ratibor hat sie hergeschickt, und sie haben mir gerade vorgetragen, was sie bedrückt. Es scheint, dass ihnen unrecht getan wird, und das kann ich nicht dulden, denn sie sind Freunde. In meinen Kriegen gegen die Sachsen waren sie immer treue Verbündete. Erst vor ein paar Jahren, in der Schlacht auf dem Suentanafeld, kämpften sie tapfer unter ihrem Oberkönig Drazko, und auch schon vorher, als es gegen die anderen Wenden ging, die feindlichen, die ... eh ... Wilzen. Immer waren sie an unserer Seite, und deshalb bin ich ihr Freund und Beschützer, und es soll sich niemand etwas gegen sie herausnehmen, wie es anscheinend Graf Waratto tut, der sie manchmal belästigt ...«

Plötzlich rief einer der Wenden, ein Hagerer mit Sichelbart: »Achthundert Menschen, Herr Kaiser! Achthundert Menschen hat fortgeschleppt Graf Waratto! Zusammen mit dieser Schurke, mit Sachsenhäuptling, mit ... Remmert! Haben ... alle verkauft, Männer, Frauen und Kinder, haben große Geschäft gemacht mit Bromios, der sie bringt zu König der Mauren, nach Cordoba. Auch meine Tochter, Herr Kaiser, ganz winzig noch ...«

»Schweig!«, sagte Herr Einhard schneidend. »Wie kannst du wagen, den Herrn Kaiser zu unterbrechen! Du hörst doch, dass er sich eurer Sache annimmt. Also halt's Maul und warte ab!«

Der Gerüffelte verbeugte sich demütig und trat noch ein paar Schritte zurück. Auch der andere, der mit seinem Borstenhaar einem Igel glich, buckelte.

»Nun«, sagte der Herr Karl, »so also stehen dort die Dinge. Man muss etwas tun. Ihr beide ... eh ... Odo und Lupus seid hiermit zu Gesandten ernannt. Im Reich habt ihr euch bewährt, deshalb erhöhe ich euern Rang und vertraue euch eine auswärtige Mission an. Ich wünsche, dass ihr diesen Ratibor aufsucht und ihn meiner Freundschaft und Bündnistreue versichert. Sagt ihm, solche Vorkommnisse werden sich nicht wiederholen. Und mit Geschenken soll nicht gespart werden! Was Waratto betrifft, so soll er ein Bußgeld zahlen, wenn er seine Befugnisse überschritten hat. Zu prüfen ist, ob er bei

11

seinen Geschäften nicht den Fiskus vergessen hat, wie es Vorschrift ist. Zu prüfen ist ferner ... nun, aber das wisst ihr ja, wozu darüber noch viele Worte machen. Bringt ihm das neue Kapitular, da steht alles drin ...«

Der Herr Karl musste gähnen, und sein Blick war nicht mehr so scharf und zwingend. In seinem Armsessel war er zusammengesunken und sah jetzt sogar ein wenig zu mir auf. Die Zeit für seinen Nachmittagsschlaf war nämlich gekommen. Man bemerkte nun auch, wie alt er geworden war. Wenn er beim Gähnen den Mund aufriss, kamen nur noch wenige, schwärzliche Zähne zum Vorschein. Wenn man nicht in seine Augen starrte, sondern sein ganzes Gesicht betrachtete, fielen einem die tiefen Furchen auf. Die ersten anderthalb Jahre als Kaiser hatten unsern Herrn Karl ziemlich mitgenommen.

Herr Einhard klatschte in die Hände und sagte, dass die Audienz für alle beendet sei. Wir verbeugten uns und gingen hinaus.

Odos stolze Heiterkeit war verflogen.

Während des zweiten Teils der Ausführungen des Herrn Karl war er wieder auf sein normales Maß geschrumpft, und sein Schnurrbart hing am Ende der Audienz herab wie das Gezweig einer Trauerweide. Nun stapfte er wortlos davon, sodass ich Mühe hatte, mit meinen halb so langen Beinen an seiner Seite zu bleiben. Meine Versuche, ein Gespräch zu beginnen, beantwortete er nur mit wütendem Grunzen und der Beschleunigung seiner Schritte. Schließlich landeten wir in einer Schänke, wo er, nachdem er zwei Becher Wein hinuntergestürzt hatte, endlich den Mund auftat. Die Flüche und Kraftworte, die er ausstieß, lasse ich weg, er benutzte sie reichlich. Auch das Übrige war nicht weniger anstößig.

»Eine Gesandtschaft zu diesen Sumpfottern!«, polterte er. »Das nennt der Alte nun Rangerhöhung! Dafür hält er uns eine Schmeichelrede! Ich hoffte schon, dass ich nun endlich meine Grafschaft bekäme, um meine Fähigkeiten zu nutzen und etwas Fett anzusetzen, als Alterszehrung. Stattdessen wate ich wieder im Dreck und lasse mir Eisen um die Ohren fliegen!«

»Die Obodriten sind ja noch immer mit uns befreundet«, wandte ich ein. »Das hat der Herr Kaiser ausdrücklich betont.«

»Du steckst deine Nase zu tief in die Bücher, Freund, sie wird davon stumpf. Ich wittere den Gestank schon von hier, über Hunderte Meilen. Wie werden die noch unsere Freunde sein, wenn Franken und Sachsen ihnen die Weiber wegfangen und an die Turbanträger verkaufen! Ich kenne Waratto, habe mal mit ihm das Zelt geteilt. Es gibt keinen zweiten Gierschlund wie den. Der stiehlt dir die Goldstücke, wo immer du sie verwahrst, und sei es im Arschloch. Aber so einen macht der Alte zum Markgrafen, damit er den Frieden an der Elbe sichert. Natürlich, er ist ein Verwandter des Meginfred, des Herrn Seneschalk! Ich dagegen ... ich darf den sauren Brei fressen, den er gekocht hat. Bin ja ein Merowinger ... nur einer, für den sich niemand verwendet. Den man am liebsten loswerden möchte!«

»Ich bitte dich, sprich nicht so laut!«, sagte ich und sah mich um nach den anderen Gästen der Schänke, die zum Glück in ihre eigenen Gespräche vertieft waren.

Odo war jedoch nicht mehr zu bremsen. »Jawohl!«, bekräftigte er mit düsterem Hohn, nachdem er einen weiteren Becher geleert hatte. »Das wäre dem Alten nur recht. Ich bin ein Enkel der Schwester des letzten Königs, dem diese Hausmeier den Thron geraubt haben. Diese Pi-pi-pi-pippins und

Ka-ka-ka-karle! Wenn der Alte auch satt und zufrieden in seinem Armstuhl sitzt und – wie Gott seine Schöpfung – schon alles vergessen hat ... eines hat er bestimmt nicht vergessen: dass eigentlich einer von uns, ein Merowinger, an seine Stelle gehörte. Und deshalb schickt er den Letzten von uns immer dorthin, wo es Hoffnung gibt, dass er nicht wiederkommt!«

»Wie kannst du so etwas behaupten, Odo?«, sagte ich seufzend. »Mich schickt er ja ebenfalls dorthin. Und was sollte er gegen mich unbedeutenden Menschen haben?«

»Du bist mein Freund, das genügt ja schon«, erwiderte er überzeugt – und enttäuschend, denn ich hoffte, er würde das »unbedeutend« bestreiten und meine gelegentlichen Scharmützel mit gelehrten, aufgeblasenen Dummköpfen als Ursache für meine Versendung benennen.

Endlich dämpfte er die Stimme und setzte eine schlaue Miene auf.

»Aber sei guten Mutes. Ich verfolge seit einiger Zeit einen Plan. Er ist ausgezeichnet und wird gelingen. Und du wirst auch etwas davon haben. Wenn ich erst Graf bin, wirst du Bischof. Wenn ich erst einmal sein Schwiegersohn bin, kann mir der Alte nichts mehr verweigern!«

»Was? Was? Sein Schwiegersohn?«, sagte ich und sah mich wieder erschrocken um.

»Ja! Ich, der letzte Merowinger, werde mich dazu herablassen. Ich werde in diese thronräuberische Karolingerfamilie eindringen wie ein Wurm in den Apfel!«

»Odo ...«

»Hör zu. Die Sache ist noch geheim, aber trotzdem wahr: Eine von seinen Töchtern liebt mich!«

»Nein!«, unterbrach ich ihn unwirsch. »Davon fang nur nicht wieder an. Die Geschichte kenne ich schon, und ich weiß, wie sie ausging.«

»Nichts weißt du!« Er beugte sich augenzwinkernd zu mir herüber und kitzelte mich mit seinem Schnurrbart. »Du denkst vielleicht, ich rede noch immer von Rotrud. Was geht die mich noch an? Soll sie sich doch mit diesem Rorico von Maine amüsieren, sie ist schon ganz hässlich davon geworden. Der Alte hat ja zum Glück nicht nur eine Tochter gezeugt. Ich meine nicht Rotrud, sondern Hiltrud!«

»Wie? Die Ältere von der seligen Königin Fastrade?«

»Dieselbe. Sechzehn Jahre alt, ein Juwel. Die Schönste von allen!«

»Und die soll dich alten Knochen lieben? Du bist etwa so alt wie ich, weit über dreißig!«

»Eine liebende Jungfrau stört das nicht. Ich hatte das Glück, sie öfters mit meinem Trupp als Schutzwache zu begleiten. Sie macht mir Augen ... so!«

Er starrte mich an und klapperte mit den Lidern, als wollte er mit mir schöntun und mich gleich küssen.

»Nun reicht es aber«, sagte ich und wandte mich ab. »Wie gut, dass wir einen Auftrag haben und von hier fortmüssen. Du brächtest dich sonst nur wieder in Schwierigkeiten!«

»Diesmal wird alles gründlich bedacht. Wir heiraten heimlich! Sobald wir zurück sind, entführe ich sie! Und dann ...«

»Sieh doch mal«, sagte ich, um ihn von dem verfänglichen Thema abzubringen. »Da hinter den Fässern sitzen die beiden Gesandten und gucken herüber. Die haben sich anscheinend gleich an unsere Fersen geheftet. Wir werden sie wohl oder übel als Reisebegleiter mitnehmen müssen.«

»Zum Teufel mit ihnen!«, sagte Odo, nachdem er den beiden einen scheelen Blick zugeworfen hatte. »Da kommt mir gleich ein Gedanke, Vater. Wozu mit den Sumpfottern Zeit verlieren? Eigentlich sind sie selber schuld, wenn man ihnen die Weiber raubt! Habe ich recht? Was sind das für Männer! Ich jedenfalls

... ich, Odo von Reims, lasse mich nicht mehr berauben ... so wie beim letzten Mal von diesem Laffen, diesem Rorico von Maine. Ich werde mir Hiltrud nicht wegschnappen lassen. Ich werde handeln, und deshalb kann ich nicht lange fortbleiben. Pass auf! Wir machen uns auf den Weg und verlieren die beiden Kerle, die Filzhüte, unterwegs irgendwo in einem Moorloch.«

»Was sagst du? In einem Moorloch?«

»Nun ja ... Wir bestatten sie auf germanisch. Wie findest du das? Und dann kehren wir rasch zurück und sagen, wir hätten diesen Ratzebolz oder Ratibor, ihren Sumpfotternkönig, nicht angetroffen, weil ihn der Dänenkönig Göttrik inzwischen vertrieben hat und die Siedlungsplätze der Sumpfottern leer waren. Glaubst du, der Alte macht sich auf, um sie zu suchen? Später sind sie dann wieder da, aber jetzt sind sie weg. Wer weiß schon, was jenseits der Elbe passiert. Wir können daran ohnehin nicht viel ändern ...«

»Du hast einen Becher zu viel getrunken und redest Unsinn!«, sagte ich streng. »Vergiss nicht, wir haben noch mehr zu erledigen. Wir müssen dem Grafen Waratto das neue Kapitular bringen, ihm die Bestimmungen dazu erläutern ...«

»Wozu die Mühe? Es wird nichts nützen! Oder glaubst du vielleicht, dass Waratto sich daran halten würde? Sobald wir fort sind, treibt er es nur umso schlimmer. Deshalb hat es gar keinen Zweck ...«

Er unterbrach sich und blickte auf. Da standen die beiden Wenden neben dem Tisch und sahen ernst auf uns herab.

»Wenn Graf Waratto es treibt noch schlimmer«, sagte der Sichelbart, »dann wir keine andere Wahl haben. Wird Krieg sein zwischen Franken und Obodriten!«

»Und gute Männer sterben viele«, ließ sich der Igel vernehmen. »Schlecht für Franken und Sachsen, schlecht für Obodriten und Polaben.«

16

Wahr gesprochen! Ich lud die beiden ein, sich zu uns zu setzen. Darauf hatten sie nur gewartet, sie zwängten sich neben uns auf die Bank. Odo rückte nur widerwillig beiseite, starrte in seinen Becher und schwieg anfangs hartnäckig. So führte ich das Gespräch mit den Männern zunächst allein. Es wurde rasch lebhaft, denn die beiden waren froh, endlich mit jemandem zu sprechen, der sie anhörte und für sie zuständig war. Es stellte sich heraus, dass sie schon fast ein Jahr im Frankenreich waren, an diesem Tage jedoch erst dem Kaiser ihr Anliegen vortragen konnten. Nach seiner Krönung in Rom am Weihnachtstag im Jahre des Herrn 800 hatte ja der Herr Karl noch acht, neun Monate in Italien verbracht, um die dortigen Angelegenheiten zu regeln. Man hatte die beiden Obodriten nach verschiedenen Pfalzen geschickt, wo er bei seiner Rückkehr erwartet wurde. Sie trafen ihn aber nirgendwo an, weil er einen ganz anderen Weg nahm, suchten weiter, irrten umher, wurden angefeindet und ausgeraubt. Anfangs waren sie zu dritt, aber der Dritte verlor bei einem Handgemenge das Leben. Erst tief im Winter fanden sie in die Aachener Pfalz zurück, wo auch der Kaiser inzwischen angelangt war. Doch ließ man sie nicht gleich zu ihm vor und setzte sie auf eine Liste. Und die Zeit floss dahin, und sie brauchten Geduld, weil der Herr Karl wieder lange fort war, zur Jagd auf Auerochsen in den Ardennen. Bei einem Wechsler, der zu der Kaufmannschaft von Reric Verbindung hielt, verschafften sie sich die Mittel für einen kärglichen Unterhalt. Endlich nun, im April, war ein Bote Herrn Einhards in ihrer Herberge aufgetaucht und hatte sie in den Palast gerufen.

Der Sichelbart hieß Sparuna, der Igel Niklot. Sparuna, der der Ältere war und meist das Wort führte, war ein Vetter des Ratibor, der sie losgeschickt hatte. Der nannte sich Knes, was bei ihnen ein Häuptling oder König ist, saß nicht weit von der

Elbe an einem See, war aber nur der Unterknes, wenngleich ziemlich selbstständig gegenüber dem Oberknes Drazko, der weiter im Norden und Osten in seiner Mecklenburg residierte. Ich fragte die Männer aus, denn ich wusste ja kaum etwas über diese Verhältnisse. Hatte ich jemals damit gerechnet, als Gesandter zu den Wenden zu gehen?

Was Odo betrifft, so überwand er schließlich seinen trotzigen Unmut, wurde aufmerksam und beteiligte sich an unserm Gespräch. Anfangs warf er nur ab und zu ein paar Brocken hin. Als aber Sparuna und Niklot schilderten, wie die Gefolgschaft des Grafen Waratto in ihren Dörfern gewütet hatte, rötete sich sein Gesicht in edler Empörung, und er verlangte nach Einzelheiten. Die waren dann aber auch haarsträubend. Gewöhnlich in tiefer Nacht waren die wendischen Bauern überfallen worden. Brände wurden in die hölzernen Katen geworfen, und wenn dann die Menschen, nackt wie sie von ihrem Nachtlager hochgeschreckt waren, herausstürzten, fing man sie ein und fesselte und knebelte sie. Die Alten, die unbrauchbar waren, wurden gleich totgeschlagen, ebenso die ganz kleinen Kinder, die noch nicht laufen konnten und nur Umstände machten. Auch junge Männer, die sich zu heftig wehrten oder zu fliehen versuchten, wurden niedergemacht. Ein Sohn des Niklot kam so ums Leben. Die Knechte der Angreifer trieben derweil das Vieh von den Weiden, und aus den Hütten schleppten sie noch die Truhen mit den kostbaren Leinentüchern heraus, die bei den Wenden als Zahlungsmittel beim Tauschhandel dienen. Man mag sich die Schrecknisse nicht vorstellen, die sich im Feuerschein eines solchen brennenden Dorfes ereigneten. Die Anführer, die es nicht erwarten konnten, machten sich über die jungen Frauen her, vor den Augen ihrer Männer, über den Leichen ihrer Kinder. Im Morgengrauen trieb man die Unglücklichen fort –

manchmal nur zwanzig, aber manchmal auch sechzig, achtzig auf einmal. An der Elbe warteten die Boote. Und ehe der Rauch, der über dem brennenden Dorf zum Himmel stieg, in benachbarten Weilern bemerkt wurde, war die Beute am anderen Ufer.

So schilderten es Sparuna und Niklot.

»Wir beide«, sagte Sparuna, der sehr erregt war bei dieser Erinnerung, »waren bei Ratibor, zu Gericht und Beratung ... da Franken und Sachsen kommen in Dorf, machen Raubzug. Wir kehren zurück und was sehen? Trümmer und Tote. Ermordet auch unsere Frauen ... nicht mehr jung, nicht zu brauchen. Aber Räuber finden nicht Topf mit Hacksilber, kleiner Schatz, in Wald vergraben. Ich grabe aus und nehme Topf und rudere über Fluss und gehe zu Graf Waratto und sage: ›Hier, nimm ... nimm alles! Aber gib meine Tochter wieder, einziges Kind, noch so klein, sechs Jahre alt.‹ Da lacht Graf Waratto und sagt: ›Was soll mir das? Dein Silber reicht nicht mal für Gürtelbeschlag. Und deine Tochter ist lange fort. Kommt in sonniges Land, an prächtigen Hof, in großen Palast. Und wenn sie gewachsen ist, schläft sie in Bett von Seide und tanzt vor Emir von Cordoba. Lebt besser dort als bei dir in stinkender Hütte.‹ Ich sage zu Graf Waratto: ›Du lügst! Sie ist noch hier, weil Händler Bromios kommt später. Kommt erst in Sommer, und es ist Frühling. Gib meine Tochter! Wo ist sie versteckt?‹ Da wird er wütend und schreit nach Männer von seine Gefolgschaft. Und Remmert ist bei ihm, früher Häuptling von Sachsengau, als großer Kaiser noch nicht ihr Herr. Der sagt: ›Was soll er mit Topf voll Silber? Er kriegt Tochter nicht wieder ... was braucht er noch Mitgift für sie?‹ Und reißt Topf aus mein Hand und sagt: ›Hattest Glück, Filzhut, warst nicht zu Hause, dich Alten hätten wir sonst geröstet. Aber jetzt tun wir dir nichts mehr, weil du uns noch gebracht hast dein Silber.‹ Und die Männer prügeln mich trotzdem und stoßen mich in Burggraben.«

»An diesem Beispiel sieht man«, bemerkte Odo, »dass es sich gelohnt hat, dreißig Jahre lang gegen die Sachsen Krieg zu führen, um sie zu guten Christen zu machen. Jetzt sind sie ebenso gute Räuber wie wir. Nicht einmal der kleinste heidnische Topf mit Hacksilber entgeht ihrer Raubgier.«

»Herr Odo will damit sagen«, erklärte ich, weil die Wenden runde Augen machten und die Ironie nicht verstanden, »dass es im Gegenteil schlechte Christen sind, sehr schlechte Christen, die sich auf diese Weise bei ihren Nachbarn bereichern. Gar nicht zu reden von der rohen Gewalt, die sie dabei anwenden. Da ihr so lange unterwegs wart und uns jetzt erst darüber berichten konntet, wird wohl inzwischen noch mehr passiert sein.«

»Kommt jedes Jahr, Händler Bromios«, sagte Niklot. »Holt neue Ware von Graf Waratto und Remmert.«

»Kauft Mädchen für fünfzig Denare, verkauft für dreihundert!«, ergänzte Sparuna empört. »Wir wissen, weil er hat eine in Friesland verkauft, ist ihr aber Flucht gelungen und ist wiedergekommen.«

»Das heißt, er nimmt die Ware am liebsten umsonst«, sagte Odo, der nun ziemlich betrunken war. »Was meinst du, Vater? Wir werden uns diesen Knauser von Sklavenhändler mal ansehen müssen. Kein Wunder bei so schlechter Bezahlung, dass unser armer Waratto ihm die Ware massenweise heranschaffen muss. Auch der Alte ist sehr besorgt. Hast du gehört, was er uns ans Herz legte? Dass bei diesen Geschäften auch ja nicht der Fiskus vergessen wird! Wir werden also den Handel richtig in Schwung bringen müssen, damit er für alle vorteilhaft wird!«

»Warum redest du so vor den beiden?«, zischte ich, weil Sparuna und Niklot wieder erstarrten. »Herr Odo«, wandte ich mich an sie, »meint natürlich den Handel mit Pelzen und Honig. Der Herr Kaiser schickt uns ja zu euch, um unsere alte Freundschaft zu erneuern. Wir werden die Missstände untersuchen und alles tun, damit an der Grenze künftig Frieden herrscht.«

»Eigentlich habe ich keine Zeit«, sagte Odo mit lahmer Zunge. »Ich mache das nur, weil mich der Alte, mein künftiger Schwiegervater, so herzlich darum gebeten hat. Ich müsste mich eigentlich um meine Braut kümmern. Deshalb sage ich euch, es muss alles sehr schnell gehen. Beim nächsten Moorloch wird kurzer Prozess gemacht. Mit einer Bestattung auf germanisch!«

»Odo!«, rief ich. »Kein Wort mehr!«

»Warum denn? Wir werden schon einige Schufte finden, die dort hineingehören. Haben ja immer welche gefunden. Und meine Nase, dieses prachtvolle, zuverlässige Gerät, hat schon die richtige Witterung. Unseren Freunden, den Filzhüten, soll Gerechtigkeit werden! Das schwört ihnen Odo von Reims, der dafür sogar seine Hochzeit verschiebt!«

Dazu schlug er bekräftigend mit der Faust auf den Tisch. Die beiden Wenden begriffen nun, dass er auf ihrer Seite war, lachten erleichtert und Sparuna rief: »O große Ehre! Großes Glück! Kommt vornehmer Herr zu Obodriten! Heiratet Tochter von Herrn Kaiser!«

Darauf stimmten sie einen Gesang an, den sie mit Händeklatschen, kleinen Verbeugungen und allerlei seltsamen Gebärden begleiteten, und der wohl bei ihrem Stamm eine Art Huldigung war. Odo fühlte sich geehrt, grölte mit, obwohl er gar nichts verstand, und bestellte Wein für die beiden. Ich warf immer wieder besorgte Blicke um mich, weil er nicht aufhörte, von seiner Hochzeit mit der Prinzessin zu prahlen.

Zum Glück war die Aufmerksamkeit der andern Gäste abgelenkt. Alle reckten die Hälse nach der entgegengesetzten Ecke der Schänke. Dort hockten Würfelspieler um einen Tisch, und es gab auf einmal ein großes Geschrei, weil sie einem die Hose herunterzogen, die er wohl gerade verspielt hatte. Der Kerl hatte schon kein Hemd mehr an, und er hielt die Hose, offenbar sein letztes Kleidungsstück, fest und zog sie immer wieder herauf. Im Schummerlicht der wenigen Kerzen, die der geizige Schankwirt angezündet hatte, konnte ich sein Gesicht nicht erkennen, doch irgendwie kam mir seine dürre Gestalt bekannt vor. Immer mehr Männer umdrängten den Tisch, schrien, gestikulierten, lachten. Einige waren dafür, dem Armen die Schuld zu erlassen, weil er schon alles verloren hatte, doch der Gewinner bestand auf Bezahlung und stieß irgendwelche Drohungen aus. Auf einmal drängte sich – ich weiß nicht, woher die plötzlich gekommen war – ein dralles Weibsbild zwischen den Gaffern durch, packte den halbnackten Würfelbruder, schüttelte ihn und fing an zu keifen.

Das Gelächter schwoll an, und einer schrie: »Bezahl du doch für ihn, Martinga! Er will seinen Hintern nicht herzeigen – zeig du uns deinen!«

Erst blaffte die Dicke nun auch den Rufer an, aber dann gab es Verhandlungen, und im allgemeinen Gedränge wurde sie plötzlich von mehreren Armen hochgestemmt und stand auf dem Tisch. Und da griff sie auch schon den Rock und das Hemd, hob beides bis zur Mitte des Leibes, und zeigte zwei riesige weiße Backen, die mächtig leuchteten, sodass es auf einmal in der schummrigen Schänke ganz hell wurde. Dies wurde mit freudigem Jubel begrüßt, und ich gestehe, auch ich war geblendet, sodass ich meinen geistlichen Stand und mich abzuwenden vergaß.

Die Röcke fielen wieder, doch da schrien sie: »Dreimal, Martinga! Dreimal hat er verloren!«

Martinga seufzte, bückte sich aber bereitwillig. Doch als sie nun abermals ihren Rock hochraffte, sprang der Dürre hinzu und zog ihn heftig wieder herunter. Und weil er dazu beide Hände brauchte, ließ er seinerseits die Hose fahren und stand selber mit nacktem Hintern da. Der brachte freilich keine Erleuchtung, denn er war nicht viel größer als zwei Kinderfäuste.

Jetzt aber erkannte ich den Mann. »Rouhfaz!«, rief ich.

Er war es – unser launischer, zänkischer Sekretär, der unübertreffliche Kalligraph. Ich wusste schon, dass er wieder in Aachen war, nachdem er sich eine Zeitlang woanders herumgetrieben hatte. Auch dass er bei einer Stallmagd untergekrochen war, hatte ich gehört, das war wohl diese Martinga. Sein altes Laster hatte er also nicht abgelegt. Erinnerst du dich, lieber Vetter Volbertus, an unser Abenteuer in Sachsen, als er sogar unser einziges Zugpferd verspielte?

Ich sprang auf und drängte mich in das Knäuel der Spieler, Zecher und Gaffer. »Rouhfaz!«

»O Himmel! Ihr seid es, Vater?«

»Zieh deine Hose herauf! Wie viel schuldet er?«

»Noch einen Denar«, sagte der Gewinner der Würfelrunde.

»Und was hat er schon verspielt?«

»Seinen Gürtel und seine Tunika.«

»Und seine Schuhe?«

»Der hat doch keine.«

»Wie viel das Ganze?«

»Zwei Denare.«

Ich nestelte meinen Geldbeutel los und bezahlte. Rouhfaz bekam sein Zeug zurück und bedeckte sich. Die dicke Martinga, die inzwischen vom Tisch geklettert war, schmatzte

23

mir einen Kuss auf die Hand, während sie ihm gleichzeitig mit der Faust drohte. »Das wirst du mir abarbeiten, Rouhfaz!«, sagte ich. »Melde dich morgen in der Kanzlei. Wir gehen wieder auf Reisen!«

Die letzten Worte rief ich ihm nach, weil Martinga ihn schon mit Knüffen und Püffen nach draußen beförderte.

Ich kehrte zurück zu Odo und den beiden Wenden. »Unsere Gesandtschaft nimmt Gestalt an«, sagte ich und rieb mir fröhlich die Hände. »Nun fehlen noch Helko und Fulk. Und natürlich die Recken. Du wirst sie hoffentlich alle finden, damit der bewährte Trupp wieder zusammenkommt. Sobald wir vollzählig sind, kann es losgehen!«

»Wie man sieht«, sagte Odo mit schwerer Zunge, »übernimmt Eure Heiligkeit schon die Führung. Aber erlaube eine Frage. Was wäre der Papst ohne Kaiser?«

Er erhob sich und schwankte dabei so heftig, dass wir drei hinzuspringen und ihn stützen mussten.

»Der Papst wäre ohne den Kaiser ein F...«

Ich hielt ihm im letzten Augenblick die Hand vor den Mund. Wer weiß, welche schreckliche Blasphemie ihm da noch entfahren wäre! Er hatte an diesem Abend wahrhaftig genug Unsinn geschwatzt. Ich musste auch für ihn noch die Zeche bezahlen, und dann waren wir endlich mit ihm auf der Straße. Wie einen hohen, starken Pfeiler, den aber der Wind hin und her wirft und der jeden Augenblick fallen kann, schleppten wir drei eher kleinen und schwächeren Kerle ihn in sein Quartier.

So begann unser Abenteuer mit den Wenden.

2. Kapitel

Wir verloren keine Zeit, und am fünften Tag nach der Audienz beim Herrn Karl machte sich unsere Gesandtschaft schon auf den Weg.

Es war nicht schwer gewesen, die beiden wichtigsten Leute unserer Gefolgschaft wiederzufinden, Helko und Fulk, die sich auf unseren früheren Reisen bewährt hatten. Helko, der junge, blonde, beherzte Sachse, gehörte zur Mannschaft des Stallgrafen, wo er einem der Stallmeister unterstellt war. Den kannte Odo gut, und er ließ sich bereden, seinen besten Mann als Ortskundigen der Gaue, die wir durchqueren mussten, freizustellen. Helko fiel Odo um den Hals und brach vor Freude in Tränen aus, als er hörte, wir würden seine heimatliche Gegend durchreisen, und er würde vielleicht Gelegenheit haben, seine Mutter und seine Geschwister wiederzusehen. Er wurde auch wieder Anführer der Recken, unserer Schutztruppe, die diesmal nicht nur drei, sondern sechs Mann zählte. Wir waren ja nun nicht nur Boten des Königs, sondern des Kaisers, und unsere Mission war vor allem eine auswärtige.

Mit Fulk war es nicht ganz so einfach. Der alte Eisenfresser mit der flammenden Narbe über der Stirn hatte wieder mal seinen Ruf bestätigt und sich in Ungelegenheiten gebracht. Man hatte ihn als Wächter an eine Brücke gestellt. Da hatte er nun den Sohn des Grafen Rikulf von Vienne hartnäckig für einen Kaufmann gehalten, seinen Wagen durchsucht und für verschiedene kostbare Gegenstände Brückenzoll verlangt. Der empörte Adelige befahl jedoch seinen Dienern weiterzufahren. Fulk zog daraufhin gegen drei Mann sein Schwert, es kam zu einem kurzen Gefecht, und einer der Diener verlor ein Auge, was seinen Wert ja erheblich mindert. Fulk wurde verurteilt, ein *Wergeld* zu zahlen. Dies hatte er bisher nicht zusammengebracht, und nun wollte ihn sein Gläubiger, der noch in Aachen weilte, nicht fortlassen. Da Odo und ich wegen der Geschenke für den Knes Ratibor ohnehin beim Herrn *camerarius*, der den Schatz verwaltet, vorsprechen mussten, sprachen wir mit ihm über den Fall, und er erklärte sich schließlich bereit, Fulk die Summe vorzustrecken, damit er reisen konnte. Bei seiner Rückkehr würde er dann Schuldner des Fiskus sein.

»Einen Teufelsschiss werden sie von mir bekommen«, sagte Fulk, als er sich bei uns einfand. »Der Kerl, der sich Sohn des Grafen von Vienne nannte, war nämlich doch ein Kaufmann aus Genf!«

Dies bekräftigte er gleich mit einem Schluck aus seinem altertümlichen Trinkhorn, das er immer noch bei sich trug. Fulk war also auch derselbe geblieben – rechthaberisch, streitsüchtig, aber tapfer.

An den Tagen bis zur Abreise waren wir von Sonnenaufgang bis Sonnenuntergang rastlos tätig. Wie früher sorgte Odo für Reitpferde, Zugtiere und einen Planwagen. Sein alter Impetus war leider im Pferdehimmel und so schwatzte er dem Stallgrafen einen zweijährigen Grauschimmel ab, der seinem Vorgänger ähnlich sah und den er Impetus secundus nannte. Auch ich ritt wieder einen Grisel, und dieser war sogar ein direkter Nachkomme meines alten, ein ebenso anhängliches, wenngleich zuweilen recht eigensinniges Eselchen. Odo beschaffte auch die Ladung des Wagens: Zelte, Decken und Mundvorrat, damit wir unterwegs immer ein Obdach hatten und keinen Mangel litten. Denn wir mussten wieder mal quer durch das wilde Sachsen, das ja gerade erst erobert und dem Frankenreich einverleibt worden war. Es gibt dort nur sehr wenige Herbergen, und auf die Gastfreundschaft der örtlichen Machthaber wollten wir uns lieber nicht verlassen. Das lebensgefährliche Abenteuer mit Saxnots Gefolgschaft, von dem ich dir seinerzeit berichtet habe, mein lieber Volbertus, steckte uns immer noch in den Knochen.

Meine Aufgabe als Schriftkundiger war natürlich, uns mit dem geistigen Rüstzeug für unsere Reise zu versehen. Auch Pergament und Wachstafeln hatte ich zu besorgen, damit wir unterwegs alles festhalten konnten, was dem Herrn Kaiser und den mächtigen Männern am Hofe mitgeteilt werden musste. In aller Eile fertigte ich mehrere Abschriften der Lex Salica an, unseres fränkischen Gesetzbuchs, sowie auch der neuen Lex Saxonum, einer noch unvollständigen Sammlung des sächsischen Volksrechts, die gerade erst fertiggestellt worden war und an der ich ein wenig hatte mitwirken dürfen. Es gehörte selbstverständlich zu unserem Auftrag, überall, wohin wir kamen, sei es auch nur auf der Durchreise, neue vom Kaiser erlassene Gesetze und Verordnungen bekannt zu machen und die Einhaltung der alten zu überprüfen. Leider steht es noch immer sehr schlecht mit den Rechtsverhältnissen in den neuen Reichsteilen. Die sächsischen Grafen und Zentgrafen sind entweder unwissend oder unwillig. Manche kennen nicht einmal die Kapitulare, die Sachsen betreffen, obwohl die ersten schon vor fünfundzwanzig Jahren herauskamen. Wie denn auch? Lesen und Schreiben zu lernen fällt ihnen nicht ein, und nicht überall gibt es einen Geistlichen, der wenigstens so viel Latein beherrscht, dass er ihnen den ungefähren Inhalt solcher Dokumente vortragen kann. Vielerorts herrscht noch eine Rückständigkeit wie bei den alten Germanen!

Rouhfaz half mir bei den Abschriften mit gewohnter kalligraphischer Sorgfalt und dem ebenso gewohnten rechthaberischen Genörgel über einzelne Formulierungen, womit er mich jedes Mal zu umständlichen Erklärungen nötigte. Einiges musste ich selbst vollenden, in meiner Krakelschrift bei Kerzenlicht, weil er mit seinen Haarspaltereien und seinen übertriebenen, geschnörkelten Initialen zu viel Zeit verlor. Bei Sonnenuntergang musste er fort, zu verschiedenen Diensten bei der dicken Martinga, die er ebenso liebte wie fürchtete. Er wagte ihr nicht zu sagen, dass er mit uns auf Reisen gehen wollte, und ließ sie in dem Glauben, er arbeite nur bei mir seine Schulden ab. Irgendwie bekam sie es aber doch heraus, denn am Tag unserer Abreise war er nicht am Treffpunkt. Helko und Fulk schwärmten aus und nach längerer Suche fanden sie ihn gefesselt und geknebelt in einem Stall unter Strohballen. Dort hatte ihn seine kraftstrotzende Geliebte vorübergehend untergebracht, darauf vertrauend, dass wir ohne den nicht Auffindbaren abreisen würden. Wir hatten es dann sehr eilig, und Rouhfaz musste sich auf dem Wagen verstecken, damit ihn Martinga nicht von Weitem erspähte, wenn wir an den Viehweiden vorüberkamen. Wahrhaftig, diese Kuhmagd hätte es fertiggebracht, sich einer kaiserlichen Gesandtschaft in den Weg zu stellen!

Kaum hatten wir Aachen verlassen, kam es dann aber doch zu einem ärgerlichen Zwischenfall, wenn auch aus einem anderen Grunde. Schuld daran war Odo, doch auch ich habe einen Anteil daran und muss mir vorwerfen, zu unbesonnen gehandelt zu haben.

Bei freundlichem Frühlingswetter zogen wir auf der schmalen Straße dahin, als uns eine andere Gesellschaft entgegenkam. Vorn ritten vier schwer bewaffnete Leibwächter. Es folgten Träger mit einer bunt bemalten Sänfte, dahinter Diener und Mägde zu Fuß.

Odo kannte die Sänfte. Er selbst hatte oft den Trupp befehligt, der ihre Insassen bewachte. »Sie ist es!«, sagte er aufgeregt.

»Du meinst ...?«

»Es ist Hiltrud! Sie ist gekommen, um sich von mir zu verabschieden!«

Gleich plusterte er sich auf wie ein Gockel und gebärdete sich wie ein Feldherr, der in den Kampf zieht. Unter Kommandogeschnauze drängte er unseren Trupp in das Gestrüpp am Straßenrand, damit die Entgegenkommenden Platz hatten. Als die Sänfte heran war, sprang er vom Pferd und näherte sich ihr mit einer tiefen Verbeugung. Ein junges Mädchen, die Tochter des Kaisers, und eine ältliche Kammerfrau guckten heraus.

»Ach, Ihr seid es, Odo!«, sagte Hiltrud, ein entzückendes, rotwangiges Geschöpf, und lächelte huldreich. »Ist es wahr, dass Ihr uns verlassen wollt und zu den Wenden geht? Wie schade!«

»Ich verlasse Euch mit blutendem Herzen, Prinzessin«, erwiderte Odo. »Euer edler Vater, unser ruhmreicher Herr und Kaiser, hat es so bestimmt. Aber ich werde mich dort beeilen, seinen Auftrag rasch ausführen und bald wieder bei Euch sein.«

»Das hoffe ich. Seht Euch vor, damit Euch nichts zustößt. Es soll ja in diesem schrecklichen Land sehr gefährlich sein. Ich werde für Euch beten, und Gott wird Euch schützen. Oh ...!«

Ein schwarzes Hündchen, das auf Hiltruds Schoß gesessen hatte, sprang plötzlich aus der Sänfte und rannte davon, um Spatzen zu jagen. Diener liefen ihm nach, wollten es einfangen. Doch Odo war schneller. Mit ein paar langen Sätzen hatte er es erreicht. Er hob den wütend kläffenden Ausreißer auf und brachte ihn Fräulein Hiltrud zurück.

Sie beugte sich vor, ergriff mit ihren zarten Fingern eine der Spitzen seines Schnurrbarts und drehte sie. »Der ist aber stachlig und hart!«, sagte sie lachend. »Dann also ... lebt wohl und bleibt gesund!«

Der Zug mit der Sänfte entfernte sich. Auch wir setzten uns erneut in Bewegung, in der entgegengesetzten Richtung. Odo und ich ritten an der Spitze, unser Trupp mit dem Wagen folgte in kurzem Abstand.

Hoch aufgerichtet, die Brust stolzgeschwellt saß Odo auf dem Rücken seines Impetus secundus und blickte auf mich kleinen, rundlichen Eselsreiter herab.

»Hast du gesehen, wie sie meinen Schnurrbart zwirbelte?«, fragte er. »Und wie sie mich dabei ansah? Mit welcher Inbrunst? Welcher Leidenschaft?«

»Sie bedankte sich für einen Dienst, den du ihr geleistet hast«, bemerkte ich trocken.

»Als ob sie es deshalb getan hätte! Sie wollte mir ein Zeichen geben! Sie ließ den Hund los, ich brachte ihn ihr zurück, und so konnten wir uns einen Augenblick nahe sein. Hast du gehört, was sie sagte? Sie bangt um mein Leben, sie will für mich beten!«

»So etwas sagt man nun einmal zum Abschied. Wenn einer auf Reisen geht, weiß man doch nie, ob er heil zurückkommt.«

»Sie verzehrt sich in Sorge und Ungeduld!«, beharrte er störrisch. »Das ist Liebe! Aber ihr frommen Kuttenträger versteht davon nichts. Ihr wisst weder Worte noch Zeichen zu deuten. Als sie sagte: ›Der ist aber stachlig und hart!‹, da dachte sie an etwas ganz anderes. Das heißt nämlich übersetzt in die Sprache der Liebe: ›Ich zittere vor Erregung, Geliebter, ein Wonneschauer läuft mir den Rücken herab!‹«

»Aha, das ist mir freilich entgangen«, antwortete ich mit einem Seufzer. »Du solltest einen Index der *lingua amatoria* herausgeben.«

»Nein!«, rief er. »Ich sollte etwas ganz anderes tun!«

In seinen Augen blitzte es auf. Er warf den Kopf herum und maß mit einem wilden Blick die Entfernung zwischen uns und der Sänfte. Es mochten wohl schon an die zweihundert Schritte sein.

»Ja«, wiederholte er, »etwas ganz anderes! Worauf warten? Ich entführe sie gleich! Auf der Stelle!«

»Bist du wahnsinnig geworden?«, rief ich erschrocken.

»Keineswegs! Wann bietet sich eine bessere Gelegenheit? Die vier von der Schutztruppe kennen mich, sie werden nichts argwöhnen, wenn ich herankomme. Ich hebe Hiltrud aus der Sänfte und reite mit ihr davon. Ehe sie sich von ihrem Schreck erholen, habe ich schon einen Vorsprung gewonnen. Und was sind ihre schlechten Gäule gegen meinen Impetus!«

»Odo!«, flehte ich. »Mach dich nicht unglücklich! Der Herr Karl würde dir das niemals verzeihen!«

»Ach was, verzeihen! Dem wird nichts übrig bleiben, als die vollendete Tatsache anzuerkennen! Er wird sie mir zur Frau geben müssen – und eine Grafschaft dazu. Wo sollte ich sonst die Morgengabe hernehmen?«

Er riss am Zügel und wendete sein Pferd.

»Nein, Odo, nein!«, rief ich verzweifelt. »Besinne dich! Denk auch an uns! Man wird uns für mitschuldig halten. Das kann uns alle den Hals kosten! Odo, bleib hier!« Ich streckte den Arm aus und erwischte ihn an einem Bein, indem ich meine Finger hinter das Lederband steckte, das kreuzweise um seine Wade geschlungen war.

»Lass los!«, befahl er.

»Nur wenn du versprichst, diesen Unfug zu unterlassen!«

31

»Nimm deine Hand weg oder ...«

»Willst du sie abschlagen?«

»Ich tu es, wenn du mich weiter hinderst, mein Glück zu machen!«

»Was für ein Glück soll das sein? Was soll daraus werden? Wohin willst du sie bringen?«

»Das geht dich nichts an! Die Hand weg, sag ich!«

»Nein!«

Er stieß mehrmals mit dem Fuß nach mir, um mich abzuschütteln. Aber ich krallte mich an dem Wadenband fest. Er gab Impetus einen Schlag mit der Gerte. Der Hengst stieg hoch und stürmte los, auf dem Weg zurück. Mein Grisel hielt ein kurzes Stück mit, und ich hing dabei jämmerlich zwischen Esel und Pferd. Dann strauchelte Grisel und warf mich ab. Im Fallen riss ich Odo mit mir. Wir beide, Gesandte und Boten des Kaisers, wälzten uns im Schmutz auf dem Boden.

Unsere Leute waren auseinandergestoben, als wir plötzlich kehrtgemacht hatten und im Galopp an ihnen vorbeigerast waren. Jetzt saßen sie ab, rannten hinter uns her, halfen uns auf. Helko und Fulk fingen unsere Reittiere ein. Mit Schlamm und Kot bedeckt standen wir da und boten unserem Trupp einen peinlichen Anblick. Odo starrte mich wütend an, und seine gewaltige Nase war über mir wie der Schnabel eines Riesenvogels, der gleich auf mich einhacken würde.

Vorsichtshalber humpelte ich ein paar Schritte beiseite und stammelte eine wirre Erklärung. »Ein Unglücksfall ... Mein Grisel ist schuld ... stieß Impetus dauernd an. Auf einmal drehten sie sich im Kreise und wollten sich beißen ... und so ... und so ...«

» ... und so wurde daraus eine Eselei«, vollendete Odo. »Es ist aber feige und ungerecht, daran einem anderen Esel die Schuld zu geben!«

Er bleckte die Zähne und lachte. Wir stimmten ein, auch ich, obwohl ich beleidigt sein sollte. Unsere Männer verstanden zwar nichts, waren aber erleichtert, weil sie befürchtet hatten, die Reise würde gleich mit einem handfesten Krach zwischen uns beginnen. Odo bewies einmal mehr sein Talent, im richtigen Augenblick durch einen Scherz für Entspannung zu sorgen. Natürlich hatte er eingesehen, dass sein kühnes Vorhaben gescheitert war. Wie konnte er die hübsche kleine Prinzessin in einem mit Schafsdreck bedeckten Mantel entführen! Der Zug mit der Sänfte hatte inzwischen auch das Stadttor erreicht und entschwand unseren Blicken.

Wir säuberten uns, so gut es ging, an einem Bach, das Übrige tat die Frühlingssonne. Während wir unsere Kleider auswrangen, zischten wir uns noch ein paar Beleidigungen zu. Er sagte: »Kleinmütiger Wicht!« Ich erwiderte: »Größenwahnsinniger Wichtigtuer!« Und es folgten noch ein paar derbere Ausdrücke. Doch dann war es abgetan und wir setzten uns wieder in schöner Eintracht an die Spitze unseres Zuges.

Ich glaube, dass Odo mir insgeheim dankbar war. Aber das würde er niemals zugeben.

Unsere Reise in den Grenzgau am Ufer der Elbe dauerte nicht weniger als vierunddreißig Tage.

Ich will mich nicht allzu ausführlich über die Beschwerlichkeiten des langen, im Zickzack verlaufenden Weges auslassen. Man kommt ja nicht auf gerader Straße zu den Sachsen, zu den Wenden erst recht nicht. Anfangs reisten wir bei ruhigem Wetter recht angenehm. Auf der gallischen Seite des Rheins gibt es noch einigermaßen instand gehaltene römische Straßen, und wir konnten in Herbergen und auf Krongütern übernachten. Am dritten Tag erreichten wir die altehrwürdige

Stadt Köln. Von hier aus folgten wir dem Rhein in nördlicher Richtung und gingen in Höhe der Festungsruinen von Castra Vetera über den Fluss. Auf der anderen Seite, längs der Lippe, gibt es ebenfalls noch eine Straße, die die Römer angelegt hatten, freilich ist sie in erbärmlichem Zustand. Ihr folgten wir bis zu dem früheren Römerkastell Aliso, wo wir am zwölften Tag eintrafen und vorerst zum letzten Mal eine Herberge vorfanden. Wir mussten nun, um nicht einen zu großen Umweg zu machen, Trampelpfaden über Berg und Tal und kaum erkennbaren Schneisen durch dichte Wälder folgen. Mit größter Vorsicht galt es, die tückischen Sumpfgebiete zu umgehen, in denen während der Kriege gegen die Sachsen ganze Heerhaufen versunken waren. Zu unserem zusätzlichen Verdruss schlug das Wetter um, und viele Male zwangen uns Sturm und Regen zu rasten, manchmal in Bauernkaten, oft in Höhlen und Erdmulden oder nur unter Blätterdächern. Es gab Tage, an denen wir keine fünf Meilen schafften.

Zum Glück aber hatten wir Helko, unseren sächsischen Leibwächter, der in dieser Gegend aufgewachsen war. Wenn er auch einige Male irrte, brachte er uns doch sicher zu der alten Thingstätte Markloh an der Weser. Diesem Fluss folgten wir nun drei Tagesreisen in nördlicher Richtung und erreichten jenen traurigen Ort an der Allermündung, wo vor zwanzig Jahren unser Herr Karl im Zorn über die unbotmäßigen Sachsen, die am Süntelgebirge viele seiner Krieger erschlagen hatten, eine Massenhinrichtung befahl. Man spricht von über viertausend geköpften Sachsen! Nachdem uns ein Fährmann hier auf die andere Seite gebracht hatte, nahmen wir am fünfundzwanzigsten Tag das letzte Stück in Angriff und schlugen uns noch einmal neun Tage lang durch die Wildnis. Ende April waren wir in Aachen aufgebrochen, Anfang Juni näherten wir uns endlich unserem Ziel.

An den letzten drei, vier Reisetagen trafen wir auf keine einzige menschliche Niederlassung. Zu Helkos großem Kummer war auch das Dorf nicht mehr auffindbar, in dem er seine Mutter und seine Verwandten wiederzufinden hoffte. Vielleicht war es von feindlichen Nachbarn zerstört, vielleicht von den Bewohnern selbst abgerissen worden. Wenn der Boden ringsum nur noch schlechte Ernten bringt, ziehen die Sachsen, ein »bewegliches Völkchen«, wie Odo sie nennt, mit Haus und Herd, mit Sack und Pack woanders hin, um Bäume zu roden und neuen Boden urbar zu machen.

Mit Ausnahme einer Räuberbande, die wir aber in die Flucht schlagen konnten, gab es niemanden in dieser Gegend, dem wir willkommen waren. Auf einmal endete auch der Weg, ein tiefer Waldsee breitete sich vor uns aus. Wegen seines morastigen Ufers konnte er nicht umgangen werden, und wir mussten Bäume fällen und ein Floß bauen. Das kostete noch einen ganzen Tag. Wenig angenehm waren auch die Nächte, die wir in unseren Zelten mitten in der Wildnis verbrachten. Bis zum Morgengrauen mussten Feuer unterhalten werden, um Wölfe und anderes Getier fernzuhalten. Von Zeit zu Zeit äußerte einer in unserem Trupp Zweifel, dass wir uns überhaupt noch im Reich der Franken befanden. Eher schienen wir uns in dieser einsamen, wüsten Gegend dem Ende der bewohnten Welt zu nähern. Die beiden Wenden versicherten uns jedoch immer wieder, dass wir unserem Ziel nahe seien.

Und schließlich war es erreicht! Wie unendlich groß war unsere Erleichterung, als der Wald sich lichtete und wir vor uns die weite, freie Ebene sahen. In ihrer Mitte hinter Wällen und Zäunen eine Siedlung mit zahlreichen Dächern. Das war die frühere Sachsenburg, in der jetzt der fränkische Graf saß und seinen Grenzgau regierte.

Wir stießen einen Jubelruf aus. Rasch säuberten wir unsere Stiefel, richteten unsere Kleider und bestiegen die Reittiere, um als Boten des Kaisers einen würdigen Einzug zu halten. Und seltsam – wir waren noch dreihundert Schritte entfernt, als plötzlich ein Tor geöffnet wurde, so als erwartete man uns schon und wollte uns einlassen.

Doch das war Täuschung. Gleich darauf wurden wir gewahr, dass Männer, Frauen und Kinder aus diesem Tor heraustraten. Sie bildeten einen langen Zug, der allmählich auf sechzig, achtzig, hundert Köpfe anwuchs. An seiner Spitze wurde eine Bahre getragen, auf der ein Mann lag. Der Zug bewegte sich direkt auf uns zu.

»Bei allen Heiligen!«, sagte ich. »Man empfängt uns mit einem Leichenzug!«

»Kein gutes Zeichen«, brummte Odo.

3. Kapitel

An deinem Grabe geloben wir, edler Berulf, dass wir nicht ruhen und rasten werden, bis wir es denen heimgezahlt haben, die diese scheußliche Untat vollbrachten. Die wendischen Hunde mögen zittern!«

Der Mann, der diese markigen Worte sprach, war Graf Waratto, ein großer, stattlicher, reich gekleideter Franke. Hoch aufgerichtet stand er am Rand der Grube. Haare und Bart tiefschwarz, der Blick streng und düster, das Antlitz zornrot, die Gesten kraftvoll und herrisch – wahrhaftig, dieser Mann flößte Furcht ein, und man glaubte ihm, dass er eine Drohung wahrmachen würde. Er zog einen kostbaren, mit Edelsteinen besetzten Dolch aus dem Gürtel und legte ihn auf die Bahre neben den Toten.

»Nimm diese Waffe mit dir, edler Mann, sie ist eines großen Kriegers würdig«, fuhr er fort. »Ich gebrauchte sie oft, um mich gegen das Mördergezücht jenseits der Elbe zu verteidigen. Jedes Mal, wenn ich sie künftig vermisse, werde ich mich daran erinnern, was ich dir schuldig bin. Aber nicht lange wird der Tag auf sich warten lassen, an dem du gerächt sein wirst!«

Der Graf gab den Trägern ein Zeichen, und sie hoben den Toten auf. Es war ein Graubart mit einer frischen Hiebwunde im Gesicht, den sie in voller Kriegsrüstung in den aus rohen Brettern gezimmerten Sarg legten. Im Grabe wurde er wie schon beim Leichenzug mit seinem Schild bedeckt. In der geräumigen Kiste lagen bereits ein Schwert, eine Lanze, ein Bogen und Pfeile – Dinge, die im Himmel der Christenheit zwar nicht benötigt werden, weil es dort friedlich zugeht, die man aber zur Sicherheit mitgibt. Es könnte ja sein, denken diese

Halbbekehrten, dass der Tote doch in Walhall landet. Soll er dort, wo ewiger Kampf herrscht, unbewaffnet erscheinen?

Die Knechte begannen, die Grube zuzuschaufeln. Ein letztes Mal erhoben die Frauen ihr Klagegeheul.

Eine, die neben dem Grafen stand, gebärdete sich wie von Sinnen und schrie immer wieder: »Berulf, mein Bruder, vergib mir! Vergib mir!«

Waratto ergriff sie am Arm und sagte: »Du bist ja nicht schuld, Gerberga, beruhige dich! Du wolltest nur, dass er unsere Tochter beschützte!«

Da stieß sie einen gellenden Schrei aus. »Oh, mein Kind, meine Tochter! Auch sie ist schon tot, ich fühle es! Die wendischen Teufel haben sie umgebracht!«

Nun wurden ringsum zornige Rufe laut.

»Das sollen sie büßen!«

»Die werden ihre Strafe bekommen!«

»An die Bäume mit den Filzhüten!«

Einige jüngere Krieger trommelten auf ihre Schilde. Andere stießen Lanzen und Schwerter in die Luft.

Odo, der neben mir stand, warf einen besorgten Blick hinter sich. Nur wir beide waren dem Leichenzug gefolgt, unser Trupp mit dem Wagen und den Tieren war in einiger Entfernung zurückgeblieben.

»Nur gut«, sagte ich leise, »dass du Sparuna und Niklot befohlen hast, auf dem Wagen zu bleiben und sich vorerst nicht zu zeigen. Sonst würde man sie vielleicht auf der Stelle umbringen.«

»Das sollten sie wagen!«, knurrte er. »Wer mit Odo von Reims unterwegs ist, hat nichts zu befürchten.«

Das klang alles andere als überzeugend.

Unsere erste Begegnung mit Graf Waratto war auch keineswegs dazu geeignet, unser Selbstvertrauen zu stärken. Als unsere Abordnung und der Leichenzug sich aufeinander zubewegt hatten, waren Odo und ich ein wenig vorausgeritten. Wir saßen ab, als der Tote vorübergetragen wurde, und verneigten uns tief.

Da löste sich Graf Waratto aus dem trauernden Gefolge, trat auf uns zu, maß uns mit einem finsteren Blick und fragte: »Seid ihr die Verstärkung, die mir der Kaiser schickt? Ist das alles? Der jämmerliche Haufen dort?«

Diese unerwartete Anrede verschlug nicht nur mir, sondern sogar Odo die Sprache, was nicht oft vorkommt. Er räusperte sich und wollte mit angemessenen Worten erklären, weshalb wir gekommen waren.

Aber Waratto wartete die Antwort nicht ab und fuhr fort: »Eine Hundertschaft hatte ich verlangt! Und was bekomme ich? So schätzt man also bei Hof unsere Dienste, unseren täglichen Einsatz auf Leben und Tod! Da – schon wieder ein edler Mann, den wir zu Grabe tragen müssen! Ermordet beim tückischen Angriff auf einen Brautzug! Aber man schickt uns als Verstärkung ein paar Veteranen und einen Kuttenträger. Dies ist ein Grenzgau, kein Platz zum Ausruhen!«

»Wir haben auch nicht die Absicht, uns auszuruhen!«, versuchte Odo zu erklären, »wir sind gekommen, um ...«

»Wozu ihr gekommen seid, werdet ihr bald erfahren – von mir!«, fuhr Waratto dazwischen. »Zu tun gibt es hier genug. Ich werde schon dafür sorgen, dass ihr euch nicht langweilt. Aber jetzt habe ich keine Zeit, ich muss eine traurige Pflicht erfüllen!«

Er ließ uns stehen und trat wieder an die Spitze des Leichenzugs, der ins Stocken geraten war. Odo gab unseren Männern ein Zeichen zurückzubleiben. Um Impetus und Grisel kümmerte sich Fulk, und wir beide schlossen uns den Trauernden an.

»Netter Empfang«, bemerkte ich halblaut.

»Er hat mich nicht wiedererkannt«, sagte Odo. »Oder er tut nur so, als kenne er mich nicht, weil ihn sein schlechtes Gewissen an etwas erinnert.«

»Hast du wirklich mal mit ihm das Zelt geteilt?«

»Ja. Und hinterher fehlte mein Geldbeutel.«

»Wenn er tatsächlich ein Dieb war, hat er es weit gebracht.«

»Er wird so viel zusammengestohlen haben, bis es für diesen Posten reichte. Die Ohrenbläser des großen Karl halten doch alle die Hand auf.«

»Aber er ist auch von altem Adel«, sagte ich, »ein Hugobertiner. Ich habe mich mal kundig gemacht. Sein Onkel war Abt in Utrecht. Und er ist sogar mit dem Kaiser verwandt, wenn auch entfernt. Er ist der Enkel der Großnichte seiner Urgroßmutter.«

»Was ist das schon?«, sagte Odo verächtlich. »Ein Hugobertiner! Ich bin ein Merowinger, ein Nachfahre Chlodwigs, und könnte Ansprüche auf den Thron machen. Aber so ein schäbiger Hugobertiner bekommt eine Grafschaft!«

»Ssst! Nicht so laut. Man dreht sich schon nach uns um.«

Auf dem Rückweg von der Grabstätte winkte Waratto uns zu sich heran. Er behandelte uns schon wie seine Untergebenen, und noch immer gelang es uns nicht, ihn aufzuklären. Wir kamen einfach nicht zu Wort. Und um der Wahrheit die Ehre zu geben: Wir sahen nach der langen Reise so heruntergekommen und abgerissen aus, dass es auch schwer gewesen wäre, uns Glauben zu schenken. Erst unsere Ernennungsurkunde zu *missis dominici*, die sich in der eisernen Schatulle auf dem Wagen befand, würde uns ausweisen.

Der Umstand, dass Graf Waratto uns verkannte, hatte allerdings auch einen Vorteil. Gewöhnlich halten die Amtsträger ihre Zunge im Zaum, wenn sie erfahren, wer wir sind, und ihre Auskünfte fließen nur tropfenweise. Waratto hielt es nicht für nötig, sich vorzusehen. Ich, der »Kuttenträger«, zählte für ihn überhaupt nicht, er würdigte mich kaum eines Blickes. Und Odo – ob er ihn wiedererkannte oder nicht – gehörte ab jetzt, so glaubte er, zu seiner Gefolgschaft. Er redete ihn mit Du an und schien ihm vom ersten Augenblick an zeigen zu wollen, woher der Wind wehte.

»Na, siehst du nun, dass es hier viel zu tun gibt? Ich könnte nicht nur eine, sondern zwei Hundertschaften brauchen. Sogar drei oder vier! Die vom anderen Ufer der Elbe werden von Tag zu Tag frecher. Früher ... ja, früher waren sie Freunde. Als wir uns noch mit den Sachsen schlugen. Zum Kampf erschienen sie meistens zu spät, aber wenn es ans Beutefassen ging, waren sie unsere treuen Verbündeten. Jetzt sind die Sachsen unsere christlichen Brüder, zu holen gibt es nichts mehr, und das gefällt ihnen nicht. Nein, das gefällt ihnen überhaupt nicht, den Obodriten, Polaben oder wie sie sich nennen. Sie kommen herüber, rauben und morden. Überfallen einen friedlichen Brautzug! Ich wollte meine Tochter Hereswind einem Edeling geben, dem Sohn eines sächsischen Stammesfürsten. Der holte sie ab, alles wurde erledigt ... der Ehevertrag, die Übergabe der *Munt* ... der Brautzug setzte sich in Bewegung ... aber keine fünf Meilen von hier entfernt ... Wido!«, rief er plötzlich und drehte sich um. »Wido, komm her! Das ist der Bräutigam meiner Tochter. Erzähle mal unserem neuen Mann, Wido, wie das passiert ist! Damit er erfährt, wie es hier zugeht. Damit er gleich weiß, was er hier zu tun bekommt!«

Ein blasser, junger Kerl mit schmalen Schultern und langen, dünnen Armen und Beinen trat zu uns. Sein weißblondes, schon etwas schütteres Haar wurde von einem breiten, mit kostbaren Steinen besetzten Stirnband zusammengehalten. Der Ausdruck seines Gesichts zeugte von ebenso viel Einfalt wie Eitelkeit. Er hinkte, wenn auch nach meinem Eindruck etwas zu auffällig.

»Es ging alles ganz schnell«, berichtete er mit einer hohen, etwas näselnden Stimme in seinem schwer verständlichen sächsischen *Diutisk*. »Wir wurden vollkommen überrascht. Wie wir so friedlich und fröhlich dahinziehen, brechen sie plötzlich aus dem Gebüsch hervor. So an die fünfzehn, zwanzig von diesen scheußlichen Filzhüten! Mit Lanzen und Äxten fallen sie über uns her. Ein Pfeil trifft mein Pferd, es stürzt, doch ich raffe mich auf und mache gleich fünf oder sechs von denen nieder. Aber der Letzte sticht mich ins Bein – hier! – und als ich ihn endlich erledigt habe, sind die anderen schon auf und davon. Mit meiner Braut, der lieblichen Swinde! Was konnte ich tun? Ich hatte kein Pferd und war schwer verwundet ...«

Der Kümmerling seufzte tief und sah Waratto an, auf Zustimmung hoffend.

»Natürlich haben dir Berulf und die anderen geholfen, die Angreifer niederzumachen«, sagte der Graf, »sonst wäre der Bruder meiner Gemahlin ja noch am Leben. Ich selbst konnte leider an dem Brautzug nicht teilnehmen«, erklärte er Odo, »weil ich hier in der Burg zu tun hatte. Sonst wäre alles ganz anders gekommen! Sie haben ja nicht nur meine Tochter entführt, sondern noch mehrere vornehme Franken und Sachsen, die sie begleiteten. Eine unerhörte Herausforderung! Besonders ärgert mich, dass die Unsrigen den Anführer dieser Bande auch diesmal verfehlt haben. Du hast ihn doch deutlich erkannt, Wido ...«

»Jawohl, das habe ich! Es war Slawomir, dieser widerwärtige, gräuliche Unhold. Dass ihn Saxnot verderbe!«

»Fluche nicht bei deinen alten Götzen!«, wies Waratto den Sachsen zurecht und warf mir, dem Kirchenmann, einen flüchtigen Blick zu. »Slawomir war es also, der Schlimmste von allen. Dieser junge Verbrecher«, er wandte sich wieder an Odo, »ist der Sohn des Ratibor, ihres Unterhäuptlings, der da drüben uns gegenübersitzt, zehn, fünfzehn Meilen hinter der Elbe. Wann immer sie uns belästigen und Schaden zufügen – er ist dabei. Aber ich konnte ihn noch nicht schnappen! Er selber riss meine Tochter vom Pferd und schleppte sie fort. Das hast du doch auch gesehen, Wido?«

»Jawohl, er packte sie mit seinen ekelhaften, behaarten Krallen und sie rannten zusammen davon, zum Ufer hinunter. Zu den Booten.«

»Rannten zusammen davon?«, fragte Odo. »Sie rannte mit und wehrte sich nicht?«

»Natürlich wehrte sie sich nach Kräften!«, antwortete der Graf an Widos Stelle unwirsch. »Verzweifelt wehrte sie sich! Aber was kann eine schwache Jungfrau gegen einen rohen, rücksichtslosen Entführer ausrichten? Er schleppte, zog und zerrte sie mit sich! Jedenfalls ist meine Tochter, die Tochter des mächtigsten Grafen weit und breit, augenblicklich in der Gewalt der Wenden, und wir wissen nicht, was ihr dort angetan wird. Ihr habt erlebt, wie ihre Mutter leidet, sie befürchtet das Schlimmste. Ich habe deshalb beschlossen, unverzüglich Maßnahmen zu ihrer Befreiung zu vorzunehmen – so wie ich es eben noch einmal am Grabe unseres Helden gelobt habe. Und diesmal werde ich keine Gnade kennen, meine Langmut ist erschöpft! Wenn ich Swinde nicht unversehrt zurückbekomme, werde ich mich nicht mehr damit begnügen, ab und zu eines ihrer Dörfer zu bestrafen. Dann wird ihre Burg, das Nest des Ratibor, ausgeräuchert – so gründlich, dass nur ein Häuflein Asche zurückbleibt!«

»Ein gefährliches Ziel«, warf Odo ein. »Seid Ihr sicher, dass der Kaiser das billigen wird?«

Waratto warf ihm einen empörten Blick zu.

»Damit es von Anfang an klar ist, Mann«, sagte er schneidend. »Ich dulde nicht, dass die Leute meines Gefolges denken, frech das Maul aufreißen und an meinen Entschlüssen herummäkeln! Ich verlange das widerspruchslose Befolgen meiner Befehle! Wer bist du überhaupt? Du scheinst mir ein Streithahn zu sein. Irgendwie kommst du mir auch bekannt vor. Wie heißt du?«

»Odo von Reims.«

»Der Name sagt mir nichts. Reims? Etwa ein Pfaffenbastard?«

»Alter Adel.«

»Familie?«

»Merowinger.«

Waratto lachte kurz und verächtlich auf.

»Merowinger? Großartig! Wenn ich eine besondere Sorte nicht leiden kann, Freundchen, dann sind es die Aufschneider! So etwas lernt man wohl bei Hofe ... sich wichtig zu machen! Ich kenne euch ... Burschen von zweifelhafter Herkunft, die sich zu Hunderten in den Pfalzen herumtreiben und auf ein *beneficium* hoffen. Königsvasallen – jetzt Kaiservasallen! Ich verwechsele dich aber wohl mit einem anderen, man kann sich ja nicht alle Namen und Gesichter merken.«

»Wir haben einmal das Zelt geteilt«, sagte Odo, dessen Gesichtsmuskeln zuckten, und der sich mühsam beherrschte. »Damals am Süntel.«

»Tatsächlich? Das war ja schon fast vor der Erschaffung der Welt. Es scheint, dass ich dich beeindruckt habe, sonst würdest du mich nicht wiedererkennen.«

»Ja«, sagte Odo, »Ihr habt mich beeindruckt. Mit einer ungewöhnlichen Tat, die ich Euch nicht zugetraut hatte.«

»Ich habe viele ungewöhnliche Taten vollbracht«, sagte Waratto, wobei ich ihn zum ersten Mal lächeln sah. »Man drängt mich, die Berichte davon zu sammeln und in einem Büchlein herauszugeben. Ich beschäftige einen Schreiber, der schon damit begonnen hat. Wende dich an ihn, er heißt Wiprecht, und erzähle ihm meine Tat, die dir so großen Eindruck gemacht hat.«

»Das tue ich gern!«, sagte Odo mit galligem Grinsen.

Inzwischen hatten wir schnellen Schrittes den Weg vom Gräberfeld vor der Siedlung bis etwa zu der Stelle zurückgelegt, wo wir dem Leichenzug begegnet waren. Waratto befahl uns, in seine Burg einzurücken, damit er sich seine neuen Männer, diesen »jämmerlichen Haufen«, dort genauer ansehen könne. Wir wollten uns gerade abwenden und zu unseren Leuten zurückkehren, als sich plötzlich vom Tor her in einer Staubwolke drei Reiter näherten.

»Mein Vater ist es!«, schrie Wido und schwenkte grüßend die Arme. »Ja, ja, er ist es! Zurück von Zelibor!«

Ein dicker Mann stieg schnaufend vom Pferd. Dichtes, struppiges, graues Haar bedeckte seinen runden Kopf wie ein Pelz. Ein ebenso dichter, grauer Bart, der auch das Mundloch überwucherte, hing über die untere Gesichtshälfte und die Brust bis fast zum Gürtel herab. Zwischen diesem Haargewirr sah man eine rötliche Knolle, die Nase, und zwei glänzende Pünktchen, die Augen. Unterhalb des Bartes war der Dicke mit Waffen gespickt. Das Schwert schlug ihm gegen die kurzen Beine.

Er stürzte auf Waratto zu und stieß kurzatmig hervor: »Graf! Keine Sorge ... wir haben ruhiges Wetter! Bei Zelibor – nichts! Der Stall ist voll, die Schafe warten! Noch ist der Schäfer nicht eingetroffen ...«

»Schon gut, schon gut, davon später!«, sagte Waratto rasch. »Du musst dich ausruhen, Remmert, sonst müssen wir dich bald dorthin schaffen, wo wir gerade herkommen. Das ist der berühmte Sachsenfürst Remmert«, wandte er sich wieder an Odo, »ein Kampfgefährte des Herzogs Widukind. Früher war er ein Erzfeind der Franken, jetzt ist er unserer treuester Freund und Verbündeter. Merkt euch! Ihr habt auch seinen Befehlen zu gehorchen!«

Er beachtete uns nicht weiter, legte den Arm um die Schultern des Dicken und ging mit ihm, in eine lebhafte Unterhaltung vertieft, auf das Tor zu. Wido, der plötzlich kaum noch hinkte, hielt mit ihnen Schritt. Die beiden Knechte, mit denen Remmert gekommen war, folgten mit den Pferden.

»So bin ich nun also Warattos Gefolgsmann«, sagte Odo. »Muss ich ihm noch heute den Treueid leisten?«

Wir konnten nicht an uns halten und brachen in Gelächter aus.

Unsere Männer saßen um den Wagen herum und verzehrten ihr einfaches Frühstück: gesalzenes Fleisch, Käse und Gerstenfladen. Sie verbrauchten die letzten Vorräte, weil sie ja sicher waren, nach unserer Ankunft am Sitz des Grafen gut versorgt zu werden und ihre Proviantsäcke wieder füllen zu können. Als Königsboten reisen wir *per verbum nostrum, ex nostri nominis auctoritate* und jeder Amtsinhaber ist verpflichtet, uns und unsere Leute so zu versorgen, als kehrte der Herrscher selbst bei ihm ein. Dass man es mit dieser Weisung nicht immer genau nimmt, mussten wir allerdings oft erfahren. Auch hier war die Aussicht auf Schlemmereien und reiche Verproviantierung eher gering. Kaum zu erwarten war, dass Graf Waratto, sobald er erfahren würde, wer wir wirklich waren und welche Botschaft wir ihm brachten, ein Festmahl zu unseren Ehren geben und überhaupt seine Vorratskammern weiter als unbedingt notwendig öffnen würde.

Sparuna und Niklot, die beiden Wenden, hockten noch immer auf dem Planwagen zwischen Gepäck und kauten unlustig an Zwiebeln und Lauch. Natürlich hatten sie Waratto, Remmert, Wido und andere erkannt, und der Wind hatte einige der am Grab des Berulf herausgebrüllten Drohungen herübergeweht. Sie blickten uns misstrauisch und gespannt entgegen, als wir herantraten.

»Eure Sache steht schlecht«, sagte Odo, »sehr schlecht. Der Sohn eures Knes hat einen Hochzeitszug überfallen, die Braut und mehrere Männer entführt und einen vornehmen Franken umgebracht. Zu allem Unglück ist das Mädchen die Tochter des Grafen Waratto. Ihr könnt euch wohl denken, was der jetzt vorhat!«

»Sohn von Knes Ratibor?«, fragte Sparuna. »Ist gemeint Ältester? Slawomir?«

»Der soll es gewesen sein. Hat die Franken und Sachsen aus einem Hinterhalt angegriffen – wie ein Straßenräuber.«

»Ich kenne Slawomir, ist mein Neffe. Ist gut und gerecht, kein Räuber und Mörder.«

»Und wie erklärst du dir dann seine Tat?«, fragte ich.

»Wie ich erkläre? Ganz einfach. Muss vorher Graf Waratto noch schlimmere Tat verübt haben. Reizt und quält Obodriten so lange, bis großer Zorn nicht mehr zu bändigen.«

»Auch großer Zorn rechtfertigt nicht, einen Brautzug zu überfallen.«

»Nimmt Graf Waratto oder nimmt Häuptling Remmert Rücksicht auf Bräute, wenn Sklavinnen werden gebraucht zum Verkaufen?«

»Du glaubst, die beiden hätten bei euch wieder Menschen geraubt? Das ist nur eine Vermutung, ihr wart lange nicht hier. Was ihr dem Kaiser berichtet habt, ist vor Jahren geschehen.«

»Geschieht jedes Jahr dasselbe«, ließ sich Niklot vernehmen. »Immer um diese Zeit.

»Was heißt das ... um diese Zeit?«

»Wenn Sommer beginnt. Wenn Händler Bromios aus Hispania kommt.«

»Kommt mal früher, mal später, hat niemals Zeit, ist sehr ungeduldig«, ergänzte Sparuna. »Dieses Jahr Wetter ist günstig, kommt sicher früh. Ist deshalb gut, für ihn Vorrat bereitzuhalten.«

»Menschenvorrat?«, fragte Odo. »Und wo wird der aufbewahrt?«

»Wo aufbewahrt? Dort, in der Burg.«

»Tatsächlich? Ist dort so viel Platz, dass man Hunderte einsperren kann? Wo stellt man denn den gewaltigen Käfig auf?«

»Nicht Käfig. Und warum einsperren? Franken und Sachsen zwingen Obodriten zu Arbeit. Häuser bauen, Bäume fällen, pflügen, spinnen, weben ... so lange, bis Händler sie abholt. Macht doppelten Gewinn für Franken und Sachsen.«

»Versteht sich, Waratto hat sich schon immer gern doppelt bedient«, sagte Odo. »Aber in diesem Fall müsste man ihm leicht auf die Schliche kommen. Ihr beide kennt doch die Leute alle, die aus den Dörfern da drüben ... Wenn die Burg voller wendischer Sklaven steckt, braucht ihr nur mit den Fingern auf sie zu zeigen. Das Übrige wäre dann unsere Sache.«

»Hör mal, Odo«, wandte ich ein, »meiner Meinung nach wäre es leichtfertig, die beiden mit in die Burg des Grafen zu nehmen. Da drinnen werden sie jetzt trinken und Reden schwingen und sich weiter erhitzen. Welchen Schutz können wir ihnen bieten, wenn man sie plötzlich angreift?«

»Fragen stellt du!«, erwiderte Odo und schloss die Faust um den Griff seines Schwertes. »Das ist ihr Schutz! Aber wir wollen ihnen die Entscheidung selbst überlassen. Ihr habt gehört, was Lupus befürchtet. Ihr seid in dieser Gegend zu Hause, kommt sicher auf Schleichwegen zur Elbe und irgendwie auch hinüber. Dagegen wäre nichts einzuwenden. Wir würden uns dann später bei Knes Ratibor wiedersehen.«

Sparuna und Niklot flüsterten kurz miteinander, dann sagte der Sichelbart: »Nein, Herr Odo, wir keine Angst, weil im Recht! Wir helfen, dass Wahrheit herauskommt. Ist besser. Sonst Graf Waratto erzählt Euch nur Lügen.«

»Gut«, sagte Odo, »dann werden wir jetzt die Kleider wechseln und glanzvoll einziehen! Und dann wollen wir doch mal sehen, wie dieser aufgeblasene Hugobertiner zusammenschrumpft. Das wird ein Spaß für den Nachfahren Chlodwigs!«

Während Odo sich an einem Bächlein, das in der Nähe vorbeifloss, den Reisestaub abwusch, blieb ich noch einen Augenblick bei den Wenden stehen.

»Wer oder was ist Zelibor?«, fragte ich. »Ist das ein Ort oder ein Mann?«

»Ist schlechter Kerl«, sagte Sparuna. »Von Stamm der Wilzen. Nach Krieg mit Obodriten er floh zu Remmert und hat jetzt Wirtshaus unten an Flussufer. Wir glauben, er ist Kundschafter für Waratto und Remmert.«

»Züchtet er Schafe?«

»Ja, züchtet Schafe, viele Schafe. Hält auch Schweine und Kühe. Fängt Fische. Macht alles. Ist einziges Wirtshaus weit und breit, macht gutes Geschäft.«

»Kehrt Bromios bei ihm ein, wenn er in dieser Gegend ist?«

»Alle kehren bei Zelibor ein. Wer kommt von Bardowick und will nach Rerik und Mecklenburg. Oder nach Norden zu Dänenkönig. Zelibor ist auch Fährmann, bringt Reisende über Elbe-Fluss.«

Odo hatte also beschlossen, glanzvoll in der alten Sachsenburg einzuziehen. Ich gestehe, dass ich ihm die Genugtuung
gönnte. Obwohl wir ja ranggleich sind, überlasse ich ihm
auch gern den Vortritt, wenn wir irgendwo ankommen oder
auftreten. Er ist nun einmal als großes, eindrucksvolles
Mannsbild dazu besser geeignet als ich kleiner, kahlköpfiger
Kloß. Rouhfaz musste noch schnell die gestickte Borte seiner
blauen Tunika ausbessern. Darüber warf Odo einen noch nie
von ihm getragenen, nur festlichen Gelegenheiten vorbehal-
tenen Purpurmantel. Dieses Kleidungsstück aus schwerem
Seidengewebe, das allerdings schon recht fadenscheinig und
an einigen Stellen geflickt war, hatte er einem Hofbeamten,
der die Kleiderkammer verwaltet, abgeschwatzt. Angeblich
war unser Herr Karl, der sonst die einfache Frankentracht
bevorzugt, vor Jahren bei Reichsversammlungen und anderen hohen Anlässen in diesem Mantel aufgetreten, und so sah
sich Odo als sein Stellvertreter ad hoc berechtigt, ihn gewissermaßen aufzutragen. Seine majestätische Erscheinung
stärkte unser aller Selbstbewusstsein, das wir hier nötig hatten, und verpflichtete uns, den schönen Eindruck, den unser
Anführer machen würde, nicht zu verderben. Auch wir
anderen wuschen, kämmten, bürsteten uns. Ich legte eine
saubere Kutte an. Die Reittiere wurden geputzt und gestrie-
gelt. Das alles nahm ziemlich viel Zeit in Anspruch, aber es
störte uns niemand, und niemand hielt nach uns Ausschau
oder trieb uns zur Eile an. Graf Waratto schien nicht begierig
darauf zu sein, dass wir seine Wehrkraft verstärkten.

So stand die Sonne schon weit im Westen, als wir uns endlich in Bewegung setzten. Vorn ritt Odo auf Impetus secundus. Ich folgte auf Grisel, einige Schritte zurück, eine Hand
am Zügel, mit der anderen die eiserne Schatulle mit unserer
Ernennungsurkunde haltend. An meiner Seite ritt Helko, der

unsere Fahne trug, Fulk und die sechs Recken schlossen sich an. Den Schluss bildete der von Rouhfaz gelenkte Planwagen, auf dem Sparuna und Niklot sich vorerst weiter hinter Säcken, Fässern und Kisten versteckt hielten. Durch die Löcher im Plandach konnten sie gut beobachten, was draußen vorging.

Das Aufsehen, das wir schon bei unserer Annäherung machen wollten, verfehlten wir leider. Wir erreichten das Tor – es war verschlossen. Kein Wächter, kein Neugieriger ließ sich hinter dem hohen Palisadenzaun blicken. Auf Odos Rufe antwortete niemand. Unsere Recken trommelten auf ihre Schilde. Vergebens.

Was bedeutete das? Waren wir als »Verstärkung« so unwillkommen, dass man uns nicht einmal einlassen wollte? Oder beobachtete man uns heimlich und fragte sich besorgt, was der überraschend pomphafte Aufzug des »jämmerlichen Haufens« zu bedeuten hatte?

Einer unserer Recken hatte schließlich den rettenden Einfall. Dieser robuste, mit besonderer Lungenkraft ausgestattete Bursche war unser bester, geschicktester Jäger und hatte uns oft unterwegs mit Fleisch versorgt. Um das Wild aus seinen Verstecken zu locken oder um Vögel aufzuscheuchen, benutzte er eine uralte, halb verrostete Kriegstrompete, in die er ganz ungeübt hineinblies und gräuliche Töne hervorbrachte. Er bat um Erlaubnis, erhielt sie und schmetterte los.

Mit dieser Musik erreichten wir endlich die sächsischen Ohren. Graf Roland kann mit seinem Signalhorn Olifant, als er bei Roncesvalles unseren Herrn Karl um Hilfe rief, nicht halb so viel Lärm gemacht haben. Über dem Tor erschien nun ein Zottelkopf nach dem anderen. Ein aufgeregtes Geschnatter hub an. Odo verlangte barsch im Namen unseres Herrn Kaisers Karolus Magnus Einlass und Unterkunft. Er musste die Forderung wiederholen, und dann dauerte es noch etwa zehnmal so lange, wie man ein Vaterunser betet, bis endlich das schwere, hölzerne Tor unter Knarren und Quietschen geöffnet wurde.

Wir ritten durch ein Spalier von Gaffern hinein. Kaum waren wir drinnen, als uns Waratto entgegentrat. Man hatte ihn wohl eiligst benachrichtigt, und er war von einem Gelage herbeigeeilt, denn er hielt noch den Becher in der Hand, und ein Knecht lief mit der Kanne hinter ihm her. Unter denen, die mit ihm angerannt kamen, waren auch die beiden einander so unähnlichen Sachsen Remmert und Wido, der dicke Vater und der dünne Sohn.

»Was bedeutet das?«, rief Waratto, ganz außer Atem. »Was soll dieser Lärm? Ist das ein übler Scherz?«

Odo in seinem Purpurmantel sagte kein Wort, blickte von der Höhe des Pferderückens stolz über ihn hinweg und forderte mich mit einer unendlich vornehmen Geste auf, unser Ernennungsschreiben vorzuweisen.

Ich stieg von meinem Esel, nahm die Schatulle in beide Hände und trat feierlich auf den Grafen zu. Er stierte mich an, als wollte er mich erwürgen. Mit zeremonieller Langsamkeit langte ich nach dem Schlüssel, den ich am Gürtel hängen hatte, und öffnete das Kästchen. Diesem entnahm ich das Pergament und reichte es ihm mit den Worten: »Das Schreiben hier wird Euch davon überzeugen, Herr Graf, dass wir nicht scherzen. Habt die Güte, es zu studieren. Unser allergnädigster Herr und Kaiser hat mir die erhabenen Worte selber diktiert.«

Letzteres traf nicht ganz zu, denn es handelte sich um ein von Herrn Einhard verfasstes Dokument, das wir in der Kanzlei schon mehr als hundertmal vervielfältigt hatten und das alle *missi dominici* bei sich trugen. Ich hatte es Rouhfaz zur Abschrift gegeben. So war nun das Pergament mit langen, sorgsam ausgerichteten Reihen von Buchstaben bedeckt.

Graf Waratto nahm das Blatt und sein Blick wurde starr.

Diesen Blick kannte ich. Nicht das erste Mal war es ja, dass ich Würdenträgern unser Ernennungsschreiben überreichte. Buchstaben, die Worte und Sätze formten, waren für die meisten von ihnen feindliche Soldaten, Krieger einer bedrohlich aufmarschierten Phalanx, deren Angriff man ahnungslos und unwissend ausgesetzt war. Waratto starrte und hielt sich das Pergament ganz dicht vor die Augen, um sich den Anschein zu geben, dass er lese.

Das Studium dauerte so lange, dass Odo ungeduldig wurde.

»Nun?«, rief er. »Seid Ihr im Bilde? Wisst Ihr jetzt, wer wir sind? Ist Euch klar, warum wir Euch aufsuchen?«

Waratto schoss einen kurzen, wütenden Blick zu ihm hinauf und winkte einen von seinen Leuten heran.

»Reite los und hol Chrok her, den Bischof! Ich muss mich mit ihm beraten!« Zu mir sagte er: »Das muss erst geprüft werden! Gründlich geprüft!«

»Aber das verstehe ich nicht«, erwiderte ich sanft und beschloss, ihn zu erlösen, weil er mir beinahe leidtat. »Kennt Ihr denn nicht das berühmte Titelmonogramm? Da in der Ecke seht Ihr es! Und daneben – dort, gleich neben Eurem Daumen – der Vollziehungsstrich des Herrn Kaisers. Seine eigenhändige Unterschrift!«

»Ah ... ja, gewiss, natürlich kenne ich das«, grummelte er. »Das Monogramm, der Vollziehungsstrich. Ich hatte das nur nicht gleich bemerkt. Das heißt also ... das soll bedeuten ...«

»... dass Herr Odo von Reims und ich, der Diakon Lupus, *missi dominici* sind. Wir sind unterwegs in Vertretung unseres Herrn Kaisers, beauftragt zu prüfen, ob man überall im Reich seine Gesetze beachtet und nach seinem Willen handelt.

Unser *mandatum* betrifft ganz besonders Eure Grafschaft und Eure Amtsführung. Ihr erlaubt ...«

Ich nahm ihm das Pergament aus der Hand und legte es in die Schatulle zurück, die ich mit derselben formellen Umständlichkeit verschloss.

Ein Kreis von Männern hatte sich um uns gedrängt. Die meisten glotzten blöde mit offenem Mund und begriffen nicht recht, was vorging. Allerdings musste der Einfältigste bemerken, dass dem Polterer Waratto plötzlich die Worte fehlten und dass ihn der »jämmerliche Haufen«, über den er beim Becher vielleicht noch gespottet hatte, in Verlegenheit brachte.

Odo saß ab, warf seinen Purpurmantel, den eine Fibel am Hals zusammenhielt, schwungvoll über die Schulter und trat zu uns. »Ihr habt eine eigenwillige und herzliche Art, Gäste von hohem Rang zu empfangen«, sagte er zu Waratto. »Ich werde davon zu rühmen wissen!«

»Warum habt Ihr nicht gleich gesagt, wer Ihr seid?«, verteidigte sich der Graf, der sowohl uns als auch seinen Leuten gegenüber um Haltung bemüht war.

»Ich wollte Euch sagen, warum wir gekommen sind. Aber Ihr unterbracht mich, kaum dass ich den Mund aufgetan hatte, und gabt zur Antwort, Ihr selber würdet es uns sagen. Da dachten wir, dass Ihr Bescheid wüsstet und dass Euch Spione schon unsere Ankunft gemeldet hätten.«

»Aber Ihr habt doch gehört, dass ich Euch für einfaches Kriegsvolk hielt ...«

»Das konnte Täuschung sein«, sagte Odo mit einem überlegenen Lächeln. »Es wäre offener Verrat gewesen, Gesandte des Kaisers zu zwingen, in Eurer Gefolgschaft Dienst zu leisten. So weit wolltet Ihr nicht gehen, und das hätten wohl auch Eure eigenen Leute nicht mitgemacht. Indem Ihr vorgabt, nichts über unsere wahre Bestimmung zu wissen, brauchtet Ihr auf unseren Rang keine Rücksicht zu nehmen.«

»Aber ich schwöre Euch«, rief Waratto, »ich hatte nicht die geringste Ahnung ... Verrat? Niemals! Ich bin ein treuer Gefolgsmann des Kaisers!«

»Daran haben wir leider Grund zu zweifeln«, sagte Odo mit einem Seufzer.

»Wie? Was?«

»Da Ihr Euch durch uns nicht gestört fühltet, wart Ihr sehr offen in Euren Äußerungen. Euer Racheschwur am Grabe ... die Absicht, das ›Nest des Ratibor‹, wie Ihr es nanntet, auszuräuchern ... Spricht und handelt so ein treuer Gefolgsmann? Führt ein treuer Gefolgsmann Krieg auf eigene Faust – gegen einen Freund des Kaisers, seines Gefolgsherrn? Gegen seinen Verbündeten in der Schlacht auf dem Suentanafeld? Gegen seinen Schutzschild, der ihm die feindlichen Stämme im Osten, die Wilzen und Sorben, vom Hals hält? Ich frage die Herren, die hier anwesend sind, wie sie so etwas nennen würden!«

Odo, beide Fäuste in die Seiten gestemmt, wandte sich den Versammelten zu und ließ seinen strengen Blick umherschweifen. Die Augen senkten sich, die Köpfe wandten sich ab.

In diesem Augenblick bewunderte ich ihn mal wieder. Auf diese Art Eindruck zu machen, versteht niemand besser als er.

Waratto, unversehens in die Enge getrieben, ließ sich jedoch nicht unterkriegen und gab sich empört. »Wie könnt Ihr einen so ungeheuerlichen Verdacht äußern, Herr Odo von Reims?«, grollte er. »Seit Jahren stehe ich hier an der Grenze und schütze das Reich – und Ihr wollt mir Aufruhr oder sogar Verrat unterstellen? Nur weil ich in meiner berechtigten

Erschütterung über den Mord an einem nahen Verwandten und die Entführung meines Kindes ein paar zornige Worte hervorstieß? Ich war außer mir! Wer hätte dafür nicht Verständnis?«

»Uns schien«, fuhr Odo unbarmherzig fort, »Ihr wähltet eure Worte bewusst. Als ich Euch darauf aufmerksam machte, dass der Herr Kaiser sie nicht billigen würde, nanntet Ihr mich einen Streithahn. Danach auch noch einen Aufschneider von zweifelhafter Herkunft.«

»Zum Teufel! Ich wusste nicht, wen ich vor mir hatte!«

»Aber ich hatte mich Euch doch vorgestellt. Als Mitglied des alten Königsgeschlechts der Merowinger.«

»Wie konnte ich Euch glauben! So wie Ihr aussaht, wie Ihr auftratet!«

»Ich sah aus wie jemand, der Eure Grafschaft bereist, wo es nicht einmal eine Straße gibt. Dabei habt Ihr seit Langem den Auftrag, eine Verbindungsstraße zur Weser bauen zu lassen.«

»Ich habe kein Geld und keine Leute dafür.«

»Das wundert mich. Aber wundern muss man sich ja hier ständig. Wir wurden von Euch aufgefordert, hier einzurücken, und dann schloss man vor uns das Tor. Hattet Ihr plötzlich noch etwas Schlimmeres mit uns vor? Sollten wir da draußen zugrunde gehen – ohne Schutz, ohne Vorräte, der Wildnis preisgegeben? Wir wären nicht die erste Gesandtschaft des Herrn Kaisers, der so etwas widerfährt.«

Ich stieß Odo an, denn jetzt ging er zu weit. Unser kleines Häuflein umstanden inzwischen wohl mehrere hundert Menschen, darunter viele bewaffnete Männer. Wie leicht konnte sich diese Menge, aufgeputscht von ihren Anführern, in eine wütende, blutgierige Herde verwandeln, die uns zu Tode trampelte! Warum musste er gerade in diesem Augenblick an das Schicksal jener Königsboten erinnern, die in entlegene Reichteile aufbrachen und dort spurlos verschwanden?

Dass Graf Waratto jeden Augenblick die Beherrschung verlieren konnte, zeigte die dunkle Röte an, die ihm ins Gesicht stieg. Noch einmal rechtfertigte er sich, wenn auch wiederum nicht überzeugend. »Euer Verdacht ist lächerlich! Ich wusste nicht, dass man das Tor schon geschlossen hatte. Kann mich ja nicht um alles kümmern. Vielleicht hatten die Wächter euch nicht bemerkt.«

»Auch nicht, als wir näher kamen? Kein einziger war auf seinem Posten. Schlecht steht es hier um die Wachsamkeit!«

Ich stieß Odo ein zweites Mal an, damit er aufhörte, Waratto zu reizen. Der Graf rief nach den Wächtern, die vortraten und mit gleichmütigen Mienen ein Wortgewitter über sich ergehen ließen. Offensichtlich hatten sie keine Folgen zu fürchten.

Waratto wandte sich schließlich wieder an Odo. »Habt Ihr noch mehr vorzubringen, was Euch missfällt? Nur zu! Nur zu! Lasst alles heraus, was Euch im Halse steckt!«

»Oh«, sagte Odo, »da steckt jetzt nur noch eine Nachricht, die Euch erfreuen wird. Ihr habt mehr Truppen angefordert ... sie sind unterwegs. Fünf Hundertschaften! Sie folgen uns, kämpfen sich noch durch Euern Urwald. Sie stehen unter meinem Kommando. Der Herr Karl hat uns die fünfhundert Mann als Geleitschutz bewilligt, weil er unsere Mission hier bei Euch als besonders gefährlich ansieht. Und er hat mich beauftragt zu prüfen, ob Ihr tatsächlich Verstärkung braucht. Sollte dies zu bejahen sein, werde ich Euch, wenn wir weiterreisen, vielleicht zwei Hundertschaften zurücklassen. Seid Ihr zufrieden? Dann dürfen wir jetzt wohl auf Eure Gastfreundschaft hoffen. Ihr werdet uns glauben, dass wir hungrig und durstig sind ...«

Odos dreiste Lüge hatte die angenehmste Wirkung. Eben noch hochfahrend und entrüstet, war Graf Waratto plötzlich wie umgewandelt und ein erfreuter, aufmerksamer, ja beflissener Gastgeber. Er hieß uns mit warmen Worten willkommen, entschuldigte sich für seinen Irrtum und die durch den Tod des edlen Berulf bedingten Wirrungen, bot uns aus seinem eigenen Becher, der aus purem Golde war, den Willkommenstrunk. Odo saß wieder auf, und Waratto ergriff selbst den Zügel seines Pferdes. Mich packten hilfreiche Hände, hoben mich auf den Esel und führten ihn. Die Menge machte uns ehrfürchtig Platz. So zogen wir unter größter Aufmerksamkeit der Bevölkerung zum Grafensitz.

Fünfhundert Bewaffnete im Anmarsch, auch wenn sie nur erfunden waren, galten hier eben mehr als ein Stück Pergament und ein schäbiger Purpurmantel.

4. Kapitel

Ein lang gestrecktes Bauernhaus, nach sächsischem Brauch halb den Menschen, halb den Tieren zur Unterkunft dienend, war der »Palast« des Grafen in diesem entlegenen Gau an der nördlichen Grenze des Frankenreichs. Allerdings gab es hier keine Kühe, Ziegen und Schweine wie in den Häusern der einfachen Leute. Mit den Menschen unter einem Dach waren nur die Pferde und Hunde des Grafen einquartiert. Diese Letzteren, an die zwanzig, eine wahre Plage, empfingen uns mit wütendem Gebell, liefen frei herum, beschnüffelten und bepinkelten uns und knurrten böse, wenn man sie wegstieß.

Auf dem Vorplatz standen lange Tische und Bänke mit den Resten der Zecherei, die unsere Ankunft unterbrochen hatte. Waratto eilte hierhin und dorthin, ordnete dies und jenes an, ließ Bier, Brot, Käse und Fleisch auftragen. Wir langten zu, während die fränkisch-sächsisch gemischte Gefolgschaft des Grafen anfangs in respektvollem Abstand herumstand und uns neugierig zusah. Erst als Odo den Männern ein Zeichen gab, nahmen sie nach und nach wieder Platz und ließen sich von den Mägden zu trinken bringen. Doch gab es nicht das übliche Stimmengewirr, Geschrei und Gegröle. Nur wenige unterhielten sich halblaut, die meisten hockten schweigsam vor ihren Bechern. Dass der Tod des fränkischen Edlen Berulf sie noch immer mit Trauer erfüllte, war zu bezweifeln. Eher musste vermutet werden, dass sie Weisungen bekommen hatten, sich gesittet zu benehmen und vor allem die Mäuler zu halten.

Zwei unserer Recken saßen abseits und bewachten unseren Wagen, in dem sich die beiden Wenden noch immer versteckt hielten. Ich füllte für alle eine Schüssel mit Fleisch und

Brot und trug sie hinüber. Es dämmerte schon, und der Wagen verschwand fast unter dem Blattwerk einer Weide. Ich kletterte auf die Kutscherbank und tat so, als suchte ich etwas in unserem hoch aufgetürmten Gepäck.

Sparuna und Niklot kauerten auf dem Boden des Wagenkastens.

»Nun? Habt ihr durch die Gucklöcher fleißig Ausschau gehalten?«

»Haben wir«, antwortete Sparuna.

»Und etwas bemerkt?«

»Nein. Nichts.«

»Niemand von euerm Stamm unter den Knechten und Mägden?«

»Niemand.«

»Seid ihr ganz sicher?«

»Ganz sicher.«

Ich kehrte zurück an meinen Platz an den Tischen. Odo war noch mit einer saftigen Keule beschäftigt.

Waratto, nun die Liebenswürdigkeit in Person, ließ einen Krug Wein kommen und füllte uns eigenhändig die Becher. »Ein Moselgewächs, mein lieber Odo! Es soll Euch an Eure Heimat erinnern.«

»Ja«, sagte Odo, nachdem er mit der Miene des Kenners gekostet hatte, »ein wahrhaft königliches Getränk. In meiner Familie bevorzugt man diesen Wein seit Jahrhunderten. Chlodwig trank ihn statt der Muttermilch, und man erzählte mir, dass ich ihm darin nicht nachstand.«

Waratto belachte schallend den altbackenen Scherz, den Odo bei jeder Gelegenheit auftischte, rückte näher und schenkte uns nach.

»Ihr müsst mir verzeihen, nochmals verzeihen, dass ich Euch so verkannte«, sagte er in vertraulichem Ton. »Auch

Ihr, lieber Lupus, dürft mir nicht länger gram sein. Versetzt Euch einmal in meine Lage! Als Franke bin ich hier unter den Sachsen ein Fremder, aber ich muss sie im Namen des Kaisers regieren und mit ihnen auskommen. Ich verleugne schon meine guten fränkischen Sitten, kleide mich sächsisch, wohne in diesem unbequemen sächsischen Haus, versuche ihre Sprache zu sprechen, gebe meine Tochter einem sächsischen Edeling zur Braut ... mit einem Wort, ich passe mich an. Kann ich mich aber deshalb sicher fühlen? Darf ich ihnen vollkommen vertrauen? Einigen ja, zum Beispiel Remmert, der sich in Worten und Taten immer als wahrer Freund gezeigt hat. Bei anderen habe ich meine Zweifel. Wie kann ich alles wissen, was in den dunklen Wäldern ringsum geschieht? Wer ahnt, was sich dort zusammenbraut! Gibt es heimliche Verbindungen zu denen jenseits der Elbe, den Obodriten? Machen sie vielleicht mit ihnen gemeinsame Sache, um uns, die Franken, wieder loszuwerden? Werden sie eines Tages, völlig überraschend, gemeinsam über uns herfallen? Deshalb mein dringendes Gesuch um Verstärkung! Denn eines, meine Herren Boten des Kaisers, steht fest: Tagsüber auf Schleichwegen durch die Wälder und Sümpfe und nachts auf Flößen und Booten über die Elbe werden Waffen zu den Filzhüten gebracht. Natürlich ohne Wegegeld und Grenzzoll zu zahlen. Gute fränkische Waffen, erstklassige Schmiedearbeit, von Händlern aus weiter Ferne herbeigeschafft ... Schwerter, Lanzen, Dolche, Äxte! So steht es hier, das ist die Lage. Sagt selbst ... hättet Ihr dabei noch eine ruhige Nacht?«

»Ist es ein gewisser Bromios«, fragte Odo, »ein Grieche oder Syrer, der sie beliefert?«

»Ihr seid gut unterrichtet. Bromios ist der Hauptlieferant. Ein besonders gerissener Kerl, den ich bisher nicht fassen konnte, weil er bei jedem Besuch einen anderen geheimen Weg benutzt.«

»Und womit bezahlen die Obodriten?«, fragte ich. »Eisen ist kostbar, Waffen sind teuer.«

»Oh, sie horten Silber und haben auch sonst allerlei zu bieten, das woanders geschätzt wird: kostbare Pelze, Honig, Bernstein ... Vor allem aber das Beste: Menschen!«

»Wie? Sie handeln mit Menschen?«, rief ich. »Heißt das, mit ...«

»Ja, leider, Gott sei es geklagt«, erwiderte Waratto und seufzte tief. »Mit ihren eigenen Stammesgenossen! Sie verkaufen sie unbarmherzig als Sklaven an die Herrscher im Orient und Hispania. Manchmal holen sie sich die Leute, die sie verkaufen wollen, auch von ihren Feinden, den Wilzen. Und sie haben sogar schon sächsische Dörfer überfallen – in meinem Gau. Auch dazu brauchen sie ja die fränkischen Waffen. Aber wenn sie bei diesen Raubzügen nicht erfolgreich sind, wildern sie in ihrem eigenen Volk. Es schaudert einen Christenmenschen vor so viel Kaltherzigkeit und Grausamkeit!«

Inzwischen war es fast dunkel geworden. Waratto winkte zwei Knechte herbei, die mit Kienfackeln vorüber gingen. Sie mussten neben uns stehen bleiben und uns leuchten.

»Und was habt Ihr dagegen unternommen?«, fragte Odo, der mir mit einem Blick zu verstehen gab, dass er von dem, was er gerade gehört hatte, kein Wort glaubte.

»Das Menschenmögliche!«, sagte der Graf und schenkte ihm noch einmal ein. »Das heißt, mit den Kräften, die ich habe. Eineinhalb Hundertschaften ... was ist das schon? Davon zwei Drittel aus Sachsen bestehend, alles andere als zuverlässig. Wie soll ich mit so wenigen Leuten geheime Handelsstraßen und das lange Elbufer überwachen? Und doch war ich immer wieder erfolgreich. Manches Waffengeschäft konnte ich vereiteln. Vielen unschuldigen Menschen den Verkauf in die Fremde ersparen.«

»Und was wurde aus denen?«, fragte ich. »Was habt Ihr mit ihnen gemacht?«

»Fragen stellt Ihr!«, sagte der Graf und sah mich an, als hätte ich ihn gefragt, ob hier nachts die Sonne scheine. »Ich habe sie selbstverständlich zu ihrem Stamm zurückgeschickt. Was sollte ich sonst mit ihnen anfangen? Ich habe sie in Boote gesetzt und hinüberrudern lassen. Was dort aus ihnen wurde, kann ich freilich nicht sagen. Möglich ist es, dass ihr gewissenloser Häuptling, Knes Ratibor, sie dem nächsten Händler, der mir durchschlüpfte, noch einmal verkauft hat.«

»Mit diesem Ratibor steht Ihr also schon lange auf Kriegsfuß«, stellte Odo fest, »obwohl ...«

»Ja, ja, ich weiß, dass der Kaiser ihn schätzt, weil er ihm damals gegen die Sachsen beistand! Aber Ihr hattet unrecht, lieber Odo, hundertmal unrecht, als Ihr mich vorhin anklagtet! Der Kaiser hat nicht mit dem Wankelmut dieser wendischen Häuptlinge gerechnet. Wie kann man mit einem solchen Nachbarn in Frieden leben! Wie viele Verluste hat er mir zugefügt, wie viele ausgezeichnete Männer verlor ich durch seine Schuld! Er hasst mich, weil ich immer wieder seine dunklen Machenschaften durchkreuze. Deshalb holte er nun zu einem Schlag aus, der mich niederschmettern, der mich vernichten soll. Und er traf mich tatsächlich mitten ins Herz. Meine Tochter! Meine geliebte Tochter! Der Unhold hat sie in seiner Gewalt!«

Waratto stützte sich schwer auf den Tisch und verbarg seine gramverzerrte Miene in beiden Händen.

»Seid guten Mutes!«, näselte plötzlich der Bräutigam Wido, der in der Nähe stand und die Ohren spitzte. »Ich gehe über den Fluss und hol sie zurück. Der Schurke Slawomir soll zittern! Jawohl, das schwöre ich!«

Diese martialische Äußerung des dürren Sachsen erregte ringsum Gelächter. In der Ecke, wo die Franken saßen, fielen höhnische Bemerkungen.

»Hört den Helden, der sich die Braut stehlen lässt!«

»Er soll sich hinter einem Baum versteckt haben, als die Filzhüte auftauchten!«

»Und sie war froh, ihren Bräutigam los zu sein!«

»Vielleicht bekommt er sie wieder ... aber beschädigt!«

Waratto brachte die Lacher mit einem zornigen Blick zum Schweigen. »Darüber wage niemand zu spotten! Wir sind in ernster Gefahr. Die Angriffe werden immer frecher und blutrünstiger. Wir müssen das Schlimmste befürchten, wenn der Kaiser uns nicht Verstärkung gewährt. Ich bin es leid, dass meine Familie ein Opfer nach dem anderen bringt!«

Inzwischen war auch der fette, knollennasige Remmert herbeigekommen und hatte sich, seinen Becher in der Hand, uns gegenüber an der Seite Warattos niedergelassen. In einer vertraulichen Art, die uns verwunderte, klopfte er dem Grafen auf die Schulter.

»Beruhige dich! Mein Sohn meint es ernst, wenn er verspricht, deine Tochter zurückzuholen. Man muss es ja nicht gleich mit dem Schwert versuchen. Es gibt andere Möglichkeiten. Man könnte verhandeln, ihre Habgier nutzen ...« Er schielte Beifall heischend zu uns herüber.

»Was würdet Ihr denn für sie bieten?«, fragte ich ihn. »Eine Bootsladung Waffen?«

»Wo denkt Ihr hin! Wir wissen, dass das der Kaiser nicht wünscht.«

»Was dann? Vielleicht Schafe?«

»Wie?«

»Nun, Schafe!«, wiederholte ich. »Ihr seid doch Schafzüchter.«

»Gewiss ... Aber ...«

»Ich meine die Schafe, die Zelibor hütet.«

Er blinzelte mich an und schien um die Antwort verlegen zu sein.

»Wie kommt Ihr darauf?«, fragte er dann misstrauisch, wobei er einen Seitenblick auf Waratto warf, der ihm offenbar unter der Bank einen Tritt gegeben hatte. Mir entging auch nicht, dass einige, die in der Nähe saßen, über den Tisch gelümmelt unserem Gespräch mit aufgerissenen Augen und offenen Mäulern folgten und darüber sogar zu trinken vergaßen.

»Wie ich darauf komme?«, sagte ich zu Remmert. »Nun. brachtet Ihr vorhin nicht die Nachricht, dass der Schafstall des Zelibor voll sei?«

»Ah, Ihr meint ... Oh, ja, natürlich! Zelibor handelt mit Viehzeug aller Art und ... Ihr habt recht, man könnte es damit versuchen ... unsere Rasse ist besser als die ihrige ... viel besser ...«

»Und wer soll den Handel abwickeln? Der Schäfer?«

»Wie?«

»Der Schäfer!«

»Der Schäfer?«, stammelte er. »Was für ein Schäfer?«

»Der noch nicht eingetroffen ist«, sagte ich, wobei ich versuchte, harmlos zu lächeln. »War das vorhin nicht Eure Botschaft? Der Schäfer sei noch nicht eingetroffen?«

»Ah ...ja, ja, ja, so ist es!«, fiel ihm nun ein. »Der Schäfer ... er kennt gute Weideplätze mit fettem Gras. Er führt die Schafe dorthin.«

»Heißt er zufällig Bromios?«

»Bromios? N... nein, das ist ... das ist ein anderer ... ein Händler. Der Schäfer heißt Brun. Ja, Brun ... so heißt er! Er holt die Schafe und führt sie hinaus. Ist ein sehr guter Schäfer, hat kaum Verluste, vertreibt die Wölfe ... Ihr habt recht ... ja, ja ... man könnte ein Tauschgeschäft machen ...«

Remmert schnaufte und schwitzte. Seine flinken Äuglein, die aus dem Urwald seines grauen Bartes hervorblitzten, suchten immer wieder den Blick des Grafen.

Der entschloss sich nun endlich einzugreifen. Nach wie vor gab er sich niedergedrückt, und unser Wortwechsel schien ihn zu quälen.

»Ja, wenn das alles so einfach wäre, mein lieber Lupus«, sagte er. »Hundert Schafe des Zelibor für meine Tochter ... Ich würde dreihundert, fünfhundert, tausend geben ... aber werden sie damit zufrieden sein? So kostbare Beute hatten sie nie! Wer kann wissen, wohin sie sie verschleppt haben! Vielleicht weit fort, in ihre verfluchte Mecklenburg, zu ihrem Oberhäuptling Drazko. Vielleicht opfern sie sie ihren grausamen Göttern, dem Siwa oder dem Radigost. Ich werde wohl meine Tochter, meine Swinde, mein teures Kleinod, mein Augenlicht niemals wiedersehen!« Der Graf seufzte schwer und – wahrhaftig – eine Träne floss ihm über die Wange.

Jetzt tat er uns aufrichtig leid, und Odo sprach mit fester Stimme: »Davon kann nicht die Rede sein. Wenn sie Eure Tochter geraubt haben, werden sie sie wieder freigeben müssen. Das erkläre ich im Namen des Kaisers!«

»Ich danke Euch«, sagte Waratto. »Aber was wird das nützen? Der Schurke Ratibor und Slawomir, sein noch schlimmerer Sohn... sie hören Euch nicht.«

»Heute nicht.« Odo trank einen Schluck Wein und strich mit einer schwungvollen Geste seinen Schnurrbart. »Aber morgen. Morgen hören sie mich!«

»Wie das?«

»Wir werden ihnen unsere Aufwartung machen.«

»Ihr wollt zu ihnen gehen? Über die Elbe?«

»Gleich morgen früh!«

»Das wollt Ihr wagen? Etwa allein? Mit den wenigen Leuten? Oder rechnet Ihr damit, dass die fünf Hundertschaften ...«

»Das nicht. Ich glaube nicht, dass sie morgen schon hier sein werden. Was haben wir zu befürchten? Die Wenden da drüben sind noch immer Verbündete des Kaisers, und wir Franken haben ihnen niemals ein Unrecht getan. Oder täusche ich mich?«

»Natürlich nicht.« Waratto hielt dem prüfenden Blick Odos stand und fügte bekräftigend hinzu: »Kein Unrecht. Niemals!«

»Dann kann uns ja wirklich nichts geschehen. Ihr habt sicher ein Floß für den Übergang. Unsere Tiere und unser Wagen müssen ja mit hinüber.«

»Das wird sich machen lassen.«

»Wie wäre es«, regte ich an, indem ich mich an Remmert wandte, »wenn uns Zelibor hinüberbrächte? Er soll ja auch Fährmann sein.«

Mir entging nicht, dass der Sachse wieder den Blick des Grafen suchte und darin wohl etwas las, das ihm die Antwort eingab.

»Auch das wäre möglich«, erwiderte er gedehnt. »Nur würdet Ihr einen Umweg machen, und es gibt nur einen schmalen Pfad durch den Sumpf ...«

»Ist es weit bis zu seinem Wirtshaus?«

»Oh, etliche Meilen flussaufwärts. Wenn Ihr darauf besteht, dass Euch Zelibor übersetzt, können wir auch gleich in der Frühe einen Knecht zu ihm schicken. Zelibor wird dann morgen im Laufe des Tages mit seinem Floß die Elbe herabkommen.«

»Das kostet Zeit«, sagte Odo entschieden. »Wir sollten bei Sonnenaufgang schon unterwegs sein!«

Er trank seinen Becher aus und erhob sich. Ich folgte seinem Beispiel. Es war Nacht geworden, das Mondlicht warf lange, schwarze Schatten. Erst jetzt bemerkte ich, als ich mich noch einmal umsah, dass ringsum an die hundert Männer auf den Bänken saßen, auf der Erde hockten oder im Kreise standen, wie große Vögel, und uns stumm und gespannt, wie es schien, zuhörten. Sie machten uns anstandslos Platz, als wir uns entfernten, doch mir klopfte das Herz dabei und es lag wohl nicht nur am Wein, dass ich weiche Knie hatte.

Später lagen wir nebeneinander in unserem Zelt unter dem Weidenbaum. Die Einladung des Grafen, in seinem sächsischen Haus auf der langen Pritsche mit seiner Familie und der halben Gefolgschaft zu nächtigen, hatten wir höflich abgelehnt. Fulk hielt draußen Wache, wir hörten den Sand unter seinen Schritten knirschen. Er hatte darauf bestanden, bis zum Morgengrauen allein zu wachen und sich erst dann von einem unserer Männer, die nicht sächsischer Herkunft waren, ablösen zu lassen. Er traute weder Waratto noch Remmert und wollte, nachdem sie uns eine gute Nacht gewünscht hatten, hinter unserem Rücken ein zufriedenes Grinsen der beiden bemerkt haben.

Wir konnten beide nicht schlafen. Immer wieder erscholl von irgendeiner Seite Hundegebell, von einer anderen wurde geantwortet und es dauerte lange, bis wieder Ruhe eintrat. Wir wälzten uns hin und her und wurden einander auf dem schmalen Lager recht lästig.

»Wenn du mir noch einmal den Ellbogen ins Auge stößt«, drohte ich schließlich, »ramme ich dir mein Knie in den Bauch.«

»Tu es nur«, raunzte Odo, »dann haben wir ein bisschen Vergnügen, solange wir noch lebendig sind.«

»Ach, jetzt hast du wohl Angst?«, gab ich giftig zurück. »Aber vorhin musstest du ja den hochherzigen Befreier spielen.«

»Kann ich zulassen, dass eine edle Fränkin bei den Filzhüten auf dem Opferaltar landet?«

»So schlimm wird es schon nicht kommen. Aber es handelt sich ja um ein Weib, da kannst du nicht anders. Dafür stürzt du dich und uns in ein gefährliches Abenteuer.«

»Als Gesandtschaft des großen Karl«, beharrte er, »sind wir verpflichtet, dorthin zu gehen. Vergessen?«

»Die Lage hat sich geändert!«, hielt ich entgegen. »Der Überfall auf den Brautzug beweist es. Aus den Freunden sind Feinde geworden. Vielleicht machen sie uns gleich nieder, wenn wir drüben ans Ufer steigen. Besser wäre es, erst einmal Erkundigungen einzuziehen.«

»Und wo? Vielleicht im Wirtshaus dieses Zelibor?«

»Das halte ich für dringend geboten!«

»Du komischer Heiliger kannst es wohl nicht erwarten, ins Paradies zu kommen.«

»Was?«

Auf einen Ellbogen gestützt, richtete er sich auf, und im Halbdunkel des Zeltes stieß schattenhaft seine gewaltige Nase auf mich herab.

»Das würde nämlich zur Folge haben, Freund, dass man uns schon auf dem diesseitigen Ufer erledigt. Waratto und Remmert würden uns kaum Zeit lassen, die Schafe des Zelibor zu zählen.«

»Du glaubst also auch, dass damit Gefangene gemeint sind. Obodriten!«

»Was sonst?«

»Sparuna sagte, hier in der Burg seien keine. Man hat sie wohl schon alle dorthin gebracht.«

»Ja, man sammelt sie dort, weil der Schäfer erwartet wird. Dieser Bromios, damit hattest du recht.«

»Wieder ein Menschenraub!«, seufzte ich. »Das war sie ... die schlimmere Tat, die den Überfall auf den Brautzug zur Folge hatte.«

»Und natürlich wissen sie jetzt, dass wir es wissen. Oder zumindest ahnen. Dank deiner Neugier und Fragerei, Vater. Wir können froh sein, wenn sie uns morgen noch zu den Obodriten entkommen lassen.«

»Au!«

»Was ist jetzt wieder?«

»Flöhe ...«

Ich erwischte einen und knackte ihn. Odo hockte sich aufrecht hin und kratzte sich den Rücken, auch er hatte wohl Besuch bekommen.

»Es sind deine Flöhe«, sagte er. »Das möchte ich mal bemerkt haben. Sie kommen immer von dir.«

Ich fand, dass angesichts der Gefahr, in der wir schwebten, meine Flöhe augenblicklich das kleinere Übel waren.

»Glaubst du wirklich,« fragte ich bange, »dass Waratto und Remmert ... dass sie uns gleich hier ...?«

»Noch schützen uns die fünf Hundertschaften.«

»Die es nicht gibt!«

»Und das werden sie bald herauskriegen. Ich bin sicher, Warattos Kundschafter sind schon im Mondschein unterwegs. Wir tun gut daran, zu verschwinden, bevor sie zurück sind. Danach wird man uns nämlich, nicht ganz zu unrecht, wie Schwindler behandeln. Trotz unserer schönen Ernennungsurkunde.«

»Das heißt, wir haben nur die Wahl zwischen Scylla und Charybdis!«

»Sehr fein und gebildet ausgedrückt, Vater. Hier droht der Untergang an beiden Ufern der Elbe.«

»Und du siehst keinen Ausweg?«

»Nur einen Aufschub. Unter Umständen! Waratto wird uns ziehen lassen, weil er hofft, dass wir ihm seine Tochter zurückbringen. Sparuna und Niklot könnten uns drüben erst einmal vor dem Schlimmsten bewahren. Gelingt dies und die Filzhüte rösten uns nicht auf dem Opferstein, wird uns Waratto erst nach unserer Rückkehr auf germanisch bestatten. Und das tut er – oder ich kenne ihn schlecht.«

»Gott im Himmel, gibt es denn gar keine Rettung?«, stöhnte ich.

»Wir könnten uns ja mit dem Floß die Elbe hinuntertreiben lassen, ins Nordmeer. Dort soll es eine Insel geben, Skandinavia, wo immer noch Wodan mit seiner Gefolgschaft haust. Wir könnten ihn um Asyl bitten.«

»Unsinn! Es gibt keinen Wodan!«

»Ja, dann werden uns wohl die Fische fressen«, schloss Odo, der offenbar keine Lust mehr hatte weiterzureden. Er warf sich auf sein Lager zurück und drehte sich auf die andere Seite.

»Au! Schon wieder dein Ellbogen! Willst du mir etwa die Nase brechen?«

»Was macht das? Du brauchst sie ja nicht mehr lange.«

Im nächsten Augenblick schnarchte er.

5. Kapitel

Mit seiner Vermutung, Waratto werde uns in der Hoffnung ziehen lassen, durch unsere Vermittlung seine Tochter zurückzubekommen, behielt Odo recht. Vielleicht war es aber auch ein anderer Grund, weshalb er uns gleich in der Frühe zum Aufbruch drängte. Kaum hatten die Hähne gekräht, kaum zeigte sich im Osten der erste rosige Schimmer, als wir ihn schon geschäftig sahen. Und während Odo und ich uns am Brunnen wuschen, kam er heran und verkündete, es sei alles bereit. Ein Floß für den Wagen und die Tiere und sein eigenes, geräumiges Boot für uns und unsere Gefolgschaft warteten bereits am Elbufer, nur eine halbe Meile entfernt. Er rate zur Eile, fügte er hinzu, denn sein Vaterherz sage ihm, dass seine Tochter in höchster Gefahr sei und nur wir sie noch retten könnten.

»Seid nicht zaghaft«, empfahl er, »und lasst Euch von Ratibor nicht hereinlegen. Dieser Kerl kennt nur Lug und Trug! Er wird Euch, um sein Verbrechen zu rechtfertigen, Schauergeschichten erzählen. Er wird mich und meine Leute der schlimmsten Übergriffe bezichtigen. Vorsicht also! Glaubt ihm kein Wort! Zögert auch nicht, ihm Vergeltung anzudrohen – für den Fall, dass er Swinde und die anderen nicht freilässt. Sagt ihm, dass Ihr fünf Hundertschaften heranführt, die unverzüglich über den Fluss gehen und seine Burg dem Erdboden gleichmachen werden!«

»Wir werden ihm sagen, was der Herr Karl, unser Kaiser, uns auftrug«, erwiderte Odo, während er sich, auf einem Bein hüpfend, das Wasser aus den Ohren schüttelte. »Kein Wort mehr und keines weniger, das wird genügen. Macht Euch um Eure Tochter keine Sorgen, wir bringen sie Euch zurück. Was die fünf Hundertschaften betrifft ...«

»Oh, da seid Eurerseits unbesorgt!«, beeilte sich Waratto zu versichern. »Ich werde sie empfangen und als Ranghöchster an diesem Platz die Befehlsgewalt übernehmen. Solange Ihr abwesend seid, versteht sich«, fügte er rasch hinzu, als er Odo die Brauen runzeln sah.

»Nun, meinetwegen.« Odo warf seinen Kittel über und zog die Gürtelschnalle fest. »Doch geduldet Euch, sie könnten noch ein paar Tage zurück sein. Und wenn sie dann hier sind ... keine Unbesonnenheit!«

»Darauf verlasst euch!«

Die beiden maßen sich mit einem langen, ernsten Blick, der jedoch dem aufmerksamen Beobachter Odos Spott und Warattos Tücke nicht verbergen konnte.

»Verliert aber nun keine Zeit«, mahnte der Graf.

»Die Zeit für eine Frühmesse werden wir noch ›verlieren‹«, sagte ich anzüglich, »um uns für die Begegnung mit den Heiden zu stärken.«

Es waren allerdings nur Rouhfaz und einer der Recken, die ich zur Andacht in dem kleinen, windschiefen, hölzernen Gotteshaus überreden konnte. Der Bischof Chrok war mir von früheren Begegnungen her gut bekannt. Wir hatten auch am Abend zuvor ein paar Worte gewechselt und dabei der Märtyrer gedacht, die für die frohe Botschaft, die sie in diese freudlose Gegend getragen hatten, so teuer bezahlen mussten. Auch er war emsig in der Sachsenmission unterwegs, und man rühmte seine Erfolge. Das Kirchlein fasste die Gläubigen kaum, die gekommen waren, darunter die edle Frau Gerberga, Warattos Gemahlin, die lange weinend vor dem Altar kniete und für das Leben ihrer Tochter betete. Am Ablauf der

Messe war nichts auszusetzen, und ich werde davon dem Herrn Erzkaplan in Aachen zu rühmen wissen. Es gehört ja zu meinen Pflichten als geistlicher *missus*, darauf zu achten, dass die Diener Gottes beim Messopfer nicht betrunken oder unanständig gewandet sind, dass sie nicht unverständlich murmeln und brabbeln, sondern klares Latein sprechen, dass sie alle vorgeschriebenen Handlungen ausführen. Bei Chrok war also, wie zu erwarten, nichts zu bemängeln.

Besonders gefiel mir, dass auch der junge Messdiener und die Chorknaben mit ihren hellen Stimmen sehr schön lateinisch psalmodierten. Umso erstaunter war ich freilich, als ich nach dem *Ite, missa est* die Kirche verließ und diese Knaben beieinanderstehen sah und laut miteinander reden hörte. Natürlich sprachen sie nicht mehr Latein, aber auch kein sächsisches Diutisk – sie sprachen Wendisch! Nach der langen Reise mit Sparuna und Niklot war ich in dieser Sprache schon so weit bewandert, dass ich das leicht erkennen konnte.

»Was sind das für Knaben?«, fragte ich Chrok. »Wo kommen sie her?«

»Nun ja, sie kommen von jenseits des Flusses«, erwiderte er, wobei er, ein wenig verlegen, wie mir schien, seine Hände knetete. »Es sind junge Obodriten. Sie haben dem Götzendienst abgeschworen, um den wahren Glauben auszuüben.«

»Das taten sie doch sicher nicht freiwillig.«

»Natürlich bedurften sie meiner Hilfe.«

»Sind es Waisen?«

»Gewissermaßen.«

»Die Eltern?«

»Erwartet ein schweres Los.«

»Das heißt, sie wurden als Sklaven verkauft.«

»So ist es, leider. Ich konnte mit Gottes Hilfe verhindern, dass auch diese Kinder in die Fremde verschleppt wurden.«

Chrok blickte dankbar zum Himmel auf. »So unterweise ich sie, und wenn sie herangewachsen sind, werden sie zu ihrem Volk zurückkehren und das Wort Gottes verkünden.«

»Wo habt Ihr die Kinder aufgelesen, ehrwürdiger Vater? Bei Zelibor?«

Chrok seufzte und zögerte einen Augenblick mit der Antwort. »In der Tat, so ist es«, sagte er dann. »Dort pflegt der Händler ...«

»Der Händler Bromios.«

»Ja, das ist wohl sein Name. Er pflegt dort zu rasten, und wenn ich davon erfahre, beeile ich mich, dorthin zu gehen und für die Kinder zu bitten. Manchmal habe ich damit Erfolg.«

»Bei Bromios? Oder beim Grafen Waratto? Oder bei Remmert?«

»Natürlich bei Bromios. Das heißt, die Herren Waratto und Remmert zeigten sich meinem Anliegen gegenüber stets aufgeschlossen und unterstützten es.«

»Die beiden wissen also von diesen Sklaventransporten über den Stützpunkt Zelibor.«

»Das müssen sie wohl. Man kann den Handel mit Menschen beklagen, aber er ist nun mal nicht verboten. Der Händler hat eine kaiserliche Genehmigung, mit seiner Ware – auch der menschlichen – über die Straßen des Reichs zu ziehen.«

»Das heißt, Waratto und Remmert erheben nur die üblichen Zölle.«

»So wird es wohl sein.«

»Und wer verschafft dem Händler die Ware?«

»Das weiß ich nicht«, sagte der Bischof gedehnt. »Ich will es auch nicht wissen. Wozu? Ich frage die Knaben nicht, und ich glaube, sie haben auch keine Erinnerung daran, wie das zuging. Drüben, am anderen Ufer, herrscht große Armut. Manche Familienväter verkaufen sich, wie man hört, sogar selbst. Sie ziehen für sich und die Ihrigen das Sklavenjoch vor, ehe ihnen noch Schlimmeres widerfährt.«

»Könnte es sein, dass zurzeit bei Zelibor eine große Anzahl wendischer Sklaven darauf wartet, dass der Händler kommt und sie abholt?«

»Auch davon weiß ich nichts. Nein, auf diese Frage kann ich Euch keine Antwort geben.«

Mehr war aus dem guten Bischof nicht herauszuholen, und ich versuchte es auch nicht. Er musste froh sein, hier geduldet zu werden, und tat wohl nur, was ihm unter den obwaltenden Umständen möglich war. Er rettete einige Knaben vor dem Messer obskurer Chirurgen, die dafür sorgen würden, dass sie als Verschnittene auf den großen Sklavenmärkten des Orients und des Okzidents für ein Vielfaches dessen, was sie gekostet hatten, weiter verkauft werden konnten. Außerdem erzog er sie zu guten Christen.

Wir drei Kirchgänger eilten hinunter zum Fluss. Dort wurde gerade unser Wagen auf das Floß geschoben. Odo leitete die umständliche Verrichtung und packte selber kräftig mit an. Sparuna und Niklot verbargen sich immer noch zwischen unserem Gepäck. Odo glaubte zwar nach wie vor, dass ihnen niemand etwas zuleide tun würde, solange sie sich an seiner Seite hielten, doch hatte ich mich mit der Warnung durchgesetzt, dass sie ein Unbesonnener trotzdem angreifen könnte und daraus neue Gefahren für uns entstehen würden. Wir mussten die beiden unbedingt heil ans andere Ufer bringen, schon zu unserer eigenen Sicherheit. Denn wer sollte uns bei dem nun sicher feindlich gesinnten Knes Ratibor als friedfertige Gesandte einführen?

Inzwischen waren auch Waratto, Remmert, Wido und mit ihnen an die hundert Männer ans Ufer der Elbe gekommen,

Franken und Sachsen, die uns mit sichtlich zufriedenen Mienen verabschieden wollten. In einigen bärtigen Gaunergesichtern las ich höhnische Vorfreude auf den blutigen Empfang, den man uns vielleicht noch am selben Tag, gleich nach unserer Ankunft, am anderen Ufer bereiten würde. In diesem Augenblick fiel mir ein, dass wir ja etwas Hochwichtiges vergessen hatten. Wenn sich die edlen Herren hier auch ganz ungeniert und selbstherrlich aufführten, so sollten sie doch wissen, dass in der Ferne die Riesenfaust des Kaisers das Schwert in der Hand hielt, das sie vernichten konnte, wenn sie es zu bunt trieben.

Ich schickte Rouhfaz auf das Floß zu unserem Wagen, um den Dokumentenkasten zu holen. Diesem entnahm ich drei Pergamentrollen: das neue *Capitulare missorum generale*, das ältere *Capitulare Saxonicum* sowie die kürzlich beschlossene *Lex Saxonum*. Ich trat zu Waratto und überreichte sie ihm. »Herr Graf«, sagte ich, »diese Schriften enthalten den Willen unseres Herrn Kaisers und die Gesetze der Sachsen. Bevor wir weiterreisen, wollen wir tun, was unseres Amtes ist: Euch das neue Kapitular zur Kenntnis geben und Euch an das alte erinnern. Ich bin bereit, Euch alle Artikel vorzutragen und auf Wunsch zu erläutern.«

»Nicht nötig«, erwiderte Waratto mit einem breiten Lächeln, wobei er die Rollen nahm und nachlässig an einen seiner Gefolgsleute weiterreichte. »Wir sind nicht hierher gekommen, Diakon Lupus, um von Euch einen Vortrag zu hören. Die alten Kapitularien sind uns bekannt und werden befolgt. Mit dem neuen werden wir uns vertraut machen. Auch die Sachsengesetze kenne ich schon. Wer einen Edeling schlägt, zahlt ein Wergeld von 30 Solidi, wer ihm einen Knochen bricht, 240, wer ihm ein Auge ausschlägt oder die Nase abschneidet, 720. Richtig?«

»Aber zwei Augen, zwei Ohren und zwei Eier kosten das Doppelte!«, fügte Remmert mit einem glucksenden Lachen hinzu.

Auch die Umstehenden fanden das komisch und wieherten los.

»Ja«, sagte Waratto, ebenfalls lachend, »hier geht es streng nach dem Gesetz. Wer einen Unschuldigen kastriert, den er mit seiner Frau verdächtigt, dem ergeht es übel. Nein, dies ist kein Ort für Verbrecher! Deshalb gibt es bei uns auch kaum Mörder, Brandstifter, Räuber und Diebe.«

»Nicht einmal Diebe?«, fragte Odo, der im Vorbeigehen die letzten Worte des Grafen gehört hatte.

»Mir ist im Augenblick keiner bekannt«, entgegnete Waratto, noch immer heiter. »Wenn aber einer gefasst wird, kommt er vor meinen Richterstuhl, gibt alles zurück und zahlt dazu eine gehörige Buße. Das versichere ich Euch!«

»Ah, da fällt mir noch etwas ein!«, rief Odo, wobei er sich an die Stirn schlug. »Die Sammlung Eurer ungewöhnlichen Taten! Ich hatte doch versprochen, Eurem Schreiber das Kriegserlebnis mit Euch zu berichten. Wer weiß, wie es uns da drüben ergeht und ob ich noch jemals dazu komme. Es wäre jammerschade, wenn die Nachwelt von Eurer Ruhmestat nichts erführe.«

»Wie wahr!«, erwiderte Waratto selbstgefällig. »Das wäre wirklich sehr schade. Zufällig ist mein Kanzlist zur Stelle. Wiprecht!«, rief er.

Ein blasses Männlein, dem eine Wachstafel am Gürtel hing, drängte zu ihm.

»Herr Odo wird dir jetzt ein Erlebnis berichten. Schreib alles auf und füge es deinem Buch über meine Heldentaten hinzu. Es ist ja fast fertig, wir schicken es dann gleich an den

Hof, damit man es dort zur Kenntnis nimmt. Ja, es wird Zeit für mich, an die Zukunft zu denken und mich dort in Erinnerung zu bringen«, wandte er sich an sein Gefolge. »Der Posten des Kämmerers, der die kaiserlichen Finanzen verwaltet, soll demnächst frei werden.«

Ich ahnte, was Odo vorhatte, und beeilte mich deshalb, das ebenfalls schon zu Wasser gelassene Boot zu besteigen. Rouhfaz nahm neben mir am Bug Platz, die Recken hatten bereits die Ruderbänke besetzt. Helko und Fulk blieben auf dem Floß bei den Tieren, die auch schon auf dem leicht schwankenden Boden zur Überfahrt bereitstanden. Da sie solche Unternehmungen kannten, verhielten sie sich ganz ruhig. Die Strömung des mächtigen, breiten Flusses war zum Glück nicht sehr stark, es herrschte fast Windstille, und kein Wölkchen verdeckte die aufsteigende und schon angenehm wärmende Sonne.

Odo war mit dem Schreibermännlein beiseitegegangen und bedeutete ihm, das Gesagte auf seiner Tafel festzuhalten. Wiprecht schien sich aber zu weigern und blickte ganz entsetzt zu ihm auf. Odo musste seine Hand packen und ihn zwingen, den Griffel in das Wachs zu drücken. Endlich schrieb er, wobei er noch mehrmals erschrocken hochblickte. Schließlich klopfte mein Amtgefährte ihm anerkennend auf die Schulter. Dann winkte er Waratto und den anderen huldvoll und ein wenig herablassend zu, kam lachend die kurze Böschung herunter und sprang ins Boot. »Nun legt euch ins Zeug!«, rief er und ergriff das Steuer. »Sonst schicken sie uns noch einen eisernen Gruß hinterher!«

Wir stießen ab. Unsere sechs Männer und die beiden Knechte, die das Boot zurückbringen sollten, begannen zu rudern. Die Flößer rammten ihre Stangen auf den Grund, und das Floß nahm ebenfalls Fahrt auf.

Ich blickte gespannt zum Ufer zurück. Tatsächlich, dort gab es Bewegung. Waratto trat zu dem Schreibermännlein, das ängstlich zurückwich und die Wachstafel hinter dem Rücken verbarg. Der Graf entriss sie ihm aber, hielt sie ihm unter die Augen und rüttelte ihn an der Schulter. Natürlich wollte er gleich wissen, welche Ruhmestat Odo berichtet hatte. Alle Männer umringten den Schreiber. Plötzlich hörten wir einen empörten Aufschrei. Aus der Mitte des Haufens flog die Wachstafel hoch in die Luft und landete irgendwo im Uferschlick. Und das Schreibermännlein machte einen gewaltigen Satz hinterher.

»Der arme Kerl tut mir leid«, sagte Odo, der ebenfalls alles gesehen hatte. »Er kann ja nichts dafür!«

»Um Gottes willen, was hast du ihm denn diktiert?«, rief ich über die Köpfe unserer Ruderer hinweg.

»Na, was wohl? Die Wahrheit! Du kennst sie doch, Vater. Ich diktierte: ›Die größte Heldentat des edlen Waratto in der blutigen Schlacht am Süntel war diese: In der Nacht vor dem Ausmarsch schnitt er dem edlen Odo von Reims, seinem schlafenden Zeltnachbarn, einen Lederbeutel mit dreihundert Denaren vom Halse. Die dreiste Dieberei forderte Kühnheit, Geschicklichkeit und Entschlusskraft und stellte alle Waffentaten der fränkischen Krieger in den Schatten.‹ Ist das nicht gut gesagt?«

»Die dort am Ufer scheinen anderer Meinung zu sein.«

Wir sahen noch, dass einige Fäuste gereckt wurden und hörten, dass man uns etwas nachrief. Doch wir waren bereits ein gutes Stück entfernt und mit der Strömung flussabwärts getrieben. Das Rauschen des Wassers und das klatschende Geräusch der eintauchenden Ruder übertönten die Stimmen. Natürlich geschah weiter nichts, doch war nun endgültig klar, dass wir an diesen Ort nicht zurückkehren konnten.

Wir nahmen es heiter, und immer mal wieder während der Überfahrt brachen wir in Gelächter aus.

Als wir über die Mitte des Stroms hinaus waren, wurden unsere Heiterkeitsausbrüche allerdings seltener. Unsere Aufmerksamkeit galt nun dem anderen Ufer. Wir wussten von unseren wendischen Reisebegleitern, dass im Ufergebüsch Bewaffnete lauerten, die den gegenüberliegenden Hafen der Sachsen und alle Bewegungen auf der Elbe beobachteten. Sie schützten auch die eigenen Fischer. Wenn diese von sächsischen Booten belästigt wurden, konnte es geschehen, dass zehn, zwanzig Pfeile wie ein Vogelschwarm aus dem Schilf aufflogen und sie vertrieben.

Seltsamerweise waren zu dieser Morgenstunde weit und breit keine wendischen Fischer zu sehen. Nur hinter uns, auf der sächsischen Seite, brachen mehrere Boote zum Fang auf. Still und menschenleer war das nördliche Ufer des Stroms, wo die hohe grüne Wand eines dichten Waldes alles verbarg, was sich dahinter abspielen mochte. Wir hielten auf eine kleine Bucht zu. Nur ein einsamer Haubentaucher blickte uns neugierig entgegen, erwartete uns aber nicht und verschwand unter Wasser.

Längst waren wir auf Pfeilschussweite heran, doch eine unliebsame Überraschung blieb aus. Wir hatten aber auch vorgesorgt. Schon kurz nach dem Aufbruch vom anderen Ufer hatten Helko und Fulk die beiden Wenden aus ihrem unbequemen Versteck herausklettern lassen. Die sächsischen Flößer machten beim Anblick der wilden, verwahrlosten Gestalten runde Augen, und einer war so erschrocken, dass er gleich ins Wasser sprang und zurückschwamm. Niklot erwischte noch seine Stange und nahm seinen Platz ein. Sparuna postierte sich am Rande des Floßes, der wendischen

Seite zugewandt, und stieß Rufe in seiner Sprache aus. Doch die Wächter, denen er damit unsere freundliche Gesinnung anzeigte, rührten sich nicht.

Es geschah überhaupt nichts. Wir lenkten das Boot und das Floß in die Bucht und legten an. Niemand hinderte uns daran, auszusteigen und unsere Tiere und den Wagen an Land zu bringen. Sparuna und Niklot drangen ein Stück in den Wald ein und machten sich auch hier durch Rufe bemerkbar. Sie erhielten keine Antwort.

»Ein wachsames Völkchen, diese Obodriten«, bemerkte Odo. »Kein Wunder, dass sich die Räuber da drüben von ihnen eingeladen fühlen.«

»Ich nicht verstehe«, sagte Sparuna, als er zurückkam. »Ist nicht leichtsinnig Knes Ratibor. Hat immer hier Wachen aufgestellt, war auch ich selber oft dabei. Muss etwas geschehen sein ...«

»Vielleicht haben sie sich entschlossen abzuwandern«, vermutete ich. »Zu neuen Wohnplätzen. In einer besseren Gegend.«

»Nein, nein, sie müssen noch in der Nähe sein«, widersprach Odo. »Vier Tage ist es erst her, dass sie den Brautzug überfielen.«

»Einige Meilen flussaufwärts, hörte ich.«

»Warum sollte Knes Ratibor schöne Burg an See aufgeben?«, sagte Sparuna. »Bessere Stelle für eigene Sicherheit findet er nicht.«

»Wie viele Meilen sind es von hier bis zur Burg?«, fragte ich.

»Vielleicht fünfzehn, vielleicht mehr, vielleicht weniger, aber nicht viel.«

»Reite voraus«, sagte Odo zu dem Sichelbart, »und melde uns an. Wir folgen dir langsam nach.« An mich gewandt, fügte er leise hinzu: »Vielleicht hast du recht, Vater, und die Sumpfottern sind tatsächlich abgetaucht mit ihrer fetten Beute, Warattos Tochter. Hol sie der Teufel! Ich hätte wenig Lust hinterherzutauchen. Wo soll man sie in diesem Urwald suchen?«

»Wir müssen sie finden«, erwiderte ich seufzend. »Der Rückweg ist uns versperrt, und auf uns allein gestellt sind wir so gut wie verloren. Du selber hast ja gesagt, dass uns nur noch ein Aufschub bleibt. Wie schrecklich! Gott möge uns schützen.«

Meine Rede gefiel ihm nicht, und von seinen eigenen schwarzen Gedanken auf dem Nachtlager wollte er auch nichts mehr wissen. Er blickte missbilligend auf mich herab, dehnte die Schultern, zwirbelte seinen schwarzen Schnurrbart und sprach: »Lass mal Gott aus dem Spiel, der hat was anderes zu tun. Baue lieber auf Odo von Reims, Kleinmütiger! In aussichtloser Lage bewährt sich der wahre Anführer. Bin ich ein Merowinger? Na also. Auch Chlodwig, mein Urahn, war oft in den ärgsten Schwierigkeiten – und am Ende regierte er ein riesiges Reich. Notfalls werden wir uns durchkämpfen!«

Wie recht er bekam! Aber noch hoffte ich auf einen günstigen Ausgang unserer Mission und nahm seine Worte als das, wofür ich sie immer nahm: harmlose Großsprecherei.

Sparuna wurde also vorausgeschickt. Sein Pferd war schon früher verendet, einer der Recken musste ihm das Seinige leihen. Er sollte dem Knes die Ankunft der Gesandten des großen Kaisers melden und dann gleich zu uns zurückkehren und uns – wir hofften, mit einem Ehrengeleit der vornehmsten Männer – zur Wendenburg bringen. Unterdessen folgten wir ihm langsam auf schmalen, verschlungenen, oft zugewucherten Wegen, wo wir auch nicht schneller vorangekommen wären, wenn wir es eilig gehabt hätten. Straßen gibt es in den Gebieten der Wenden ja überhaupt noch nicht. An jeder Wegbiegung lauert Ungemach. Niklot, dem wir uns anvertrauen mussten, weil er als Einziger ortskundig war, stürzte selbst in ein Sumpfloch, aus dem er mit großem Aufwand und Zeitverlust geborgen werden musste. Eines der Pferde brach sich ein Bein und wurde zurückgelassen. Ein Keiler preschte aus dem Walde hervor, und in der allgemeinen Verwirrung stürzte der Wagen um. Das kostete zwei Fässer mit Bier und viel wertvolles Schreibmaterial, das beschmutzt und zerstört wurde. Rouhfaz brach darüber in Tränen aus, und ich musste ihn wie ein Kind beruhigen und trösten. Schließlich behauptete Helko, dass Niklot ein Feind sei und uns in die Irre führe. Fulk, der stets gegen Helko Partei ergreift, weil er ihm seinen Posten als Anführer der Gefolgschaft neidet, hielt wortreich dagegen, die Recken mischten sich ein, alle schrien einander Beleidigungen zu, und schon war eine Prügelei im Gange. Mit gezogenem Schwert musste Odo dazwischentreten und die Kampfhähne trennen.

So verging der größte Teil des Tages. Ein Unfall folgte dem anderen. Schließlich begann es zu dämmern, und wir schleppten uns weiter durch den Wald. Mittlerweile waren alle so niedergeschlagen und erschöpft, dass sich niemand mehr über irgendetwas erregte. Voran stapfte Odo mit finsterer Miene, den über und über beschmutzten, stinkenden Niklot an seiner Seite. Um meine Schuhe zu schonen, lief ich barfuß, mit zerschrammten, geschwollenen Füßen, und zerrte Grisel hinter mir her. Noch immer waren wir keinem einzigen Wenden begegnet.

So stießen wir Freudenschreie aus, als wir plötzlich zwischen den Bäumen eine Rauchsäule aufsteigen sahen. Eine weite Lichtung tat sich auf, niedrige, mit Schilfrohr gedeckte Hütten duckten sich auf der anderen Seite unter Fichten und Buchen. Ein paar Kinder unterbrachen ihr Spiel, starrten zu uns herüber und verschwanden rasch in den Hütten.

Wir waren noch gut zweihundert Schritte vom Dorf entfernt und beschlossen, erst einmal zu rasten. Wir wussten ja nicht, mit welcher Gesinnung die Dorfbewohner uns empfangen würden und wollten dies erst einmal erkunden. Dazu schickten wir Niklot hin, der sich auch säubern und trockene Kleider erbitten wollte. Der Igelkopf behauptete fest, das Dorf und die Leute zu kennen. Und er erklärte auch mit großer Bestimmtheit, die Burg des Knes Ratibor sei nur noch wenige Meilen entfernt.

Niklot blieb nicht lange fort. Eiligen Schrittes, das hohe Gras pflügend, kam er bald darauf zurück, gewaschen und mit einem sauberen, langen, seitlich geschlitzten Leinenkittel bekleidet. Ich erwähnte schon, dass er unsere Sprache nur sehr unvollkommen beherrschte. Da ich selbst aber manchen Brocken der Seinigen aufgeschnappt hatte, konnten wir uns ganz gut verständigen. Ich gebe hier nur das Wichtigste vom Inhalt unseres hastig, in holprigem Mischmasch beider Sprachen geführten Zwiegesprächs wieder.

Das Wichtigste war: Wir erhielten nun eine Erklärung dafür, dass die Grenzwächter an der Elbe abwesend waren und dass überhaupt die ganze Gegend fast menschenleer zu sein schien. Auch im Dorf hatte Niklot nur wenige Alte und Kranke (einen Onkel darunter) und die paar Kinder angetroffen. Alles, was Beine hatte, Männer und Frauen, war nämlich zur Burg gezogen, nachdem sich Tags zuvor ringsum die Nachricht verbreitet hatte: Knes Ratibor heiratet! Da war kein Halten mehr gewesen, bei einem solchen Ereignis durfte man nicht fehlen. Eine Hochzeit des Fürsten – da gab es viel zu begaffen, es lockten ein Festmahl, Musik, Tanz und allerlei Kurzweil. Ich fragte Niklot, ob denn der Knes, der schon recht betagt sein musste, nicht längst eine Ehefrau oder mehrere hatte. Er antwortete mir, indem er alle Finger einer Hand spreizte: fünf! Die neue, zweifellos eine vornehme Obodritin, war demnach die sechste.

»Der alte Rammler macht zum sechsten Mal Hochzeit«, knurrte Odo nicht ohne einen Anflug von Neid. »Aber anderen lässt er die Bräute rauben.«

»Sie sind eben Heiden«, sagte ich. »Irgendwann werden sie gute Christen sein, und dann werden sich ihre Großen mit einer einzigen Frau begnügen. Unser Herr Karl wird schon dafür sorgen.«

»Glaubst du wirklich?« Odo lachte verächtlich auf. »Unser guter christlicher Alter hat ja selbst einen ganzen Taubenschlag voller Weiber.«

»Aber verheiratet war er immer nur mit einer«, verteidigte ich den Kaiser. »Wie glücklich war er mit der Frau Königin Luitgard, seiner letzten. Gott gebe ihr Frieden!«

»Und mir gebe er die Tochter des Alten, die Hiltrud!«, ergänzte Odo missmutig. »Und eine einträgliche Grafschaft dazu.«

»Was machen wir denn nun?«, sagte ich, um ihn von dem leidigen Thema abzulenken, das ihn nirgendwo losließ. »Es ist nicht weit bis zu Ratibors Burg. Sparuna wird unsere Ankunft gemeldet haben. Wir könnten das frohe Ereignis nutzen. Der Knes wird in prächtiger Stimmung sein und uns freundlich empfangen.«

»Aber ich ... ich bin keineswegs in prächtiger Stimmung. Ich muss nur immer daran denken, dass ich hier Zeit verschwende, anstatt zu Hause meine eigene Hochzeit zu feiern. Das, frommer Vater, verstehst du natürlich nicht. Außerdem ist es spät, es wird bald stockfinster sein. Ein Pferd haben wir schon verloren. Sollen die anderen sich auch noch die Beine brechen?«

»Du hast recht, wir sind ja auch alle müde. So übernachten wir hier?«

»Warum nicht? Ich habe schon an schlimmeren Orten genächtigt. Die Wenden werden uns ja nichts tun, sie sind beschäftigt. Aber Posten sollten wir trotzdem aufstellen. Vielleicht schickt der Schurke Waratto auch in dieser Nacht seine Sklavenfänger. Da könnten wir beide bei Zelibor landen und später – nach einem schmerzlichen Verlust – als Wächter im Harem des Emirs von Cordoba.«

Er lachte noch einmal grimmig auf und befahl, ein Feuer zu machen und die Zelte zu errichten. Auch Niklot fügte sich mürrisch, obwohl er wohl nichts lieber getan hätte, als sich im Eilschritt zur Burg aufzumachen. Um die paar Leute im Dorf kümmerten wir uns nicht, nur zwei vom Gefolge gingen hinüber zum Brunnen und holten Wasser. Rouhfaz, der auch unser Koch war, setzte den Kessel mit Gerstenbrei an. Ich ging beiseite und kniete nieder, um mein Abendgebet zu sprechen.

Auf einmal vernahm ich hinter mir Geräusche und Rufe. Als ich mich umdrehte, sah ich zwischen den Bäumen einen Reiter hervorkommen. Er saß gleich ab und rannte auf mich zu.

Es war Sparuna.

Ich murmelte rasch: »Dein ist das Reich, o Herr, überall, auch im Lande der Heiden. Beschütze deine Getreuen. Amen!« Dabei sprang ich schon auf.

Der Sichelbart war außer Atem. Er war sehr aufgeregt, ruderte mit den Armen und bewegte die Lippen, brachte aber zunächst kein Wort hervor.

»Was bringst du uns?«, rief ich. »Hast du eine Botschaft? So sprich doch!«

»Habe Botschaft, ja ... nicht gute Botschaft«, ließ sich Sparuna keuchend vernehmen.

»Von Knes Ratibor?«

»Nicht von Knes ... aber ... aber ...«

»Was ist denn? Will er uns nicht empfangen? Sind wir nun wirklich Feinde für ihn? Hast du ihm nicht berichtet, was der Herr Kaiser ...«

»Wollte ich ... war aber nicht möglich. Hat keine Zeit Knes Ratibor ... ist beschäftigt ... viel beschäftigt ... macht Hochzeit ...«

»Das wissen wir schon!«, sagte Odo, der raschen Schrittes mit den anderen heran kam. »Ist das alles?«

»Nicht alles ...«

»Rede!«

Sparuna bewegte wieder die Lippen, ächzte und suchte nach Worten.

»Was ist denn an dieser Botschaft so schlecht?«, fragte ich. »Wir werden dem Knes zu seiner Hochzeit Geschenke bringen.«

»Geschenke von Freunden!«, bekräftigte Odo.

»Ob noch Freunde«, krächzte Sparuna, »wenn alles wissen ...«

»Was ... alles?«

»Knes heiratet ...«

»Ja, ja! Und weiter?«

»Heiratet Mädchen ...«

»Das war zu vermuten.«

»Fremdes Mädchen ...«

»Wie? Eine Wilzin? Eine Dänin?«

»Nicht Wilzin, nicht Dänin ...«

»Dann wohl eine von ganz weit her ... von den Wislanen, Pruzzen, Pomoranen ...«

»Nein, nein ...«

»Ist doch auch gleich!«, sagte Odo ungeduldig. »Soll er heiraten, wenn er will. Was geht es uns an? Erzähle uns lieber, was aus den Entführten geworden ist. Leben sie? Sind sie wohlauf? Wie steht es um Swinde, die Tochter des Grafen? Ich hoffe, ihr ist kein Leid geschehen.«

»Kein Leid ... ist ihr aber etwas geschehen ...«, stammelte Sparuna mit ersterbender Stimme.

»Was denn, zum Teufel? Was denn?«

»Auch Tochter von Graf Waratto macht Hochzeit.«

»Macht Hochzeit? Wie? Was? Ihr habt sie doch ihrem Bräutigam weggenommen!«

»Hat neuen Bräutigam.«

»Neuen Bräutigam? Wen?«

»Knes Ratibor.«

»Ha! Euer Knes ... euer Häuptling ... der heiratet ...«

»Fremdes Mädchen ... Jungfrau aus Franken ... Tochter von Grafen ...«

»Du lügst! Du bist ja betrunken, Kerl!«

»Spreche Wahrheit, Herr Odo.«

»Er heiratet Swinde ... die Braut, die ihr vor ein paar Tagen entführt habt?« Odo packte den Obodriten an beiden Schultern und schüttelte ihn wie einen Obstbaum. »Er heiratet sie? Er nimmt sie zur Frau? Dieser alte Waldschrat heiratet eine zarte Jungfrau, die er entführen ließ? Die er rauben ließ? Das ist die Hochzeit, die ihr feiert? Unmöglich! Nein, nein! Das darf doch nicht sein, niemals! Ich warne dich, Filzhut! Auch wenn wir hier in euerm verdammten Urwald herumirren ... Ich bin Odo von Reims, ein Merowinger – man macht sich nicht ungestraft über mich lustig!«

»Wusste ich doch ... Herr Odo wird zornig«, stieß Sparuna hervor, wobei er heftig mit dem Kopf wackelte, weil Odo nicht von ihm abließ. »Ich wollte warnen ... deshalb schnell zurückgekommen ... Wenn Herr Odo so wütend in Wendenburg, dann Knes Ratibor beleidigt ... und dann vielleicht großes Unglück ... und alles, alles umsonst ...«

Ich trat nun dazwischen und trennte die beiden. »Warum misshandelst du ihn? Was kann er dafür? Er verhält sich doch klug! Warnt uns ... bereitet uns vor. Damit wir wissen, was uns erwartet und in der ersten Empörung nicht unbesonnen handeln!«

»Ich kann es nicht glauben, er ist betrunken!«, schrie Odo.

»Nur kleiner Becher mit Honigwein«, beteuerte der Sichelbart.

»Halt's Maul, Unglücksmensch! Was tun? Was tun?«

Odo war außer sich. Er rannte hin und her, ballte die Fäuste, trommelte sich gegen die Schläfen. Unsere Männer besprachen aufgeregt die neue Lage, in die uns Sparunas Botschaft gebracht hatte.

Auch ich war tief betroffen und ratlos. Mochte Waratto ein Unhold sein (was allerdings noch nicht erwiesen war) – er regierte den sächsischen Grenzgau im Namen des Kaisers. Ein fremder Machthaber hatte ihm seine Tochter geraubt und zwang sie zur Heirat. Der Kaiser selbst war damit beleidigt worden. Wir aber, seine Gesandten, waren auf dem Weg zu dem fremden Machthaber, um ihn des Kaisers Freundschaft zu versichern und seine Geschenke zu bringen. Noch schlimmer: Wir befanden uns schon auf dessen Gebiet und waren ihm damit ausgeliefert.

»Was tun?«, schrie Odo ein um das andere Mal. »Was machen wir jetzt? Sollen wir zu seiner Burg ziehen und ihn zu diesem ungeheuerlichen Schimpf, den er uns antut, beglückwünschen?«

»Wenn Ihr mich fragt, Herr Odo«, meldete sich Fulk, »dann rate ich: Machen wir es genauso wie die Filzhüte. Holen wir die Braut da heraus!«

»Nun hört euch den Eisenfresser an!«, höhnte Helko. »Hat noch nie eine Wendenburg gesehen und will was herausholen. Eine Braut aus der Mitte von Hunderten Hochzeitsgästen! Die machen dich nieder und opfern dich ihren Göttern. Ein Stück vom alten Fulk für Prove, ein Stück für Siwa, ein Stück für Radigost. Die Götter werden sich an dem zähen Fraß den Magen verderben!«

»Vielleicht mögen sie lieber ein Stück von dir!«, knirschte Fulk und griff nach dem Dolch, der ihm immer am Gürtel hing. »Ich schneide es gleich ab!«

»Warum zankt ihr euch denn schon wieder?«, rügte Rouhfaz die beiden mit der Miene des Besserwissers. »Wenn die Ehe nach ihren Gesetzen geschlossen ist und alle Bräuche beachtet wurden, dann ist es ja ohnehin zu spät.«

»Augenblick mal«, sagte Odo. »Das war eine treffende Bemerkung, Freundchen. Wenn alle Bräuche beachtet wurden ... Du, komm her und antworte mir«, wandte er sich an Sparuna. »Bei uns ist es Brauch, dass die Ehe erst gilt, wenn sie ... nun also, wenn sie vollzogen ist. In der Nacht ... auf dem Liebeslager. Wenn der Mann mit der Frau ... du verstehst?«

»Ich verstehe«, sagte der Sichelbart. »Bei uns ist genauso. Erst hinterher Ehe ist gültig.«

»Vortrefflich!«, rief Odo. »Dann ist es vielleicht noch nicht zu spät! Oder gehen bei euch die Brautleute etwa schon am helllichten Tage zu Bett?«

»Nein, am Tage beten in Tempel ... machen Hochzeitszug ... empfangen Geschenke ... essen und trinken ...«

»Also wann ... wann ... wann tun sie es?«

»Erst spät. Wenn Fest zu Ende ist und alle bereit sind.«

»Alle bereit sind? Wozu?«

»Hochzeitslied singen. Böse Geister vertreiben.«

»Und wann kommen die bösen Geister?«

»Wenn Brautpaar allein. In der Nacht.«

»In der Nacht ... Jetzt ist es also noch zu früh.«

»Viel zu früh.«

»Männer!«, rief Odo, die Fäuste in die Seiten gestemmt. »Habt ihr gehört? Die bösen Geister kommen erst in der Nacht! Ausgezeichnet!«

Er stapfte mit großen Schritten über die Waldwiese. Sprach vor sich hin, gestikulierte, lief mehrere Male auf und ab. Wir standen herum und sahen uns verständnislos an. Ein Hase, der sich von Odo gestört fühlte, sprang unter einem Busch hervor und hoppelte über die Lichtung. Fulk schleuderte seinen Dolch nach ihm, verfehlte ihn aber.

Odo kam zu uns zurück.

»Jetzt hört mir mal alle zu, Männer! Mein Entschluss ist gefasst, hört mir gut zu! Die Sonne ist gerade erst untergegangen. Die Geister kommen spät in der Nacht. Wir werden schneller sein als die Geister! Wir werden ihnen zuvorkommen! Wir werden eher an Ort und Stelle sein!«

»Was hast du denn vor?«, rief ich. »Du willst doch nicht etwa die Hochzeit stören? Das Brautlager verhindern? Wie willst du das tun? Gewalt scheidet aus. Also wie? Wir müssen hinnehmen, was geschieht. Alles andere würde uns schlecht bekommen.«

»Du enttäuschst mich mal wieder, Vater«, sagte Odo nach einem pathetischen Seufzer, »weil du nur an dein rundes Bäuchlein denkst statt an die Welt, die wir retten müssen! Das gewaltige Frankenreich, das sich von den Pyrenäen bis zur Saale, vom Nordmeer bis zur Stadt Rom erstreckt, ist von einem kleinen Unterkönig der Wenden beleidigt worden! Was soll werden, wenn wir so dreiste Herausforderungen nicht angemessen beantworten? Deshalb zur Tat! Wir können diesem größenwahnsinnigen Anmaßer gerade noch rechtzeitig klar machen, was er sich damit einhandeln wird.«

»Bin gespannt, wie du das anstellen willst.«

»Hab Vertrauen, und halte uns nicht länger durch ängstliche Bedenken auf.«

Natürlich musste ich mir diese Zurechtweisung nicht gefallen lassen. Doch was immer ich einwandte und an Argumenten vorbrachte – es war unmöglich, Odo den abenteuerlichen Plan auszureden, im letzten Augenblick noch zu verhindern, dass die Ehe zwischen dem alten Knes und Warattos Tochter »vollzogen« wurde. Da eine Entführung nicht infrage kam, musste ein anderes Mittel gefunden werden.

Odo erinnerte uns an die Wirkung unseres Auftritts am Tage zuvor, als mit seinem Geflunker von den fünf Hundertschaften überraschend eine günstige Wendung erzielt worden war. Diesen Auftritt wollte er jetzt wiederholen.

»Ich verspreche euch«, sagte Odo, nachdem er die beiden Wenden unter einem Vorwand ins Dorf geschickt hatte, »der alte Häuptling wird einen solchen Schreck bekommen, dass ihm die Lust auf die Braut vergeht. Da brauchen ihm nicht erst böse Geister die Lenden zu lähmen. Diesmal werden wir nicht fünf, sondern zehn Hundertschaften nachkommen lassen! Da seine Leute lieber Hochzeit feiern als wachen, kann er nicht widersprechen, wenn wir behaupten, dass unsere Truppen schon diesseits der Elbe seien. Als Anlass, sie herbeizurufen, gilt natürlich der Brautraub. Ich werde ihm sagen, dass er noch einmal glimpflich davonkommen wird, wenn er das Mädchen unberührt lässt und gleich freigibt – und natürlich auch die anderen Entführten freilässt. Sollte er sich aber weigern oder sogar gegen uns Gewalt anwenden, sei für diesen Fall schon der Befehl erteilt, unverzüglich die Burg zu stürmen und alles niederzumachen. Kein einziger seiner vollgefressenen, berauschten, kampfuntüchtigen Hochzeitsgäste werde die Nacht überleben. Ja, so werde ich ihm die Galle kitzeln!«

Odo stieß ein triumphierendes Lachen aus. Er legte mir die Hand auf die Schulter und fuhr fort: »Dann werde ich ihm noch eine Geschichte erzählen. Da gibt es doch diesen berühmten Vorfall, Vater! Du weißt schon ... an den unsere Sänger noch immer in Klageliedern erinnern. Vor Hunderten Jahren siedelten in dieser Gegend die Marser, unsere germanischen Vorfahren. Sorglos feierten sie ein Fest, als plötzlich die Römer aus dem Wald kamen und über sie herfielen. Was meinst du, werde ich den Ratibor fragen, ist von den Marsern übriggeblieben?«

Mit diesen martialischen Reden gewann Odo die Gefolgschaft, auch Helko, der sich überzeugen ließ, dass die schwer einnehmbare Wendenburg mit einer solchen Kriegslist zu erobern sei. Als ich die Frage aufwarf, was denn im Fall des Erfolgs geschehen solle und wie wir uns mit den Befreiten in Sicherheit bringen wollten, hörte schon niemand mehr zu.

Hastig wurde zum Aufbruch gerüstet. Obwohl alle hungrig waren, blieb der Brei, den Rouhfaz gekocht hatte, ungegessen.

6. Kapitel

Der Himmel war klar, der Mond ging auf, und hinter dem Dorf begann gleich ein breiter Trampelpfad, der nach Auskunft der Wenden fast schnurgerade zur Burg führte. Wer noch ein Reittier hatte, saß auf. Hier kamen wir jetzt besser voran als vorher bei Tage. Odo setzte sich an die Spitze und ließ Impetus sogar von Zeit zu Zeit im Galopp laufen. Sein Purpurmantel flatterte hinter ihm her wie das dunkle Gefieder eines Racheengels.

Ich trieb meinen Grisel durch heftigen Schenkeldruck an, und er hielt wacker mit. Um die Heiden nicht unnötig gegen uns aufzubringen, hatte ich meine Kutte ab- und fränkische Tracht angelegt – Kittel, Ledergürtel, Hose mit Wadenbinden, Stiefel. Das Stirnband, mit dem ich meinen fast kahlen Scheitel geziert hatte, hielt leider nicht und flog davon. Hinter mir hörte ich es rattern und rumpeln, Rouhfaz peitschte das Zugpferd und suchte Anschluss zu halten. Doch fiel das Gespann allmählich zurück, wie auch die beiden Pferde, die jedes zwei Reiter tragen mussten.

Zu dieser Nachhut gehörten Sparuna und Niklot, doch wir brauchten sie nicht mehr als Führer. Schon aus der Ferne erblickten wir die Wendenburg – rund wie der Vollmond, der sie beschien. Sie strahlte auch ebenso viel Licht aus, schien von Hunderten Fackeln erleuchtet zu sein. Wahrhaftig schwer einnehmbar lag sie auf einer schmalen Landzunge, die in einen See hineinragte, dessen glitzernde Oberfläche sich bis an den Horizont ausbreitete. Der Trampelpfad führte geradewegs zu dem Damm, und ich hätte es für klüger gehalten, an dessen Eingang erst einmal auf unsere beiden Obodriten zu warten. Aber die wilde Jagd war nicht aufzuhalten. Odo zügelte Impetus erst, als wir den Damm und die unbefestigte

Vorburg durchquert hatten und vor dem Haupttor des gewaltigen Rundbaus ankamen. Es stand weit offen. Was wir nun sahen und hörten, versetzte uns in größtes Erstaunen.

Schon von Weitem war uns der infernalische Lärm aufgefallen. Das war nicht nur das mit Musik untermischte Grölen und Lachen Bezechter und Tanzender. Jetzt sahen wir von unserem Standpunkt aus, dass an einem lang gestreckten, niedrigen Bau in der Mitte der Burg eine Prozession vorüberzog. Hunderte, wenn nicht Tausende drängten sich in dieser Masse, Männer, Frauen und Kinder, und jeder Einzelne war anscheinend bestrebt, soviel Getöse wie irgend möglich zu machen. Da war keiner, der nicht das Maul aufsperrte und schrie, als würde er auf einem Grill geröstet. Besonders die Weiber kreischten, als seien Affenherden hinter ihnen her. Dazu hatte jeder irgendetwas in Händen, womit er Geräusche erzeugte. Die Männer schlugen wie im Krieg Schwerter und Lanzen auf ihre Schilde, die Frauen trommelten mit eisernen Löffeln auf Teller und Schüsseln. Kinder schleppten Körbe mit Tongeschirr, das sie zu Boden schleuderten, damit es klirrend zerbrach. Alte Männer ließen Spaten und Stangen gegeneinander krachen. Wer in den Händen Fackeln schwenkte, hatte wenigstens Schellen an den Füßen. Die Gesichter waren verzerrt und verzückt, manche von gräulichen Masken bedeckt. Über der Menschenmasse schwebten Kultfiguren, die sie mitführte, roh geschnitzte Göttergestalten, manche mit zwei und mehreren Köpfen. Flammen hoch lodernder Feuer im Burghof beleuchteten alles. Die lärmende Prozession bewegte sich langsam, fast auf der Stelle. Sie schien kein Ziel zu haben, sondern sich unentwegt nur im Kreise um das längliche, niedrige Haus zu bewegen.

Odo saß ab, und wir anderen folgten seinem Beispiel. Drei der Recken kümmerten sich um unsere Tiere, die sehr unruhig waren, und führten sie etwas beiseite. Vorsichtig – um nicht gleich aufzufallen – bewegten wir anderen uns auf das offene Tor zu, das unbewacht war. Wir sprachen kein Wort. Es wäre auch gar nicht möglich gewesen, sich bei dem Getöse zu verständigen. Niemand achtete auf uns. Wer aber zufällig zu uns herübersah, schien durch uns hindurchzusehen, so vollständig war er von seinem Tun beherrscht.

Halb betroffen, halb belustigt suchte Odo meinen Blick und ich antwortete mit einer Geste der Ratlosigkeit.

Plötzlich tauchten Sparuna und Niklot neben mir auf, die gerade eingetroffen waren. Der Sichelbart rief mir etwas zu, das ich jedoch bei dem Lärm nicht verstand, und beide liefen in den Burghof hinein. Im nächsten Augenblick sah ich sie mitten in der tobenden Menge, und auch sie aus Leibeskräften brüllend und ihre Schwerter gegeneinander schlagend.

Da kam mir auf einmal die Erleuchtung: Die Geister! Sie vertrieben die bösen Geister. Mit dem Lärm wollten sie verhindern, dass die Geister in das Haus eindrangen und ... Gott im Himmel! Wir waren zu spät gekommen! Da drinnen, in diesem Hause, befand sich der Knes der Obodriten mit seiner fränkischen Braut und »vollzog« die Ehe. Und draußen hielt das ganze Volk Wache und sorgte dafür, dass die Geister nicht störten und dem hohen Paar Unheil brachten.

Ich packte Odo am Arm und bedeutete ihm, er möge mir ein paar Schritte folgen. Gerade war Rouhfaz mit unserem Wagen eingetroffen, wir traten hinzu und stellten uns so, dass das Planverdeck ein wenig den Lärm dämpfte. Ich sagte Odo, wie ich mir das seltsame Schauspiel erklärte.

Er starrte mich fassungslos an. »Verflucht, das ist doch nicht möglich! Du meinst, dass die sich da drinnen vergnügen, während ...«

»Vermutlich ein uralter Brauch. Sie sind Heiden, glauben an Geister. Die sind unsichtbar anwesend, aber ...«

»Aber Lärm vertragen sie nicht.«

»So scheint es. Sie sollen erschreckt werden, damit sie sich davonmachen. Dazu werden wohl auch die Götzenbilder herumgetragen.«

»Was sagt man dazu! Das muss ja wahrhaftig der höchste Genuss sein ... eine Brautnacht bei solchem Höllenspektakel! Wenn ich mit meiner Braut zugange wäre, würde ich lieber die Geister hereinlassen, aber das ganze krakeelende Volk zum Teufel jagen.«

»Vielleicht denkt Knes Ratibor genauso. Doch er muss sich an das Herkommen halten. Die Brautnacht des Stammesfürsten ist sicher bei ihnen so eine Art Fruchtbarkeitsritual. Wenn ... nun wenn ...«

»Du meinst, wenn da etwas schief geht, trifft es gleich alle. Die Felder verdorren, die Kälber sterben, den Weibern geht die Milch aus ...«

»Das sagt ihnen wohl ihr Aberglaube.«

»Bei mir würde alles schief gehen, wenn ich jetzt an der Stelle des Knes wäre.«

»Und die arme Braut ... eine Christin. Wie wird sie sich fürchten!«

»Die Braut!«

Odo riss die Augen weit auf. Er ballte die Fäuste und schüttelte sie. Dann ließ er die Arme kraftlos sinken.

»So ist es geschehen! Der alte Schurke hat es gewagt ... hat das vor ein paar Tagen geraubte Mädchen ... Wir waren zu langsam! Wir hätten es noch verhindern können!«

»Wohl kaum«, sagte ich, um ihn zu beruhigen. »Ich hatte gleich keine Hoffnung, dass es gelingen würde. Und jetzt noch zu protestieren wäre sinnlos. Am besten, wir fügen uns in die Lage. Wir sollten trotz allem versuchen, unseren Auftrag ...«

»Still, Vater!« Odo drückte mir seine Hand auf den Mund. »Was ist das? Sperr mal die Ohren auf! Hörst du noch etwas?«

Tatsächlich – es war plötzlich still. Es war so still, dass wir vom Seeufer her, zweihundert Schritte entfernt, ein Käuzchen schreien hörten. Eilends kehrten wir zu dem offenen Burgtor zurück. Hier erwartete uns ein völlig veränderter Anblick.

Die Menge hatte sich geteilt und war ein Stück von dem Haus in der Mitte zurückgewichen. Alle waren verstummt, standen wie vorher dicht gedrängt, aber ohne Bewegung, wie erstarrt. Nur hie und da hörte man noch ein Klirren und Klappern und den erschrockenen Ausruf eines Kindes. Man sah jetzt den Eingang des lang gestreckten Hauses, er war offen. Und aus der Dunkelheit dahinter hob sich eine Gestalt ab. Es war eine weibliche Gestalt mit aufgelöstem Haar, das über die bloßen Schultern herabwallte. Ihr Gesicht konnte ich nicht erkennen. Sie trug ein helles Gewand oder drückte es an die Brust. Mit anscheinend ziellosen, etwas schwankenden Schritten wich sie zurück und verschwand fast, kam aber im nächsten Augenblick wieder nach vorn, streckte den Arm aus und stützte sich an den Türpfosten. Ein paar Atemzüge lang stand sie dort reglos, halb abgewandt. Doch dann knickten ihr auf einmal die Knie ein, sie glitt außen an der Flechtwand herab und sank zu Boden, den Kopf mit dem wirren Haar nach vorn geneigt. So blieb sie, halb sitzend, halb liegend, fast ohne Bewegung. Nur ihre Schultern hoben und senkten sich.

In der Menge erhob sich jetzt ein rasch anschwellendes Gemurmel. Drei, vier Frauen lösten sich aus ihrer Mitte und traten zögernd, sich gegenseitig ermunternd, auf den offenen Eingang zu. Sie machten sichtlich einen Bogen um die am Boden Hockende, verharrten nochmals und drangen dann in das Haus ein, wo die Dunkelheit sie aufnahm. Einige Männer wollten ihnen folgen, aber ehe sie unter das Dach traten, fuhren sie erst einmal erschrocken zurück. Von drinnen ertönte ein gellender Schrei, dem ein zweiter, ein dritter, ein vierter folgten. Die Männer stürzten hinein, andere drängten nach, und auch sie schrien auf. Ein erregtes Stimmengewirr erhob sich im Hause, immer wieder von Schreien unterbrochen. Endlich kam einer zurück, riss die Arme hoch und stieß laut ein paar Worte hervor, nur wenige. Da stöhnte die Menge auf, und man sah nur noch fassungslose, entsetzte Gesichter.

Wir standen immer noch unter dem Tor, das so tief war wie der Schalenwall, den die hohen Palisadenzäune bildeten. Im Licht der lodernden Feuer im Burghof sahen wir die Hochzeitsgesellschaft in größter Verwirrung. Alle schrien auf einmal durcheinander, rannten umher, schlugen die Hände vor das Gesicht, rangen die Arme. Was der Mann der Menge zugerufen hatte, musste etwas Furchtbares sein.

Auch jetzt achtete niemand auf uns.

»Mir scheint«, bemerkte Odo, wobei er kein Auge von den Vorgängen im Burghof ließ, »die sind jetzt nicht in der Lage, eine Gesandtschaft des großen Karl zu empfangen.«

»Offensichtlich«, erwiderte ich. »Wir kommen mal wieder ungelegen. Was mag da drinnen passiert sein?«

»Ahnst du es nicht?«

»Ich habe keine Erfahrung mit Brautnächten.«

»Manchmal soll es dabei zu Überraschungen kommen.«

»Da hinten sehe ich einen von unseren Filzhüten«, sagte Helko. »Befehlt Ihr, dass ich ihn herbringe?«

»Ja, hol ihn her«, erwiderte Odo.

Im nächsten Augenblick schleppte Helko Sparuna herbei.

Der grauhaarige Obodrit setzte die Füße wie ein Betrunkener, obwohl er ja gerade erst nüchtern vom Pferd gestiegen war.

»Was ist da los?«, riefen wir ihm entgegen.

»Großes Unglück, großes Unglück!«, jammerte er. »Knes Ratibor – tot.«

7. Kapitel

Ich überspringe die restlichen Stunden dieser Nacht. An Einzelheiten kann ich mich auch kaum noch erinnern. Es herrschte ein großes Durcheinander, und vielleicht hatten wir Glück, weil man uns nicht gleich umbrachte.

Später erfuhr ich, dass einige Wenden in dieser Nacht geglaubt hatten, die bösen Geister, die sie so lautstark vertreiben wollten, hätten, um alle zu täuschen, menschliche Gestalt – *unsere* Gestalt angenommen. Da hatten Sparuna und Niklot alle Überredungskunst aufbieten müssen, um die Wüteriche – an ihrer Spitze ein gewisser Pribislaw, von dem noch die Rede sein wird – davon abzuhalten, den arglistigen Dämonen, die sich in Gesandte des »großen Knes der Franken und Sachsen« verwandelt hatten, ein menschliches Schicksal zu bereiten. Unsere beiden Freunde sorgten dann auch dafür, dass wir einen einigermaßen sicheren Platz zur Übernachtung erhielten. Am Ufer des Sees, etwa hundert Schritte von der Burg entfernt, auf der dem Tor abgewandten Seite und von dichtem Buschwerk gedeckt, durften wir unsere Zelte aufbauen. Im Mondschein gingen wir ans Werk. Später fanden sich einige junge Kerle ein, angeblich Verwandte Sparunas, die uns schützen, aber wohl auch beobachten sollten. Natürlich war an Ruhe kaum zu denken. Die ganze Nacht lang schallten das Klagegeheul der Frauen und dumpfe Trauergesänge der Männer aus der Burg herüber. Erst gegen Morgen, als sich die zarte Röte der ersten Sonnenstrahlen auf der glatten Fläche des Sees spiegelte, wurde es still.

Schlaf fanden wir trotzdem nicht, denn Niklot kam, um uns abzuholen. Die Verwandten des so plötzlich verstorbenen Knes und die Stammesältesten wünschten, dass wir vor ihnen erschienen. Wir hatten unsere Kleider nicht abgelegt, um bei Gefahr keine Zeit zu verlieren, und waren bereit. Ich befahl unseren Leuten, die eisenbeschlagene Truhe mit den Geschenken abzuladen. Glücklich hatten wir es geschafft, die kostbaren Gegenstände, die sie enthielt, vor den Tücken unseres Reisewegs und den Begehrlichkeiten der Räuber zu retten.

Odo wollte sich mit seiner Spatha, dem Langschwert, gürten, aber Niklot erklärte uns, wir dürften nur unbewaffnet kommen. Auch Helko und Fulk, die uns mit der Truhe begleiteten, mussten widerstrebend auf ihre geliebten Schwerter, Dolche und Äxte verzichten. Der Igelkopf führte uns durch das Haupttor über den Burghof. Hier schwelten noch die Freudenfeuer der Hochzeit. Der Boden war mit klebriger, fest getretener Asche bedeckt und übersät mit Tonscherben, Knochen, zerstampften Äpfeln, Eiern und Blumen. Wir stiegen über alles hinweg und betraten das längliche Haus in der Mitte.

Rechts auf der Ruhebank an der Wand lag der Tote, wohl noch genau an der Stelle, wo er gestorben war. Man hatte ihn mit einem Bärenfell zugedeckt, unter dem sein winziger, bleicher Kopf mit dem spitzen Graubart recht kümmerlich hervorsah. Um ihn herum hockten jammernd und greinend einige Weiber unterschiedlichen Alters. Kaum waren wir eingetreten, sprang eine von ihnen auf und kam uns mit raschen Schritten, doch stark hinkend entgegen. Es war eine große, knochige Frau mit straff nach hinten gekämmten, von einem Schläfenband gehaltenen, weißen Haaren und bronzenen Reifen an beiden Armen. Diese Frau war, daran erinnerte ich mich, in der Nacht die Erste von denen gewesen, die in das Haus eingedrungen waren. Sie hatte tiefschwarze Augen und einen stechenden Blick, der kaum auszuhalten war. Aus ihrem breiten, faltigen Mund, in dem schon die meisten

Zähne fehlten, tönte uns ein heftiger, wendischer Wort-schwall entgegen.

Man musste der Sprache nicht mächtig sein, um zu verstehen, dass es sich um eine Anklage handelte. Mit schriller Stimme, die sich fast überschlag, schrie die Frau die Worte heraus, kaum Atem holend, die dürren Arme mit den klirrenden Reifen immer wieder in Richtung des Toten ausstreckend. Ich verstand nur wenig, aber zwei Worte, die sie mehrmals hervorstieß, die Worte »Gift« und »Zauberei« ließen keinen Zweifel: Sie glaubte, der Knes, dessen älteste Ehefrau sie anscheinend war, sei ermordet worden. Ermordet in seiner Brautnacht mit der Neuen, der Jüngsten – der Fränkin.

Ein junger Mann mit langen, blonden Haaren trat an die Seite der Weißhaarigen und versuchte, sie zu beruhigen. Er nannte sie »Mutter«, ergriff sie am Arm und wollte sie von uns fortziehen. Sie machte sich heftig los und schrie weiter auf uns ein.

Ich hörte alles in Demut an, aber Odo hatte schließlich genug, drehte sich zu Helko und Fulk um und bedeutete ihnen, die Truhe auf den Boden zu stellen und zu öffnen. Unter dem Deckel kam ihr glitzernder, funkelnder Inhalt zum Vorschein. Das verfehlte nicht seine Wirkung.

Die Frau verstummte und ließ sogar den ausgestreckten Arm, der anklagend auf den Leichnam wies, in der Luft stehen. Odo bückte sich, griff in die Truhe und zog eine schöne, fast handtellergroße Fibel aus Almandin und Gold hervor. Mit höflichem Lächeln ergriff er den ausgestreckten Arm, bog ihn zu sich herum und legte der Frau den Schmuck in die Hand.

Einen Augenblick starrte sie auf das Geschenk, und es schien fast, als sei sie geneigt, es zu nehmen. Dann aber warf sie die Fibel verächtlich in die Truhe zurück und wandte sich ab. Immerhin hörte sie auf zu schreien.

Ich blickte Odo vorwurfsvoll an. Gehörte es sich, auf diese Weise eine trauernde Witwe trösten zu wollen? Zunächst einmal hatten wir eine höhere Pflicht. Ich gab auch den beiden anderen ein Zeichen. Wir traten an das Lager des Toten und ich verbeugte mich so tief, dass meine Stirn den Boden berührte. Die drei folgten meinem Beispiel, wenn auch nicht ganz so ehrerbietig.

Nun erst bemerkten wir, dass wir in dem gegenüberliegenden Teil des Hauses, wo sich die Feuerstelle befand, erwartet wurden. Wohl zehn, zwölf spitzbärtige, streng blickende Männer mit Filzkappen saßen dort auf den Wandbänken, einige Alte darunter, die meisten in der Blüte ihrer Jahre. Der blonde Langhaarige schien der Jüngste zu sein. Neben diesem saß Sparuna, der gleich das Wort ergriff. Er bat uns, auf einer der Bänke Platz zu nehmen, nannte den anderen unsere Namen und unseren Rang und erklärte ihnen, dass wir als Freunde und als Abgesandte des »mächtigen Knes Karolus Magnus« kämen.

Dann erfuhren wir auch die Namen der Männer. Stellvertretend für den Verstorbenen und bis zur Wahl seines Nachfolgers sollten sie dem Obodritengau vorstehen. Gleich beim ersten Namen horchte ich auf – es war der des Jüngsten, des Blonden. Sparuna nannte ihn respektvoll und fügte hinzu, es handele sich um den ältesten Sohn des Ratibor. Der etwa Dreiundzwanzigjährige war also Slawomir. Dieser junge Mann mit ebenso tiefschwarzen Augen wie die zornige Frau, aber sanften, sinnlichen Zügen, war der Entführer der Tochter des Grafen Waratto, die seine Mutter vor wenigen Augenblicken des Mordes an seinem Vater beschuldigt hatte.

Wo befand sich jetzt diese Swinde? Wohin mochte man sie gebracht haben? Während Sparuna die Namen der anderen Männer nannte, wandte ich den Kopf und blickte zu den

Frauen hinüber, die bei dem Toten hockten. Nein, sie war nicht dabei. Zwar hatte ich in der Nacht das Gesicht der Braut nicht erkennen können, doch musste sie im Vergleich zu diesen hier kräftiger, größer und wesentlich jünger sein.

Odo stand auf und begann zu reden. Er beklagte den plötzlichen Tod des Knes Ratibor, eines guten, alten Freundes, zu dem wir uns zwecks Erneuerung des bewährten Bündnisses aufgemacht hatten, und gab so getreu wie möglich wieder, was uns vom Herrn Karl aufgetragen war. Er hatte sich in den Purpurmantel gehüllt und war von Kopf bis Fuß ein Stellvertreter des Kaisers. Sparuna übersetzte, und bald bemerkte ich, dass sich einige Mienen unter den Filzkappen wohlwollend in die Breite zogen. Die offene Truhe mit den Geschenken, auf deren Kante Odo bei seiner Rede lässig den Fuß setzte, lieferte zusätzlich glänzende Argumente für unsere Mission. So schien zunächst alles gut zu gehen.

Dann aber kam es doch noch anders.

Einer der Männer sprang auf, fiel Odo heftig ins Wort und überhäufte uns, so wie vorher die Frau, mit Vorwürfen. Es war jener schon erwähnte Pribislaw, der uns für böse Geister gehalten hatte. Mit seiner langen, spitzen Nase und dem flammend roten Bart, mit seinen zuckenden Bewegungen und sogar seiner krähenden Stimme ähnelte er einem wütenden Gockel. Wie wir gerade erfahren hatten, war er ein Neffe des Verstorbenen und unter den Verwandten nach Slawomir der Ranghöchste. Er brachte seine Anschuldigungen so hastig und zungenfertig vor, dass Sparuna mit dem Übersetzen kaum nachkam.

Freundschaft biete der große Knes? Wolle Beschützer sein? Treuer Bundesgenosse? Schicke Geschenke? Die Erde verschlinge den Heuchler! Der Blitz erschlage den Räuber und Mörder! Morgen werde er wieder die Banden des Zelibor schicken, um Obodriten zu erschlagen und zu verschleppen. Und in den Truhen seiner Auftraggeber Waratto und Remmert werde sich zehnmal, hundertmal so viel Gold und Silber ansammeln, wie er hier zur schäbigen Abfindung anbiete. Aber der stolze Obodrit sei nicht käuflich, und, bei Siwa und den anderen Göttern, er werde für alles, was ihm angetan wurde, Rache nehmen.

So sprach, stark verkürzt wiedergegeben, dieser Pribislaw. Und leider war der wütende Gockel im Recht, wenigstens was die Tatsachen betraf. So wurde uns hier bestätigt, was wir bereits als sicher angenommen hatten: Bei Zelibor auf der anderen Seite der Elbe warteten viele hundert Obodriten auf den Abtransport durch den Sklavenhändler. Neu war, dass dieser Zelibor selbst mit einer gedungenen Mannschaft auf Menschenraub ausging.

Als Pribislaw endlich schwieg, starrte er Odo herausfordernd an und wartete auf Antwort. Wir hatten uns vorher verständigt: Keine Drohungen mehr, den Auftrag des Kaisers erledigen, Geschenke verteilen. Schließlich vorsichtig unterhandeln, um die Entführten freizubekommen. Mein Amtsgefährte hatte sich zunächst auch daran gehalten. Aber Odo war nicht der Mann, der sich von so einem Hähnchen wie diesem Pribislaw, den er als nicht gleichrangig ansah, das Wort abschneiden und anherrschen ließ. Ich sah ihn dunkelrot anlaufen, ungeduldig den Schnurrbart drehen und zu einer Erwiderung Luft pumpen, die nichts Gutes verhieß. So stand ich rasch auf, trat neben ihn und suchte mit leichten Rippenstößen seine Aufmerksamkeit zu gewinnen. Ich wollte an seiner Stelle mäßigend antworten und mich bemühen, die Wogen zu glätten, ehe sie über uns hinwegrollten.

Aber ich hatte noch nicht den Mund aufgetan, als Odo Pribislaw anraunzte: »Ist das alles, was du zu sagen hast,

Schreihals? Das ist nichts Neues, das wussten wir schon. Deshalb sind wir ja hier. Wir wollen feststellen, wie das alles geschehen, wie es zu solchen Zuständen kommen konnte. Um dem Kaiser Karolus Magnus, den du Lämmerschwanz beleidigst, Bericht zu erstatten, damit er die richtigen Maßnahmen treffen kann. Nun stellt sich aber heraus, ihr selber seid schuld! Ihr lockt die Schufte da drüben an wie das Aas die Fliegen! Wären wir statt Gesandte des Kaisers Menschenfänger und Räuber, hätten wir uns bequem bei euch einnisten können und unsere Gelegenheit abwarten. Nirgendwo Wachen und alle Tore weit offen!«

Sparuna übersetzte, ließ aber wohl die Beschimpfungen weg. Der wütende Gockel tat den Schnabel auf und wollte etwas entgegnen, doch ihm ging es wie mir. An seiner Stelle antwortete ein anderer.

»Ihr habt recht, das war Leichtsinn, aber glaubt nur nicht, dass es hier immer so zugeht!«, sagte der junge Slawomir überraschend in gutem, verständlichem Diutisk. »Es war eine Ausnahme, und wir werden die Wächter bestrafen, die ihre Posten verließen. Zu entschuldigen ist aber, dass sie es aus Freude über die Hochzeit des Königs taten.«

»Aus Freude über die Hochzeit mit einer Braut, die ihr einem andern geraubt hattet!«, gab Odo mit scharfer Betonung zurück. »Wenn mich nicht alles täuscht, warst du selber der Bräutigam! Ich hoffe, dass du nun Reue empfindest, denn einen schlechten Dienst hast du deinem Vater erwiesen.«

»Ich konnte nicht ahnen, dass es so ausgehen würde!«, erwiderte Slawomir mit einem traurigen Blick zu der Bank hinüber, wo der Leichnam aufgebahrt war. »Unsere Götter waren dem Bund nicht günstig. Und die Dämonen gelangten ins Brautgemach.«

»Es waren anscheinend gute, gerechte Dämonen, die euch für euern Frevel bestraften!«

»Was fällt Euch ein!«, rief Slawomir und sprang auf. »Wagt es nicht, so zu reden! Nicht hier! Nicht solange mein Vater anwesend ist!«

Ich zupfte Odo heftig am Mantel. Er sah wohl ein, dass er zu weit gegangen war und schwieg. So kam ich endlich zu Worte.

»Unsere Mission ist nicht, euch zu tadeln und euch Vorschriften zu machen. Aber sagt selbst: Wohin soll das führen? Wie soll das ausgehen? Die Untat der einen Seite wird mit einer Untat der anderen beantwortet. Und diese Untat vergelten dann wieder die Ersten. Und wenn das nicht aufhört und immer so weitergeht, wird es niemals oder für beide schlimm enden. Wir sind deshalb gekommen, um Frieden zu stiften!«

»Dann fangt bei euch an!«, erwiderte der junge Obodritenfürst, wobei er mit einer raschen Bewegung seine Mähne zurückstrich. »Sorgt dafür, dass die Friedensbrecher und Menschenräuber endlich entfernt und bestraft werden!«

»Das wollen wir tun, dazu sind wir entschlossen. Aber ihr macht es uns schwer. Ein edler Franke wurde getötet, ein unschuldiges Mädchen verschleppt und zur Heirat gezwungen. Andere edle Männer habt ihr in eure Gewalt gebracht ...«

»Das wollten wir nicht, es ergab sich durch die Umstände«, sagte Slawomir verdrießlich, fügte aber gleich trotzig hinzu: »Dennoch taten wir das Richtige! Wir befreiten das Mädchen!«

»Das müsst Ihr erklären!«, rief ich.

Odo murmelte: »Ich fürchte, er wird die Wahrheit sagen, nicht gut für uns!« Seufzend ließ er sich auf der Bank nieder.

Sparuna übersetzte eifrig den nun in unserer Sprache geführten Wortwechsel. Die Filzhüte hingen an seinen Lippen. Die Frauen im anderen Teil des Hauses, zu denen sich mittlerweile noch weitere gesellt hatten, jammerten und klagten nur leise, offenbar wollten sie die Beratung der Männer nicht stören. Die Weißhaarige, Slawomirs Mutter, sah dabei unverwandt zu uns herüber, besonders streng und erwartungsvoll traf ihr stechender Blick den Sohn. Sie konnte nicht verstehen, was gesprochen wurde, erriet aber wohl aus unseren Mienen und unserem Gebaren, was vorging.

»Ihr wollt eine Erklärung?«, sagte Slawomir. »Ihr sollt sie bekommen, hört zu. Wir gingen über den Fluss, um Zelibor, den schlechten und verdorbenen Wilzen, endlich zu fassen. Das war am fünften Tag, von heute gerechnet. Wir wollten das Räubernest zerstören und unsere Leute befreien. Nichts anderes wollten wir, und unsere Götter, die wir im Tempel befragten, gaben ihr Einverständnis. In der Nacht setzten wir mit zwei Booten über, eine Meile flussaufwärts, damit sie uns nicht zu früh entdeckten. Aber ein scharfer Ostwind blies, und die Strömung trug uns weit fort. Das größere Boot mit zwanzig Mann trieb so weit ab, dass es von Zelibors Wachen entdeckt wurde. Die beschossen es mit Pfeilen und Lanzen, brachten es auf, und ich glaube, sie töteten alle. Wir im zweiten Boot waren nur zwölf, und wir gelangten glücklich ans andere Ufer. Aber wir waren zu wenige, und konnten nun nicht mehr ausführen, was wir vorhatten. Es wurde Tag, und wir mussten die Nacht abwarten, um sicher zurückzukehren. So lagen wir, dreihundert Schritte von Zelibors Haus entfernt, im Gebüsch. Als nun die Sonne schon sehr hoch stand, da sahen wir von unserem Versteck aus, wie sich dort Leute versammelten und zu Pferde stiegen. Die ritten los und kamen direkt auf uns zu. Es war der Brautzug. Sie kamen näher, und wir erkannten an der Spitze einige unserer schlimmsten Feinde: Remmert, seinen Sohn Wido und Berulf. Und wir sahen auch dieses Mädchen, die Braut, sie saß gut zu Pferde. Und als sie noch näher kamen, hörten wir, dass sie sich stritten – das Mädchen und die drei Männer. Ich verstand nicht, was sie redeten, aber das Mädchen war zornig, sehr zornig. Wir duckten uns unter die Büsche, sie bemerkten uns nicht und ritten vorüber. Schon waren sie eine Weile verschwunden – da plötzlich kam das Mädchen zurück ... allein! Sie trieb das Pferd an, blickte sich um ... und da waren sie auch schon hinter ihr her ... vier, fünf, sechs Männer vom Gefolge. Überholten sie, kreisten sie ein, schnitten ihr den Weg ab. Sie versuchte zu entkommen, wehrte sich heftig, doch einer warf sich von hinten auf sie und riss sie vom Pferd. Sie schrie, doch wer hörte sie? Nur wir! Da kamen auch Remmert, Wido und Berulf zurück. Lieferten die Götter uns unsere Feinde aus? Durften wir zögern und das Geschenk nicht annehmen? Ich gab Befehl, und wir brachen hervor. Wir waren fast ebenso viele wie sie. Doch überraschten wir sie, und das war unser Vorteil. Nur wenige kämpften, die meisten flohen, auch Remmert und Wido. Berulf verteidigte sich, und wir töteten ihn. Und dann nahmen wir vier von ihnen gefangen. Aber das Mädchen kam freiwillig mit. Sie sagte: ›Dank euch, ihr seid meine Befreier!‹ Erst später erfuhr ich, dass es Warattos Tochter war.«

»Ihr behauptet also«, sagte Odo, zu der respektvolleren Anrede übergehend, »die Tochter des Grafen habe ihren Bräutigam nach einem Streit verlassen und sich davonmachen wollen. Wohin?«

»Zu ihrer Familie«, erwiderte Slawomir. »Sie wollte nicht bei den Sachsen leben. So sagte sie mir.«

»Ein waghalsiges Unterfangen. Und völlig aussichtslos, wenn schon der Ehevertrag geschlossen wurde.«

»Das wusste sie. Ihr Vater hätte sie zu den Sachsen zurückgebracht.«

»Und trotzdem kehrte sie um?«

»Sie war verzweifelt. Dachte nicht lange nach, wusste nicht, was daraus werden sollte. Sie wollte fort und sagte sich nur: Alles besser als Widos Frau zu werden.«

»Alles besser? Auch die Frau Eures Vaters zu werden?«

»Davon ahnte sie ja noch nichts«, sagte Slawomir leise, wobei er Odos forschendem Blick nicht standhielt und sich verlegen abwandte.

»Die Geschichte würde ich gern von ihr selbst hören«, sagte Odo. »Wo ist sie jetzt? Dürfen wir mit ihr sprechen? Erlaubt ihr uns das?«

Sparuna übersetzte die Frage, und gleich erhoben sich Proteste. Pribislaw und andere Männer gaben uns heftig Zeichen, diesem Ansinnen werde auf keinen Fall stattgegeben. Slawomir fing einen Blick seiner Mutter auf, der auf mich wie ein Befehl wirkte.

»Und was geschah weiter?«, wandte ich mich an den jungen Wendenfürsten. »Wie brachtet Ihr Eure Gefangenen in Sicherheit? Ihr sagtet, dass Ihr Euch in der Nähe von Zelibors Haus befandet. Konnte der Kampf nicht von dort beobachtet worden sein?«

»Das befürchteten wir«, erwiderte er. »Dorthin flüchteten sicher auch Remmert und Wido. Sie würden kommen und uns suchen. So schwer es uns fiel, wir ließen das Boot zurück und zogen am Ufer stromaufwärts. Ein hoher Baum, eine Esche, war der vereinbarte Punkt für den Fall, dass wir Erfolg gehabt hätten. Von dort aus gaben wir unseren Leuten auf der anderen Seite Zeichen. Sie dachten, wir hätten die Verschleppten, mehrere Hundert, und kamen mit zwei Flößen herüber. Eines hätte genügt ...«

»Ihr hattet nur ein paar Franken und Sachsen«, stellte ich fest. »Die Ihr hierher brachtet, nehme ich an.«

»Ja.«

»Was wurde aus den vier Männern? Wo sind sie?«

»Sie sind hier in der Burg und werden bewacht, aber gut behandelt. Sie sind Geiseln. Wir erfuhren von ihnen, dass sie in Sachsen zu denen gehören, für die das höchste Wergeld gezahlt wird. Mein Vater wollte sie gegen unsere Leute austauschen.«

»Aber das Mädchen wollte er behalten!«, warf Odo ein.

Slawomir antwortete nicht gleich. Sein Blick irrte wieder zur Seite, hinüber zu dem Leichnam unter dem Bärenfell und den klagenden Frauen. Dann sagte er leise, stockend: »Als er sie sah ... da empfand er gleich Liebe zu ihr. Und er ... und er beschloss, sie in seine Familie aufzunehmen.«

»Als sechste Ehefrau«, sagte Odo. »War sie einverstanden?«

Wieder zögerte Slawomir lange. »Nein«, antwortete er dann. »Sie sträubte sich. Aber er hatte das Recht ...«

»Wusste er, dass sie die Braut eines sächsischen Edelings war?«

»Er wusste es. Aber es galt nichts, die Sachsen sind nicht unsere Freunde.«

»Wie sträubte sich das Mädchen?«, wollte Odo wissen.

»Sie ... sie drohte ihm. Sagte, er werde es bereuen.«

»Und wie noch?«

»Sie schlug und kratzte die Frauen, die sie zur Hochzeit schmücken wollten. Sie schmähte die Götter und ließ sich nicht in den Tempel führen.«

»Das alles nützte ihr aber nichts.«

»Nein.«

»Folgte sie heute Nacht Euerm Vater freiwillig in das Haus, oder musste man sie ihm mit Gewalt zuführen?«

112

»Sie folgte freiwillig«, sagte Slawomir. Einen Augenblick schien er nachzudenken, dann fügte er hinzu: »Aber sie hatte auch keine andere Wahl.«

»Natürlich nicht«, sagte Odo seufzend. »Waren die beiden allein im Hause?«

»Ja.«

»Betraten sie es zur selben Zeit? Oder wartete er drinnen auf sie?«

»Er wartete. Der Brautführer brachte sie ihm.«

»Vielleicht war er schon tot, als sie eintrat.«

»Das kann nicht sein. Dann wäre sie früher herausgekommen.«

»Wie kam er nach Eurer Meinung ums Leben?««

»Es waren die Geister. Sehr viele und starke Geister. Wir haben sie nicht vertreiben können.«

»Ihr seid also sicher, dass es die Geister waren!«, sagte ich, seine letzte Antwort eifrig aufgreifend. »Hat man von dieser Tat der Geister an seinem Körper irgendwelche Spuren entdeckt? Weist der Leichnam Verletzungen auf?«

»Geister hinterlassen keine Spuren.«

»So ist es wohl«, sagte ich zufrieden. »Das bedeutet doch aber, dass die Braut ohne Schuld an seinem Tode ist.«

»Das wissen wir nicht.« Wieder ein Blicktausch des Slawomir mit seiner Mutter. »Vielleicht benutzten sie die Geister ...«

Nachdem Sparuna alles übersetzt hatte, ereiferten sich die Männer wieder, gestikulierten und gaben einander irgendwelche für uns unverständliche Zeichen. Diesmal stritten sie untereinander, und kurze Zeit später schienen sie unsere Anwesenheit gar nicht mehr wahrzunehmen. Slawomir beteiligte sich nicht an den heftigen Reden und Gegenreden. Er trat beiseite, wandte sich ab, verschränkte die Arme und starrte hinauf zum Dachgebälk. Ich sah etwas auf seiner Wange glänzen. War das vielleicht eine Träne?

Ich setzte mich wieder neben Odo, und er neigte sich zu mir. »Hier kommen wir jetzt nicht voran, Vater. Wir sollten uns erst einmal zurückziehen und später weiter verhandeln. Ohne den stillen Hochzeiter dort und seine untröstlichen Kebsen. Ich nehme an, sie werden ihn noch heute beerdigen. Hoffentlich sind Reste vom Hochzeitsmahl da. Höchste Zeit zu frühstücken.«

»Und was machen wir mit den Geschenken? Verteilen wir sie noch?«

»Wo denkst du hin? Wir nehmen sie erst einmal wieder mit. Der Empfänger ist verstorben, der Nachfolger noch nicht ernannt. Wenn niemand für die Verteilung zuständig ist, stürzen sie sich gleich alle auf einmal darauf. Wäre doch schade um die schönen, silbernen Becher und Schüsseln. Sie würden ihre Äxte nehmen und alles in tausend Stücke schlagen.«

»Du meinst, Hacksilber daraus machen?«

»Das ist nun mal ihre Währung. Leinentücher und Hacksilber. Merkwürdiges Volk. Am besten, wir machen selbst etwas klein, für den Fall, dass wir uns hier noch eine Weile herumtreiben müssen.«

»Sollten wir nicht noch einmal wegen des Mädchens, das heißt, der jungen Witwe ...«

»Keine Sorge. Wir werden die wehrhafte Braut, die Tochter meines Herzensfreundes Waratto, schon frei bekommen. Gewiss, die Unterhandlungen können noch schwierig werden. Aber Gefahr ist nicht mehr vorhanden. Du hast ja gesehen, wie ich die Filzhüte beeindruckt habe. Die können sich nun endlich eine Vorstellung machen, wie er aussieht – der mächtige Kaiser Karolus Magnus!«

Odo erhob sich majestätisch, ordnete die Falten seines Purpurmantels, grüßte alle, verneigte sich auch noch einmal gegen den Leichnam und ging gemessenen Schrittes hinaus.

Es hatte ihn aber niemand beachtet. Keiner hinderte Helko und Fulk daran, die Truhe zu schließen und ihm zu folgen. Ich grüßte auch den Rücken des Slawomir, doch der gab mir ebenfalls keine Antwort.

Wir kehrten in unser hastig bei Nacht errichtetes Lager am See zurück und wurden angenehm überrascht: Das Frühstück war fertig. Rouhfaz hatte ein Feuer gemacht und briet Fische. Neben ihm stand ein ganzer Holzeimer voller fetter Barsche und Plötzen.

»Wo hast du die her?«, fragte ich.

»Handel und Wandel«, sagte er stolz. »Man hält uns für Kaufleute. Ich habe nicht widersprochen. Einem Fischer hab ich den ganzen Fang abgekauft.«

»Und womit hast du bezahlt?«

»Ein Säckchen Salz, wir haben ja einen ganzen Bottich im Wagen. Sie sind verrückt danach, weil sie schon jetzt ihre Wintervorräte anlegen.«

»Sie glauben tatsächlich, dass wir Kaufleute sind?«

»Ja, hier kommen oft welche durch. Ich habe gesagt, wir sind unterwegs zu den Wislanen und Wolhyniern und wollen dann weiter nach Kiew und Rostow.«

»Da bist du wohl überall schon gewesen, du Herumtreiber«, warf Odo ein.

»Ja, Herr Odo, auch ich bin weit in der Welt herumgekommen«, erklärte der dünne Kahlkopf stolz.

»Nun, dann dürfen wir uns wohl in Wolhynien, Kiew und Rostow nicht blicken lassen«, sagte Odo launig, während er mit seinem Dolch einen Fisch zerlegte. »Wer weiß, Rouhfaz, was du dort alles angestellt hast. Aber die Vorstellung, dass wir als Kaufleute weiterreisen, ist gar nicht so übel. Wenn schon kein Weg zurückführt ... Was meinst du, Vater?«

»Wir sollten lieber darüber nachdenken«, sagte ich, während ich Gräten aus den Zähnen polkte, »wie wir die Geiseln befreien und doch noch sicher nach Hause kommen.«

»Gewiss, aber im Falle der äußersten Not wäre das eine Lösung. Als letzte Flucht vor dem Höllentor, wo ich mich zweifellos irgendwann wiederfinde. Diesen Augenblick möchte ich noch etwas hinausschieben.«

»Wenn du ab und zu betest und Gott um Hilfe anrufst, wirst du ihn niemals erleben.«

»Diesen Rat musst du mir pflichtgemäß geben, Freund, aber sprechen wir nicht mehr vom Jenseits. Auch zum Himmelstor zieht es mich jetzt noch nicht, weil dort die Frommen vermutlich Schlange stehen und strengen Kontrollen unterworfen werden. Ist ebenfalls keine gute Aussicht. Was meinst du? Würden wir nicht ein ehrbares, Vertrauen erweckendes Kaufmannspaar abgeben? Ich – stattlich und würdevoll, du – rund, fett und nach Wohlstand riechend?«

»Und womit wollten wir handeln?«

»Oh, wir kaufen Waren ein und verkaufen sie mit Gewinn. So geht das doch. Oder nicht?«

»Und wie willst du die Ware bezahlen?«

»Na, mit dem Silber in der Truhe. Wir hacken alles klein, nach wendischer Stammessitte, und kaufen damit günstig Pelze, Honig, Wachs, Hirschhorn und alles, womit sie hier handeln. Und dann auf nach Dänemark und Britannien.«

»Odo!«, sagte ich vorwurfsvoll. »Unsern Herrn Kaiser bestehlen? Mit seinen Geschenken Handel treiben? Allein der Gedanke macht mich schaudern.«

»Weißt du, was ich vermute? Die Gesandtschaften, die verschollen sind ... die verschwundenen Königsboten, die man betrauert ... die sind alle nur untergetaucht und haben den Beruf gewechselt. Mit den Geschenken, die sie verteilen sollten, fingen sie an, das war die Grundlage ihres Erfolgs, und heute leben sie irgendwo auf der Welt im Wohlstand.«

»Schwer vorstellbar ... aber nicht unmöglich.«

»Siehst du«, sagte Odo und nahm sich noch einen Fisch vom Bratspieß. »Du machst dich schon mit dem Gedanken vertraut.«

»Den Beruf zu wechseln? Ich fühle mich wohl in meiner Kutte.«

»Aber im Augenblick hast du sie abgelegt. Ist das etwa der erste Schritt?«

Unter solchen nicht ganz ernsthaften Gesprächen verzehrten wir unser Morgenmahl. Dabei blickten wir hinaus auf den See, wo immer noch Fischer unterwegs waren. Die meisten Boote der Wenden sind Einbäume aus Eichenstämmen, zehn bis zwölf Fuß lang, und man versteht sich hier auf alle Arten des Fischfangs, mit Netzen, Fischspeeren und kunstvoll aus Weidenholz geflochtenen Reusen und Hechtstülpen.

Etwa zweihundert Schritte entfernt sahen wir eine Gruppe von Männern, die unter Geschrei ein sehr großes, langes Boot mit hoch geschwungenem Bug und einem Segelmast über den breiten Strand schoben. Dies mochte ein Schiff sein, das auch seetüchtig war, und wir fragten uns, ob die Wenden von hier aus zu Wasser das östliche Meer erreichen konnten. Vielleicht wollten sie eine Abordnung zur Mecklenburg, zu ihrem Oberknes Drazko schicken, um ihm die traurige Botschaft vom Tode des Ratibor zu bringen. Der Himmel war stark bewölkt, und ein frischer, allmählich stärker werdender Wind wehte, man würde dabei auch ohne zu rudern gut vorankommen. Allerdings wunderten wir uns darüber, dass die Männer lange Balken über die Bänke des Schiffes legten. Sie verließen sich offenbar ganz auf den Wind, für Ruderer würde nur wenig Platz sein.

Ein leichter Regen ging nieder, und Odo und ich krochen in das Zelt, das wir uns teilten. Wir streckten uns nebeneinander auf unseren Strohsäcken aus. Odo schnallte den Gürtel ab, legte seine Pferdedecke zusammen und stopfte sie sich wie gewöhnlich als Kopfstütze unter den Nacken. Wir schlossen die Augen, doch ich hörte ihn schnaufen und hüsteln. Trotz der durchwachten Nacht fanden wir beide keine Ruhe.

»Worüber werden sie jetzt beraten?«, begann ich nach einer Weile ein Gespräch. »Ob sie uns als Freunde oder Feinde behandeln sollen? Vielleicht geht es auch um das Schicksal des Mädchens. Ich verstand ja nicht viel von dem, was uns die alte Frau entgegenschrie. So viel aber bekam ich mit: Sie glaubt, dass der Knes ermordet wurde.«

»Ja, das hörte sich so an«, murmelte Odo. »Übrigens ... Ich glaube das auch.«

»Wie?« Ich richtete mich auf. »Was sagst du? Du glaubst ebenfalls, dass diese Hereswind oder Swinde ...?«

»Dass die ihn umgebracht hat? Ja.«

Ich schwieg betroffen. Er blinzelte mich an und grinste dabei.

»Ich nehme an, die würdige Tochter Warattos hat ihren alten Bräutigam kalt gemacht, *bevor* er in Hitze geriet. Vielleicht aber auch erst danach. In dem Fall half sie ihm, sich schneller abzukühlen.«

»Ich hätte geglaubt ... ich meine, dass er auf natürliche Weise ... vielleicht wegen ...«

»Gewiss, die Möglichkeit gibt es auch noch. Vielleicht hat sie den alten Gaul so in Trab gebracht, dass er am Ziel tot zusammenbrach. Das nenne ich lustvoll sterben, wünsche mir auch mal so ein Ende. Ich bin aber ziemlich sicher, so war es nicht.«

»Wie soll sie es denn getan haben? Die wütende Frau sprach von Zauberei ...«

»Nun, wenn es Zauberei war, ist die Braut unschuldig. Das hast du ja denen in der Burg schon erklärt. Sie musste die bösen Geister nicht erst beschwören, die laden sich hier bei Fürstenhochzeiten selbst ein. Wenn es die Geister waren, die den Hochzeiter umbrachten, sind seine Gäste schuld: Sie haben nicht genug Lärm gemacht.«

»Bei dem Geschrei der Frau vernahm ich auch das Wort ›Gift‹.«

»Noch eine unwahrscheinliche Möglichkeit. So etwas hatte Swinde nicht nötig ... und wie sollte sie sich das Gift hier beschaffen? Natürlich konnte sie eine Prise in Bereitschaft haben – schon für ihren ersten Bräutigam, den Wido. Wenn sie aber vorhatte, den zu vergiften ... warum wollte sie sich dann vom Brautzug absetzen? Warum diese kopflose Flucht?«

»Du glaubst also, dass es so war, wie es Slawomir schilderte.«

»Nicht ganz so, doch ungefähr.«

»Auch dass sie ihm freiwillig folgte?«

»Erinnerst du dich, wie Wido den Überfall darstellte? Der Tölpel verplapperte sich. Er sagte: ›Sie rannten zusammen davon.‹«

»Aber das könnte ja auch bedeuten«, bemerkte ich, einer plötzlichen Eingebung folgend, »dass sie sich kannten. Und dass alles verabredet war!«

»Und wenn es so wäre?« Odo setzte sich auf und begann, seine lange, fleischige Nase zu kneten, was er immer tut, wenn er sich in einen Gedanken vertieft. »Du hast recht, so kann es gewesen sein! Primo: Warum sollten sie sich nicht gekannt haben, vielleicht schon sehr lange? Natürlich! Er spricht das Diutisk fließend, und ich erinnere mich, dass der Sichelbart unterwegs mal erzählte, ein Sohn seines Knes habe eine Zeitlang in der sächsischen Grafschaft als Geisel gelebt. Das war dieser Slawomir – ohne Zweifel! Secundo: Er lernt das Mädchen im Hause Warattos kennen, und sie verlieben sich ineinander. Waratto bekommt das mit und beeilt sich, den als Freier Unerwünschten nach Hause zu schicken. Die beiden Verliebten werden getrennt. Tertio: Waratto verlobt seine Tochter dem Sohn seines Freundes Remmert, mit dem er Geschäfte im Sklavenhandel macht. Die Elbe ist breit, doch nicht breit genug, um nicht heimliche Botschaften auszutauschen. Die verzweifelte Sachsenbraut schickt Hilferufe an ihren wendischen Geliebten. Quarto: Der Tag der Hochzeit wird bestimmt. Bräutigam Wido wird die Braut abholen, um sie in sein Haus zu bringen. Man muss unterwegs übernachten, natürlich bei Zelibor. Die Nachricht davon erreicht Slawomir, der sich vornimmt, die Liebste zu entführen. Der Knes will aber nichts davon wissen, hält das für einen dummen Streich, der schlimme Folgen haben könnte. Ein höheres Ziel für das Unternehmen muss her – die Befreiung der Gefangenen. Nun hat der Alte nichts mehr dagegen. Alles soll in der Nacht geschehen, zwei große Boote werden abgeschickt, zwei Flöße in Bereitschaft gehalten. Vielleicht wird Warattos regsame Tochter eingeweiht, vielleicht soll sie ihren Befreiern die Türen öffnen ...« Odo schwieg und knetete wieder seine Nase.

»Hört sich alles vernünftig an«, sagte ich. »Und weiter? Quinto?«

»Was?«

»Wenn du mit primo anfängst, endest du doch immer mit quinto.«

»Recht hast du. Man muss jede Gelegenheit nutzen, um seine Bildung zu zeigen. Und wenn man fünf lateinische

Wörter kennt, soll man seine Rede mit ihnen schmücken und keines auslassen. Quinto also: Die Sache geht zunächst schief. Der Wind, die Strömung und so weiter. Ein Boot mit zwanzig Mann geht verloren. Bei Zelibor sind sie gewarnt. Unser Liebhaber landet trotzdem und liegt mit dem Rest seiner Leute im Gebüsch auf der Lauer. Jetzt lacht ihm Fortuna: Der Brautzug kommt und wird aufgerieben – lassen wir offen, ob unverzüglich oder erst, als das Mädchen zurückkehrt. Das Zweite ist sogar wahrscheinlicher, weil die feindliche Truppe nun auseinandergesprengt ist. Jedenfalls wird der ursprüngliche Plan, die Entführung des Mädchens, doch noch ausgeführt. Zur Beschwichtigung seines Vaters schleppt der Verliebte vier edle Franken und Sachsen als Gefangene an. Die Braut begehrt er natürlich für sich. Dann aber geschieht etwas Unerwartetes.«

»Der Alte beschließt, das Mädchen selbst zu heiraten.«

»Ein verhängnisvoller Beschluss. Die Torheit und Selbstüberschätzung alter Tyrannen. Natürlich sind alle um ihn herum dagegen, aber das kümmert ihn nicht. Er hat es auch eilig, weil er dem Aufstand unter der Gürtelschnalle nicht traut und fürchtet, der könnte schnell wieder abflauen. Schon drei Tage später ist Hochzeit. Sohn Slawomir muss tatenlos zusehen und mitfeiern. Seine Mutter, die Hauptfrau des Alten, verzehrt sich in stiller Wut. Die Neue ist mindestens fünfundzwanzig Jahre jünger und Tochter des verhassten fränkischen Grafen. Soll die nun an ihrer Stelle die Erste werden? Warattos Tochter strebt das auch an ... nur nicht so, nicht als Gemahlin des Alten. Was tun? Wenn sie für seinen Nachfolger frei werden soll, gibt es nur eine Möglichkeit.«

»Ja«, sagte ich, »so mochte sie denken. Und glaubst du, dass Slawomir eingeweiht war?«

»Nein, das wohl nicht. Der scheint mir ein Kerl von edlem Holz zu sein, das heißt aber auch: ein gehorsamer Sohn. Empörte sich nicht gegen den Vater und versucht, es auch seiner Mutter recht zu machen. Hast du bemerkt, wie unverwandt sie ihn anstarrte und wie dieser bohrende Blick ihn immer unsicherer machte?«

»Und wie erklärst du dir das?«

»Ganz einfach. Er liebt die noch immer, die sie als Mörderin bestraft sehen will. Es sieht auch so aus, dass die Gemeinschaft der trauernden Witwen Warattos Tochter nicht unter sich duldet. Im Klagechor darf sie nicht mittun. Das ist schon so gut wie eine Verurteilung.«

»Wenn diese Swinde wirklich schuldig ist«, sagte ich bekümmert, »haben wir beide jetzt eine ungewöhnliche Aufgabe. Sonst jagten und fingen wir Verbrecher. Nun müssen wir eine Mörderin vor der Bestrafung schützen. Denn Bestrafung ... das kann doch nur Tod bedeuten. Das ist hier nicht anders als bei uns.«

»Ganz gewiss nicht«, erwiderte Odo seufzend.

»Und trotzdem!«, begehrte ich auf. »Ich kann es noch immer nicht glauben! Nein, nein! Wie ... wie soll sie es denn getan haben? Es hieß, der Leichnam sei unversehrt!«

»Weil die Geister keine Spur hinterlassen.«

»Ach, lassen wir doch den Unsinn!«

»Auch eine geschickte Mörderin hinterlässt keine Spur.«

»Erkläre mir das! Erkläre es mir!«

Odo seufzte abermals, wandte sich mir zu, strich die langen, schwarzen Haare zurück, sah mich mit seinen tiefbraunen Augen bedeutsam an und sagte: »Nun stell dir mal vor, wir beide seien das Brautpaar.«

»Wir beide?«

»Wir beide. Ich bin die Braut, und du bist der Bräutigam.«

»Du bist die Braut? Warum?«

»Nun, weil wir uns zu deiner Erleuchtung in dieses Brautpaar verwandeln wollen, um das es hier geht: den alten wendischen Häuptling und die wehrhafte fränkische Jungfrau.«

»Ich bin also der alte Häuptling.«

»Nur damit das Verhältnis stimmt. Der Bräutigam ist ein kleiner Schrumpel, die Braut dagegen eine stattliche Schönheit. Und dieses Zelt hier ...«

»... ist wohl das Haus in der Burg, um das die Geisterbeschwörer toben.«

»Richtig! Nun stelle dir vor, wir kommen zur Sache. Zu reden gibt es nichts mehr, der Lärm ist zu groß. Seufzer und Schreie gehen ebenfalls unter. Du – der Bräutigam – nimmst dein Recht wahr und wirfst dich auf mich.«

»Ich werfe mich auf dich?«

»Nun ja ... auf die Braut. Worauf wartest du? Tu es!«

»Aber ...«

»Küss mich! Umarme mich! Mut! Nicht so schüchtern!«

»Das ... ist unmöglich ... nein, nein, das geht nicht ... dein Schnurrbart ... dich küssen? Ich kann das nicht ...«

»Bist du etwa nicht scharf auf mich, mein süßer Gemahl?«

»Nimm deine Hand da weg ... was fällt dir ein!«

»Du zögerst, dein Gattenrecht wahrzunehmen?«

»Ich will nicht!«

»Erst lässt du mich entführen und nun weigerst du dich, mich zu lieben?«

»Lass mich!«

»Geht es nicht? Sei unbesorgt, ich werde dir helfen!«

»Mir helfen! Was tust du?«

»Ich werfe mich in deine Arme, Geliebter! Ich ringe dich nieder, mein kleiner Held! Ich fordere dich zum Zweikampf heraus! Ich drücke dich an mein liebendes Herz!«

»Odo ... nein, lass mich, mir geht die Luft aus ... Nicht so fest, nicht so fest ... Du brichst mir die Knochen ... oh, oh ... die Decke ... nimm die Decke von meinem Gesicht ... sie stinkt nach Pferd ... Ich ... ich kann nicht mehr atmen ... ich ersticke! Hilfe! Du bringst mich ja um ... ich sterbe ...«

Wir wälzten uns noch auf den Strohsäcken, doch Odo ließ bereits von mir ab, als eine tiefe Stimme hinter uns sprach: »Hoho! Hier macht man es sich wohl gemütlich?«

Es war Fulk, der seinen kantigen Schädel mit der Hiebnarbe zum Zelteingang hereinsteckte. Er machte runde Augen und feixte.

Wir fuhren auseinander und brachten uns rasch in Ordnung. Ich keuchte und ächzte. Doch Odo geriet keineswegs in Verlegenheit.

»Gemütlich?«, raunzte er, während er sich erhob und den Gürtel wieder anlegte. »Wir tun unsere Pflicht, weiter nichts. Verstanden? Dazu gehört auch die lebensgefährliche Übung, die du gerade gesehen hast. Kein Spaß – so etwas. Du siehst ja, wie es ihn mitnimmt. Dass du dir nichts dabei denkst!«

»Ich denke nie.«

»Dann ist es gut. Was willst du?«

»Da draußen geht etwas vor, das solltet Ihr Euch mal ansehen.«

»Wir kommen.«

Fulk verschwand.

Ich rang noch immer nach Atem. »Du hättest mich wahrhaftig umbringen können!«

»Aber du wärst eine hübsche Leiche gewesen«, sagte Odo. »Ganz unversehrt, wie der Alte in der Burg.«

»Beinahe hättest du mir die Rippen gebrochen.«

»Jedenfalls weißt du nun, wie es geschehen ist. So etwa verlief die tödliche Brautnacht.«

»Dass sie das fertigbrachte ...«

»Warattos Tochter! Aber eine edle Fränkin. Und – wenn mich nicht alles täuscht – ein liebendes Weib. Du sagtest es schon: Es ist unsere Pflicht, sie herauszuhauen!«

Wir traten vor das Zelt. Der Regen hatte fast aufgehört, die Sonne zeigte sich hinter den Wolken, aber der Wind war stärker geworden. Unsere Leute hockten im Schutz einer Baumgruppe, und alle blickten gespannt in dieselbe Richtung.

Auch uns verblüffte, was wir dort sahen.

An dem Schiff, das die Männer über den Strand zum Rande des Sees gebracht hatten, war jetzt ein großes, mit seltsamen Zeichen bemaltes oder besticktes Segel aufgezogen. Eine niedrige Hütte aus Flechtwerk, deren Eingang mit einem Tuch verhängt war, stand auf den Balken, die man über die Ruderbänke gelegt hatte. Rings um das Schiff steckten Pfähle mit menschlichen Gesichtern im Sandboden, die Götterfiguren. Es waren vermutlich dieselben, die die brodelnde Menge in der Nacht auf dem Burghof herumgetragen hatte. Um die größte der Figuren tanzte zum Getöse von Trommeln ein altes Weib, das mit der einen Hand einen Strick, mit der anderen ein Messer schwenkte. Eine jüngere Frau stand auf dem Schiff und nahm verschiedene Gegenstände entgegen, die Knechte herbeitrugen und hinaufreichten: Krüge, Kisten, Körbe. Nicht weit davon kämpften zwei Männer mit einem sich bäumenden, wiehernden Schimmel, auf den ein Dritter mit seinem Schwert einstach. Das Tier brach zusammen. Auch ein Hund, der vergebens zu entkommen suchte, wurde getötet. Frauen warfen Hühner, denen sie vorher die Köpfe abschnitten, in einen Bottich und hoben ihn zu der Empfängerin auf dem Schiff hinauf. Mehrere hundert Zuschauer jeden Alters und jeden Geschlechts standen, einen Halbkreis bildend, in achtungsvoller Entfernung dabei.

»Er macht also eine Schiffsreise ins Jenseits«, bemerkte Odo. »Ein standesgemäßer Abgang.«

»Ja«, sagte ich. »Gewöhnliche Tote kommen bei ihnen nur auf den Scheiterhaufen.«

»Anscheinend rechnet man mit einer längeren Fahrt. Sonst würde man ihm nicht so viel Wegzehrung mitgeben. Und auch sonst wird er prächtig ausgestattet, damit es ihm in ihrem wendischen Paradies an nichts mangelt. Sogar sein Pferd und sein Hund müssen mit. Bin gespannt, was sie noch alles an Bord schleppen.«

Wir sollten es gleich erfahren – zu unserm Entsetzen.

Von der Burg her näherte sich Sparuna. Mit ernster Miene trat er zu uns.

»Nun«, fragte Odo. »Was ist? Unsere Verhandlungen sind unterbrochen. Kommst du zu Freunden oder Feinden?«

»Zu Freunden, Herr Odo, zu Freunden!«, versicherte Sparuna. »Ich bringe Botschaft von Knes Slawomir.«

»Wie? Ich hab euern neuen Knes schon gewählt? So schnell geht das bei euch?«

»War leichte Wahl. Ältester Sohn von Ratibor, tapferer Kämpfer, tüchtiger Führer.«

»Und die Botschaft von Knes Slawomir?«

»Knes lässt fragen, ob ihr wollt Abschied nehmen von seinem Vater.«

»Abschied? Und wo ...?«

»Da drüben, auf Totenschiff.«

»Auf dem Schiff?«, fragte ich erstaunt.

»Vornehme Männer alle treten in Totenhaus ein und nehmen Abschiedstrunk mit Knes Ratibor.«

»In der Hütte dort auf dem Schiff? Aber wie sollten mehrere Männer ...«

»Trinkt jeder allein mit totem Knes. Findet Krug mit Getränk und Becher. Verbeugt sich, spendet einige Tropfen.«

»Gut«, sagte Odo. »Wir nehmen teil, das versteht sich. Er war ein treuer Verbündeter des Kaisers.«

»Knes Slawomir lässt außerdem fragen«, fuhr Sparuna fort, wobei er den Blick und die Stimme senkte, »ob Gesandte auch wollen Abschied nehmen von Gemahlin des Toten.«

»Wie?«, fragte Odo. »Ist denn auch eine seiner Frauen gestorben? So plötzlich?«

»Nein, Herr Odo. Ist nicht gestorben. Ist auserwählt. Begleitet Gemahl in andere Welt. Ist nun einmal so Brauch bei uns, wenn Knes oder großer Herr stirbt«, fügte der Sichelbart mit einer Geste hinzu, die eine gewisse Verlegenheit ausdrückte.

»Heißt das, die Frau wird auf das Schiff dort gebracht und ...?«

»Liegt an der Seite von Gemahl, wenn Schiff auf See hinausfährt. So ist es.«

»Aber wird das Schiff nicht in Brand gesteckt?«, rief ich. »Ich hörte mal ...«

»Ist richtig, Herr Lupus«, sagte Sparuna. »Schiff wird in Brand gesteckt. Mischen sich Feuer und Wasser. Große Kraft hebt Schiff mit Toten in andere Welt. Zurück bleibt Asche.«

»Aber die Frau? Sie wird lebendig verbrannt?«

»Nicht lebendig. Wird vorher getötet.«

»Getötet? Von wem?«

»Von Todesengel. Alte Zauberin dort, die ihr seht tanzen mit Seil und Messer. Seil für Hals und Messer für Herz. Tanz ist Bitte um Erlaubnis der Götter.«

»Heißt das nun«, fragte Odo mit sichtlichem Unbehagen, »dass dieser Todesengel sein Werk schon verrichtet hat, wenn wir dort eintreten, in die Hütte auf dem Schiff?«

»Nein«, erwiderte Sparuna. »Gemahlin von Knes ist noch am Leben. Liegt lebendig neben totem Gemahl. Müssen ja Vornehme und Verwandte erst von ihr Abschied nehmen. Danach sie wird sterben.«

»Und wie nimmt man von ihr Abschied? Spendet man auch ihr ein paar Tropfen?«

»Ja, aber nicht von Getränk.«

»Was heißt das?«

»Wer Freund von Knes, liegt bei Gemahlin.«

»Wie? Er liegt bei ihr ... er paart sich mit ihr?«

»Ist letzter Dienst für Freund.«

»Und der Freund ... der Tote ... der leistet ihm dabei Gesellschaft? In dem Häuschen dort? Hinter dem Vorhang? Auf dem Schiff?«

»Ist so Brauch bei uns«, sagte Sparuna nun schroff, um weitere Fragen abzuwehren. »Ist aber nicht Pflicht für alle. Nur für Verwandte, Vornehme, enge Vertraute.«

»Vertraute sind wir ja!«, nahm ich hastig das Wort, das Odo im Halse stecken blieb. »Ehrliche Freunde! Aber der Brauch ist uns fremd. Und wir begnügen uns besser damit, uns von dem toten Knes allein zu verabschieden. Das werdet ihr doch sicher verstehen.«

»Ja, wir verstehen, Herr Lupus«, beeilte sich Sparuna zu versichern. »Auch Knes Slawomir wird verstehen. Sagte ich, ist nichts für fränkische Herren, Boten von Kaiser Karolus Magnus. Ist für sie barbarische Sitte, beleidigt sie. Ich verspreche, dass toter Knes wird zuerst auf Schiff sein. Ihr nehmt Abschied. Gemahlin folgt später.«

»So sei es«, sagte Odo. »Wann wird der Leichnam gebracht?«

»Da sind sie schon!«, sagte Sparuna und deutete auf einen Zug, der in diesem Augenblick unter dem Burgtor erschien und sich näherte.

»Gut. Wir werden kommen.«

Der Sichelbart wandte sich ab, und ich bemerkte an seiner Miene, dass er offenbar froh war, seinen Auftrag erledigt zu haben. Er wollte sich eilig entfernen, aber ich rief ihn zurück, da mich plötzlich ein merkwürdiges Gefühl beschlich.

»Noch etwas, Herr Lupus?«

»Ja. Nur eine Auskunft noch. Wer ist die Frau, die ihr auf das Totenschiff bringen werdet ... die Gemahlin des Toten, die ihn begleitet soll? Ist es die mit dem weißen Haar, die uns so heftig begrüßte, die Mutter des neuen Knes? Und noch eine Frage: Ist das Opfer der Frau ein freiwilliges?«

Sparuna seufzte, zog die Stirn in Falten, zupfte an seinem Bart.

»Ist schwierige Frage, Herr Lupus, schwierige Frage. Nein, Gemahlin macht Reise nicht freiwillig. Und ist auch nicht Frau Dragomira, Mutter von neuem Knes Slawomir. Frau Dragomira wollte gern, weil immer Erste unter den Frauen. Aber ist Beschluss von Verwandten und Ältesten: Auf Reise geht Lieblingsfrau von Knes Ratibor. Noch gestern er sagte: Sterbe ich mal, gebt diese mit! Ist jung und schön, ist nun Lieblingsfrau!«

»Wer ist es?«, schrie Odo, dem plötzlich wohl ebenfalls ein furchtbarer Verdacht kam. Er starrte den alten Wenden so drohend an, dass der vorsichtshalber zwei Schritte zurücktrat.

»Ist jüngste Ehefrau von Knes Ratibor, Tochter von Graf Waratto, unglückliche«, sagte er leise.

»Wie? Was? Du lügst doch! Nein, nein, das kann ich nicht glauben, Schurke! Ihr wollt das entführte Mädchen nun auch noch umbringen? Wollt sie ermorden? Die Tochter eines fränkischen Grafen?«

»Nicht ermorden, Herr Odo ... Ist Sitte bei uns, Lieblingsfrau ...«

»Ist euch klar, dass das Folgen haben wird? Schreckliche Folgen? Erst die Entführung, nun noch ein Mord!«

»Ich selbst bedaure, Herr Odo ... doch kann nichts tun ... Ist Brauch, ist Beschluss ...«

Odo polterte und grollte, doch nicht lange, denn es war klar, dass so nichts erreichet werden konnte. Ich griff auch gleich beschwichtigend ein, damit wir nicht an der falschen Stelle Feuer legten. Sparuna gehörte hier zwar zum engeren Kreis der Verwandten des alten und neuen Knes, aber infolge seiner langen Abwesenheit war zu bezweifeln, dass er viel Einfluss hatte. Er hätte sonst wohl zu verhindern gewusst, dass man ausgerechnet in der Zeit unseres Besuches eine fränkische Adelige mit dem brennenden Totenschiff ins Jenseits beförderte.

Wir erfuhren noch von Sparuna, dass dem Beschluss, streng nach dem Brauch zu verfahren, ein heftiger Streit unter den Ältesten und Verwandten vorangegangen war. Frau Dragomira sah sich als langjährige, wahre Lieblingsfrau ihres Gemahls zurückgesetzt und neidete der Neuen die Reise ins Wendenparadies. So hetzte sie einige auf und wollte durchsetzen, dass die Fremde wegen Mordes angeklagt und verurteilt wurde. Dann würde sie nicht hoch geehrt von der Hand des Todesengels, sondern verachtet von der eines Henkers sterben. Aber die Alte hatte keinen Erfolg, auch nicht bei ihrem Sohn, dem neuen Knes, der den Mordverdacht entschieden zurückwies. Slawomir glaubte fest, die Geister hätten es getan, die seinem Vater wegen der Heirat gram waren.

»Was mag in diesem Burschen vorgehen?«, sagte Odo nachdenklich, als sich Sparuna entfernt hatte. »Ich will auf der Stelle ein Frosch sein, wenn ich so wenig von menschlicher Liebe verstehe. Er liebt sie! Er entführt sie unter Gefahr für Leib und Leben! Aber erst lässt er sie sich von dem Alten wegschnappen und nun schickt er sie noch mit ihm in den Orkus.«

»Immerhin hat er verhindert, was seine Mutter wollte: dass sie des Mordes angeklagt wird.«

»Mord oder nicht – das Ende ist ja dasselbe.«

»Nicht in seinen Augen, nicht in denen der Leute hier. Er kann auch nicht anders handeln, sonst würde er ehrlos, als Führer des Stammes erledigt sein. Sie ist nun einmal eine der Witwen des Vaters und dazu ausersehen, als dessen ...«

»Als dessen Lieblingsfrau! Ja, ja! Zum Teufel, das habe ich ja verstanden! Aber kannst du dir vorstellen, dass dieser Slawomir dort auf dem Totenschiff – hinter dem Vorhang, neben der Leiche seines Vaters – von der Angebeteten ›Abschied nimmt‹? Indem er zum ersten und letzten Mal mit ihr ... Das ist doch Wahnwitz!«

»Ich fürchte, so wird es kommen«, sagte ich verzagt. »Außerdem werden sich wohl viele ›verabschieden‹. Und wenn wir nicht Zeugen des grausigen Schauspiels werden wollen, wie einer nach dem anderen hinter dem Vorhang verschwindet, zu schweigen von dem, was folgen wird ... dann sollten wir jetzt dorthin gehen. Da kommen sie schon mit dem Leichnam. Wir tun rasch unsere Gesandtenpflicht, trinken auf dem Schiff den Abschiedsbecher und ...«

»Und was? Und was?« Odo blickte mich zornglühend an. »Und wenden den Rücken? Achten den Brauch? Überlassen die Schöne den geilen Trauergästen? Lassen sie von der verrückten, besoffenen Vettel dort umbringen? Lassen sie auf dem Teufelskahn zu Asche verbrennen?«

»Aber was können wir noch tun?«, rief ich. »Es ist ja unmöglich ...«

»Du sagst es, mein Teurer! Wir tun das Unmögliche!«

8. Kapitel

Wir hatten keine andere Wahl: Wenn wir Hereswind, die Tochter des Grafen Waratto, retten wollten, mussten wir uns des Totenschiffs bemächtigen. Es war uns gleich klar, dass hier weder mit Drohungen noch mit Vorhaltungen etwas erreichet werden konnte. Gegen die grausamen Vorschriften eines Aberglaubens aus den unerforschlichen Tiefen der Stammesgeschichte würden weder die Furcht vor einer militärischen Vergeltung noch die Einsicht in die Sinnlosigkeit und Verwerflichkeit des Frauenopfers ankommen. An eine Entführung zu Lande war selbstverständlich überhaupt nicht zu denken. Wie sollte unser winzig kleiner Trupp das Opfer befreien und mit ihm aus der Mitte einer gewaltigen, empörten Menschenmenge entkommen? Es würde unser aller sicherer Untergang sein.

Nur wenn wir das Schiff in unsere Gewalt bekamen, konnten wir, ehe uns die Verfolger einholten, einen Vorsprung gewinnen. Wir würden irgendwo an Land gehen und dann – mit Glück und Gottes Hilfe – die Elbe erreichen. Brachten wir Waratto die unter eigener Lebensgefahr vom Tode errettete Tochter zurück, konnten wir wagen, in seinen Gau zurückzukehren.

Dieser Plan entstand in Gedankenschnelle, und viel mehr Zeit blieb auch nicht für die Ausführung. Schon näherte sich der Leichenzug dem Strand. In großer Hast erklärte Odo unseren Leuten, was wir vorhatten. Einwände ließ er nicht gelten. Es schmerzte natürlich, die Tiere und den Wagen samt Inhalt zurücklassen zu müssen. Doch zum Glück sahen alle ein, dass es unsere Christenpflicht war zu handeln.

Freilich sollte der heidnischen Teufelsbrut, die eine Christin umbringen wollte, nicht noch Gold und Silber zum Lohn werden. Unwillkürlich hatten wir in weiser Voraussicht gehandelt, als wir die Truhe mit den Geschenken wieder mitgenommen hatten. Wir gingen gleich an die Verteilung, und in Windeseile verschwanden Münzen, Armreife, Ringe, Halsketten, Amulette, Fibeln, Schöpflöffel, kostbar verzierte Dolche und sogar Becher und Schüsseln in unseren weiten Hosen, wo zwischen Gürteln und straff gewickelten Wadenbändern viel Platz war. Was nicht untergebracht werden konnte, wurde in aller Eile seiner wertvollsten Bestandteile beraubt: Helmspangen, Schildbuckel, Schnallen, Beschläge. Rouhfaz stopfte sich zwei, drei Pergamentkodizes in die Hose. Ein paar Silberteller verarbeiteten unsere Männer rasch zu Hacksilber. Dies hängten wir in Beuteln an unsere Gürtel, damit es uns auf dem Weg durch das Land der Wenden weiterhalf. Wir sahen alle recht unförmig aus und konnten nur hoffen, dass unser metallisch klirrender Auftritt keinen Argwohn erregte.

Inzwischen war der Leichnam auf das Schiff gehoben worden. Wir bemerkten, dass man schon nach uns spähte, uns rief und Zeichen gab. Es sollte uns ja gestattet sein, von Knes Ratibor Abschied zu nehmen, ohne ihm einen letzten Freundesdienst auf dem gespenstischen Ehelager zu leisten. Dies entsprach nun allerdings nicht mehr unserem Plan. Wir hätten das Schiff ja danach verlassen müssen und wenig Aussicht gehabt, noch ein zweites Mal hineinzugelangen. Unbedingt mussten einige von uns schon auf dem Schiff sein, wenn es losging, denn wie sollten wir es alle auf einmal schaffen! Und natürlich mussten wir warten, bis unsere »Beute« an Bord gebracht war.

Also taten wir so, als bemerkten wir nichts von den Rufen und Zeichen, seien geschäftig und noch nicht bereit für unseren Auftritt. Ich verabschiedete mich von Grisel, denn ich war überzeugt, ich würde den guten Grauen nicht wiederse-hen. Auch Odo beklopfte und kraulte seinen Impetus. Mir schien, dass er dabei einen feuchten Blick hatte. Während-dessen ließen wir das Burgtor nicht aus den Augen. Wir mus-sten nicht lange warten.

Man brachte das Opfer. Inmitten eines Pulks aufgeregt wuselnder, kreischender Weiber schleppten zwei riesenhafte Kerle die sich heftig sträubende letzte Lieblingsfrau des Knes Ratibor. Auch jetzt sahen wir sie nicht aus der Nähe, staun-ten aber über die Kraft und Kühnheit, mit der sie sich wider-setzte. Sie stieß die Männer mit Füßen und Ellbogen und ver-suchte, sich ihrem Griff zu entwinden. Man hatte sie prächtig herausgeputzt, standesgemäß und nach Stammessitte mit Schläfenringen, Ohrgehängen, Bernsteinketten. Ihre Hände waren gebunden und ihr Mund wohl durch einen Knebel verschlossen, den ein breites Band hielt. So aussichtslos es für sie war zu entkommen – sie wollte sich nicht mit ihrem Schicksal abfinden. Zweimal brachte sie auf dem Weg zum Totenschiff die beiden herkulischen Kerle ins Straucheln.

»Die gefällt mir«, sagte Odo anerkennend. »Die wird uns nicht mit Jammern und Klagen belästigen, sondern unter-wegs nützlich sein.«

»Vorausgesetzt, wir schaffen sie hier lebendig heraus«, ent-gegnete ich.

»Du hast recht! Nicht länger gesäumt! Sonst bringt sie das Totenschiff zum Kentern, bevor es in See gestochen ist!«

Wir marschierten los, am Strand entlang. Da wir alle schwer trugen und die Hosen voller Metall hatten, entschlos-sen wir uns zu einem langsamen, feierlichen Aufzug, wie es ja auch dem traurigen Anlass entsprach. Odo und ich, an der Spitze schreitend, gaben das Tempo vor. Waffen waren uns wieder verboten, das hatte Sparuna uns noch im Weggehen zugerufen. Odo trug sein Stirnband »für besondere Gelegenheiten«, das mit ein paar kleinen Edelsteinen bestückte, und natürlich den Purpurmantel. Ich zuckelte neben ihm her, ungeschmückt, aber mit unserer kostbaren eisernen Schatulle. Unsere neunköpfige Mannschaft folgte mit schweren, rasselnden Schritten.

Die Menge – sie mochte an die tausend Köpfe zählen – wich zurück und machte uns Platz. Wir rückten bis an das Totenschiff vor. Ein günstiger Umstand fiel uns gleich auf: Das Schiff mit geblähtem Segel war schon zu Wasser gelassen, schaukelte auf den Wellen und wurde nur von einem Tau gehalten, das um den Ankerpflock gewunden war. Da der Wind zum Glück vom Land her wehte, war es straff gespannt und konnte mit einem Hieb durchtrennt werden.

Weniger gefiel uns, dass sich die alte Zauberin jetzt auf dem Schiff befand. Noch immer Messer und Seil schwingend, gab sie schaurige, kreischende Töne von sich. Frauen, die unten am Wasser standen, die weißhaarige Dragomira darunter, antworteten ihr in einer Art Wechselgesang. Hinter ihr wehte der Vorhang zum Totenhäuschen, wo nun das ungleiche Paar auf die Abschiedsbesuche wartete. Die beiden riesenhaften Schergen standen außen an der Bordwand bis zu den Waden im Wasser – vermutlich, um den Trauergästen hineinzuhelfen.

Nahe beim Schiff fanden wir auch die Männer, die uns am Morgen auf der Burg empfangen hatten, die Vornehmen und Verwandten. Sie waren um ein prasselndes Feuer versammelt. Ein Greis, der ihr Priester zu sein schien, schrie mit Fistelstimme irgendwelche Beschwörungsformeln, die sie unter allerlei Zuckungen und Verrenkungen wiederholten. Eine Gruppe von Kriegern ließ Schwerter auf Schilde krachen. Grundlos hatten wir befürchtet, wir könnten uns durch den eigenen geräuschvollen Auftritt verdächtig machen.

Wir verfolgten eine kurze Weile die Trauerzeremonien, ohne dass man uns zu beachten schien. Doch dann löste sich Slawomir aus dem Kreis am Feuer und trat auf uns zu. Er blickte uns düster, doch wie mir schien, nicht feindselig an.

»Ihr kommt spät«, sagte er. »Das Vorrecht, das Euch eingeräumt wurde ...«

»Darauf verzichten wir«, erwiderte Odo. »Wir begehren dafür ein anderes.«

»Welches?«

»Wir beide sind Stellvertreter des Kaisers Karolus Magnus.«

»Das wissen wir.«

»Wir müssen deshalb von Euch erwarten, dass Ihr uns so behandelt, als stünde der Kaiser selbst hier, in eigener Person.«

»Was bezweckt Ihr mit dieser Einleitung?«

»Nun ... der Kaiser – durch uns vertreten – hat unter denen, die von Knes Ratibor, Euerm Vater, Abschied nehmen, den höchsten Rang.«

»Sein Reich«, fügte ich hinzu, weil der junge Knes wartete und schwieg, »ist etwa dreihundert Mal größer als das Land der Obodriten.«

»Das mag wohl sein«, sagte Slawomir. »Aber was wollt Ihr nun?«

»Wir haben durch einen weisen Mann in unserm Gefolge, der über mystische Kräfte verfügt«, Odo deutete mit großer Geste auf Rouhfaz, »den Kaiser über tausend Meilen hinweg befragen und seinen Willen erforschen können. Wir haben uns erkundigt, wie wir uns auf dem Schiff, das Euern Vater forttragen wird, verhalten sollen. Er gab zur Antwort, unsere erste Entscheidung sei falsch gewesen. Wir hätten uns vielmehr aus Achtung vor Euerm Volk und seinen Fürsten allen

Bräuchen zu fügen – bedingungslos, so wie er es selbst tun würde, wäre er anwesend. Er verlangt allein, dass sein Rang geachtet wird. Das heißt, er wünscht, sich als Erster von Knes Ratibor und seiner Gemahlin zu verabschieden.«

Slawomir blickte Odo starr an, und seine schwarzen Augen verengten sich zu Schlitzen. Eine blonde Strähne fiel ihm über die Augen, die er mit einer heftigen Geste zurückstrich.

»Unter Wahrung aller Bräuche?«, fragte er scharf.

»Unter Wahrung aller Bräuche.«

»Aus freundschaftlicher Gesinnung?«

»Aus freundschaftlicher Gesinnung.«

»Auf dass künftig zwischen Franken, Sachsen und Obodriten Frieden und Eintracht herrsche!«, fügte ich mit treuherziger Feierlichkeit hinzu.

Der junge Knes starrte nun auch mich so durchdringend an, dass ich vor Schreck einen Schluckauf bekam.

»Was tragt Ihr da bei Euch? Was ist das?««

»In diesem kostbaren Behältnis«, antwortete Odo an meiner Stelle, »befinden sich unsere Ernennungsurkunde zu Stellvertretern des Kaisers sowie eine schriftliche Botschaft an Euern Vater. Beide Dokumente, so unser Auftrag, sind Knes Ratibor unter allen Umständen vorzulegen. Leider hatten wir dazu noch keine Gelegenheit. Wir wollen es nun nachholen.«

»Aber er ist doch tot!«

»Wenn Herr Karolus, unser großmächtiger Kaiser, befiehlt ›unter allen Umständen‹, so schließt das auch diesen Umstand ein. Übrigens ist die Vorlage der Dokumente eine Amtshandlung, bei der wir beide gleichzeitig anwesend sein müssen. Auch wir haben Bräuche, Knes, und müssen tun, was sie vorschreiben.«

Slawomir wünschte den Inhalt der Schatulle zu sehen und überzeugte sich, dass sie tatsächlich nichts enthielt als zwei

Pergamente. Das zweite war allerdings keine Botschaft, sondern nur eine Abschrift des *Capitulare Saxonicum*. Wie froh war ich, dass Odo meine Idee, unter den Blättern einen Dolch zu verstecken, für zu gefährlich gehalten hatte!

Der junge Wendenfürst sagte: »Ihr werdet nicht gleichzeitig bei ihnen eintreten können.«

»Oh, es genügt«, erwiderte Odo, »dass ich mich ganz in der Nähe aufhalte, während mein Amtsgefährte zuerst Euerm Vater die Dokumente vorliest und dann die kultischen Handlungen ausführt, die Eure Bräuche vorschreiben. Ich kann mich danach auf diese beschränken.«

Slawomir maß uns beide noch einmal mit einem langen Blick, in dem ich jetzt nur eine unendliche Traurigkeit und Bitterkeit las, und sagte: »So begebt Euch an Bord.«

Ich muss gestehen, dass ich mich für die Beschreibung dessen, was nun folgte, am liebsten mit wenigen Sätzen begnügen würde, ohne auf Einzelheiten einzugehen. Denn zweifellos gehörten die nächsten Augenblicke zu den am wenigsten heldenhaften in meinem Leben. Aber ich will mich nicht um die Wahrheit herumdrücken und werde mich deshalb nicht schonen. Denn wie heißt einer der Sprüche Salomos: »Mein Mund soll die Wahrheit reden, und nichts Verkehrtes und Falsches sei in den Reden meines Mundes.«

Mit wenigen Schritten waren wir am Wasser, und Slawomir, der uns folgte, gab den beiden Riesen ein Zeichen, damit sie uns beim Einstieg in das Totenschiff Hilfestellung leisteten. Mich hob einer der beiden wie einen Spielball auf, um mich auf das Schiff zu befördern. Odo verschmähte die Hilfe, watete in die Flut hinein und schwang sich selber über die Bordwand, die nur etwa zwei Fuß über dem Wasserspiegel aufragte. Und da widerfuhr ihm ein Missgeschick: Sein

Purpurmantel blieb an einem Nagel hängen. Alles Ziehen und Zerren half nichts, er musste sich aus dem kostbaren Stück herausschälen. Es versank gleich im Wasser.

»Verflucht, was mache ich jetzt?«, flüsterte Odo mir zu. »Wie soll ich das Ankerseil kappen?«

Er hatte nämlich den Sax, sein Kurzschwert, in einem geheimen Fach im Futter des Mantels versteckt. Was war ein Mann wie er ohne Schwert! Ursprünglich hatte er vorgehabt, es herauszuziehen, sobald er an Bord gelangt war, und als Befreier hinter den Vorhang zu stürmen. Dies sollte das Zeichen für unsere Leute sein, das – wie wir annahmen – noch auf dem Ufersand liegende Schiff blitzschnell ins Wasser zu stoßen und hineinzuspringen. Der starke Wind, der vom Land her wehte, würde uns rasch davontragen. Odo wollte dann mit seinem Schwert die Fesseln des edlen Opfers lösen und dessen Dank empfangen. Nun aber musste zuvor erst das straffe Ankerseil durchtrennt werden!

»Womit? Mit den Fingernägeln?«, seufzte Odo verzweifelt.

»Vielleicht findet sich hier ein scharfer Gegenstand«, flüsterte ich.

»Ich sehe nichts. Aber du ... du hast doch den Dolch in der Hose ... den mit den Rubinen.«

»Habe ich, ja.«

»Hol ihn heraus.«

»Wie denn? Sie sehen uns alle zu!«

»Geh hinter den Vorhang!«

»Ich soll dort hinein?«

»Nun mach schon! Sie werden nichts argwöhnen. Du überbringst doch dem Toten die Botschaft des Kaisers.«

»Und wenn ich den Dolch gefunden habe?«

»Ich stehe hier draußen am Vorhang! Drück ihn mir in die Hand! Nun geh!«

Gott im Himmel! Alles hing jetzt von mir ab. Ein Blick zurück: Unsere Männer standen nahe beim Schiff und blickten gespannt herauf. Slawomir war von Protestierenden umringt, denen offenbar unsere Vorzugsbehandlung nicht passte. Pribislaw, der wütende Gockel, stieß den Finger nach uns und schrie auf ihn ein. Am Bootsheck hinter uns tanzte und kreischte noch immer der Todesengel. Das Segel über uns blähte sich.

»Geh! Geh!«, drängte Odo. »Ehe sie es sich anders überlegen!«

Ich stieg auf eine der Ruderbänke und mit einem großen Schritt stand ich auf dem schwankenden Balkengefüge, das die Hütte trug. Noch ein Schritt – den Vorhang gehoben – ich war drinnen. O entsetzlicher Anblick! In der Mitte der bleiche Alte, mit einem Diadem gekrönt, unter dem Bärenfell. Auf der einen Seite der blutige, tote Hund, auf der anderen das unbedeckte, lebende Opfer, mit Ringen und Ketten geschmückt, sonst völlig nackt, wie vorher geknebelt, Arme und Beine aber in der unzüchtigsten Stellung mit Lederriemen und Nägeln an die Pritsche gefesselt. Ich bekam einen solchen Schreck, dass mich der Schluckauf, der sich schon etwas gegeben hatte, wieder heftig zu quälen begann. Meinen zitternden Händen entfiel die Schatulle und stieß dabei den Krug mit dem Abschiedstrunk um, der zu Füßen des Toten stand. Ich wollte sie aufheben, aber als ich mich bückte, spürte ich eine Berührung an meiner Kehrseite. Ich fuhr herum und sah eine Hand, die hinter dem Vorhang hereinlangte und fordernde Bewegungen machte. Es war Odos Hand! Sie wollte den Dolch!

Ich reiße mich also zusammen und öffne mit fliegenden Fingern die Gürtelschnalle. Aber ach, im selben Augenblick wird mir bewusst, was für ein furchtbares Missverständnis diese Bewegung verursacht! Die Gefesselte auf dem Totenbett reißt ihre hellen, blauen Augen weit auf und ich sehe, wie sich ihr bloßer Leib windet – in einer Art, die selbst ich, der Unerfahrene, nicht als wollüstige Erregung deuten kann. Zeit wird es, sie aufzuklären, aber ich bringe nur ein »Huck, huck« heraus. Den Dolch! Ich muss ihre Fesseln zerschneiden. Der Gürtel ist endlich geöffnet, mit einer Hand halte ich die Hose, mit der anderen greife ich tief hinein, wühle in meinem Hosenschatz. Dies wird erst recht missdeutet: Jetzt sind die Augen dunkelblau, fast schwarz. Die sich bäumende, an ihren Fesseln zerrende Schöne befreit einen Fuß und tritt mich gegen die Wade. Ich fasse nach der schmerzhaft getroffenen Stelle und lasse infolgedessen die Hose los. Sie sinkt und entlässt mit Gepolter ihren metallenen Inhalt: Ringe, Reife, Fibeln, Löffel. Wo ist der Dolch? Aber zuerst muss ich mich bedecken. Ich ziehe den Kittel bis zu den Knien hinab.

Plötzlich – ein Ruck. Die Balken unter mir gleiten fort. Ich stürze nach vorn, genau in die Mitte zwischen das ungleiche Paar. Am Diadem des Knes Ratibor stoße ich mir scheußlich die Stirn. Halb ohnmächtig strecke ich eine Hand aus und suche Halt. Bekomme einen Apfel zu fassen, es könnte auch eine Birne sein. Ich denke: Gibt man den Toten hier Obst als Zehrung auf dem Wege ins Jenseits mit?

In diesem Augenblick sagt hinter mir eine wohlbekannte Stimme: »Lass ab von ihr, Wüstling! Wer hätte das von dir gedacht, frommer Vater!«

Odo steht ragend hinter mir. Ein kühler Luftzug trifft meinen kahlen Hintern. Ich liege auf dem Bauch, und neben mir, unter mir … oh, ich wage es nicht zu sagen! Jedenfalls wird mir nun klar, was für ein Apfel das ist, den ich gepackt habe. Ich fahre zurück und richte mich auf.

»Was ist los?«

»Was los ist? Wir sind unterwegs. Und jetzt mach Platz und richte dich her. Ist nicht anständig, wie du aussiehst.

Schöne Dame, ich bin Odo von Reims, aus der Familie der Merowinger, ein alter Bekannter Eures Vaters, des Grafen Waratto. Ich teile Euch mit, dass Ihr gerettet seid! Wenn es Euch recht ist, werde ich Euch nun mit dem Messer, das Euer edles Herz durchbohren sollte, die Fesseln lösen.«

Das Messer des Todesengels! Dies war geschehen: Während Odo ungeduldig auf meinen Dolch wartete, fiel sein Blick auf die Zauberin. Die Alte tanzte noch immer am Heck – mit Messer und Seil. Ein rascher Entschluss, zwei Schritte. Odo entriss ihr das Messer, kappte das Ankertau. Das war der Ruck, der mich umriss. Das Schiff nahm unverzüglich Fahrt auf, doch schafften es alle unsere Leute, an Bord zu kommen. Vorher mussten Helko und Fulk noch die beiden Riesen mit unerwarteten Faustschlägen außer Gefecht setzen. Die alte Zauberin, aus ihrer Verzückung gerissen, war erschrocken zurückgefahren und rücklings ins flache Wasser gefallen. Dabei hatte sie – was später noch von Bedeutung sein wird – das Seil zurückgelassen. Alle neun Männer waren also an Bord gelangt, acht aus eigener Kraft, der neunte – Rouhfaz – mit Hilfe der anderen. Sogar Odos Purpurmantel samt Schwert konnte gerettet werden. Einer der Recken hatte einen Zipfel erwischt, den er im Vorbeigleiten knapp unter der Wasseroberfläche erspäht hatte.

Odo befreite die schöne Swinde von Knebeln und Fesseln, und zu unserer großen Verwunderung zeigte der überstandene Schrecken bei ihr keinerlei Nachwirkung.

Sie sprang auf, riss den Vorhang herunter, wickelte sich hinein, verknotete mit flinken Fingern die Enden und trat vor die Hütte. An den Mast gelehnt, blickte sie zum Ufer zurück, schüttelte die Faust und schrie ein um das andere Mal: »Das wirst du mir büßen, du Schuft! Verräter! Feigling! Kuppler! Warte nur, dich bringe ich auch noch um!«

Als sie kurz Atem holte, stellte Odo die Frage: »Wen meint Ihr damit, edle Frau?«

»Edle Frau?«, fuhr sie ihn an. »Ich bin Jungfrau! Das hätte denen so passen können! Ich lasse mich von diesem wendischen Unhold entführen ... und was tut er? Verkuppelt mich an den Alten da. Aber der hat sein Teil, und er, der Kuppler, bekommt das Seinige! Und du, Dicker«, wandte sie sich an mich, »wenn du noch einmal so frech wirst, bekommst du das Deinige auch!«

Ich hatte inzwischen meine Hose befestigt und meine Sprache wiedergefunden. »Edles Fräulein«, säuselte ich, »nichts lag mir ferner, als Euch Gewalt anzutun.«

»Du – mir Gewalt antun? Na, das fehlte noch!«, sagte Swinde und maß mich verächtlich von Kopf bis Fuß.

»Er ist ein Heiliger«, erklärte Odo, »aber auch Heilige fallen manchmal.«

Ich wollte ihm diese Bemerkung erst übel nehmen – aber er hatte ja recht. Gleich zweimal hatte der Teufel mich an diesem Tag vor Zeugen in die peinlichste Lage gebracht. Lag es daran, dass ich mutlos und leichtfertig mein geistliches Gewand abgelegt hatte und damit vor Gott im heidnischen Land meinen Glauben verleugnete? Meine beiden Mönchskutten lagen in dem Wagen, den wir zurücklassen mussten. Im Stillen verordnete ich mir für diesen selbst verschuldeten Verlust hundert Psalmen und hundert Vaterunser als Buße. Und ich beschloss, mir eine neue Kutte zu nähen, sobald ich mir Tuch dazu beschaffen konnte.

Unsere Rettungstat war also geglückt. Das Segel des Totenschiffs knatterte lustig, während wir auf dem See dahinjagten. Die Richtung war uns anfangs gleichgültig, wichtig war nur, dass wir uns vom Ufer und den Burgbewohnern entfernten. Der See hatte mäßigen Wellengang und war so groß, dass wir erst ganz weit hinten am Horizont einen grünen Streifen wahrnehmen konnten.

Kein Zweifel, die Entführung des Totenschiffs musste für unsere wendischen Gastgeber ein entsetzlicher Frevel sein. Zurückblickend sahen wir, dass am Ufer helle Aufregung herrschte. Viele sprangen ins flache Wasser, gestikulierten, schrien uns Drohungen hinterher. Auch ein paar Lanzen wurden geschleudert, erreichten uns aber nicht. Dann sahen wir, wie gleich mehrere Boote zu Wasser gelassen wurden. Es waren Einbäume. Männer sprangen hinein und begannen, aus Leibeskräften zu rudern. Das beunruhigte uns noch nicht, denn wir hatten den Wind als Verbündeten, und unser Vorsprung wuchs.

Wir richteten uns auf den Ruderbänken ein, die zwischen dem Segelmast und dem Heck des Schiffes freigeblieben waren. Knes Ratibor blieb in seiner Hütte allein mit dem toten Hund, und seine Reise ins wendische Paradies verzögerte sich. Man würde ihn dort auch mit einem neuen Schimmel versorgen müssen. Um das Schiff von Ballast zu befreien, warfen wir den Pferdeleichnam über Bord. Ich ordnete aber an, dass von den anderen Versorgungsgütern, die dem Toten gehörten und die im Schiffsrumpf unter der Hütte verstaut waren, nichts angerührt wurde. Vorerst.

Auch eine neue Lieblingsfrau würde man dem Knes zuführen müssen. Swinde kümmerte sich nicht mehr um ihn. Vielmehr galt ihre ganze Aufmerksamkeit den Verfolgern. In ihrer knappen Behelfstunika wich sie nicht von ihrem Platz am Mast. Ihre Miene war gespannt, und der Blick war wieder tief dunkelblau. Das Schläfenband mit den Ringen und allen anderen Schmuck hatte sie sich heruntergerissen. Frei flatterte ihr langes, dunkles Haar in der Brise. Ich dachte mir, so

144

müsste wohl Helena ausgesehen haben, falls ihr geliebter Entführer Paris versucht hätte, sie gemeinsam mit seinem Vater Priamos zum Zwangsaufenthalt in die Unterwelt zu schicken. Das wäre auch eine hübsche Geschichte für die Feder des alten Homer gewesen. Unsere Recken glotzten lüstern, doch niemand wagte, an Swinde das Wort zu richten, dafür sorgte schon Odo. Seinen eigenen Versuchen, mit ihr ein Gespräch anzuknüpfen, war allerdings wenig Erfolg beschieden. Sie beachtete ihn kaum und antwortete nur einsilbig oder gar nicht, was ihn sehr enttäuschte, denn er hatte mit den heißesten Dankesbezeigungen, vielleicht sogar Handküssen und Fußfällen gerechnet. Aber Dankbarkeit war nicht Swindes Stärke, und ganz andere Gefühle beherrschten sie.

Plötzlich streckte sie den Arm aus und schrie: »Da sind sie mit ihrem Kampfboot! Er ist dabei, ich erkenne ihn! Ja, komm nur, Verräter, komm nur, ich warte auf dich!«

Tatsächlich schoss zwischen den Einbäumen ein langes, schmales Schiff mit steil ansteigendem Bug und Steven hervor. Es mochte an die achtzig Fuß lang sein, viel länger als das unsrige. Das Segel war gehisst, und an die dreißig, vierzig Mann saßen auf den Bänken und stemmten sich in die Ruder.

Die Verfolger kamen rasch näher. Wie sollten wir ihnen entrinnen? Womit konnten wir uns verteidigen? Nur Odo besaß noch ein Schwert, wir anderen hatten nur Dolche und Messer an Bord geschmuggelt.

»Brecht die Kisten auf!«, befahl Odo. »Nehmt euch die Waffen, die sie dem Toten mitgegeben haben!«

Unsere Recken krochen auf allen Vieren unter die Hütte, zerrten die Kisten hervor, brachen sie auf. In einer kamen Schwerter, Dolche und Äxte zum Vorschein. Alle bewaffneten sich.

»Hier sind auch Ruder!«, schrie Helko. »Die haben sie vergessen!«

Ein paar Augenblicke später versuchten die sechs Stärksten von uns, dem Schiff mit Hilfe der Ruder mehr Fahrt zu geben. Hoch spritzte das Wasser ringsum auf. Doch unsere Leute waren zu ungeschickt, den wendischen Fischern und Seekriegern nicht gewachsen.

Das Kampfboot war schon hart hinter uns.

Ein Stein kam geflogen und traf Rouhfaz, unseren ewigen Unglücksraben. Er duckte sich, greinte und war unser erster Kämpfer, der ausfiel.

Noch mehr Steine landeten im Boot, zum Glück folgenlos. Aber einer flog über unsere Köpfe hinweg und brachte die leicht gebaute Hütte zum Einsturz. Der Tote auf seiner Pritsche machte einen Hüpfer und verschwand unter den Trümmern.

Auf dem Schiff hinter uns erhob sich Geschrei. Man fiel den Steinewerfern in den Arm, die den Falschen getroffen hatten. Nun warfen sie Lanzen, und wir mussten hinter der Bordwand Deckung nehmen. Aber auch damit hörten sie schnell auf, denn die tollkühne Swinde verharrte an ihrem Platz am Mast und bot ein Ziel, das sie nicht treffen wollten. Odo, das Schwert an der Seite, hielt mannhaft neben ihr aus. Natürlich konnte sich einer wie er nicht vor den Augen einer so todesmutigen Jungfrau hinter der Bordwand verkriechen.

Unsere betrogene Helena schlug die Angriffe mit einer Waffe zurück, die noch stärker war als ihre eindrucksvolle Erscheinung – ihrer vernichtenden Beredsamkeit.

»Da kommt er ja angesegelt, der Verräter!«, schrie sie. »Willst du mir deine Liebe beweisen? Willst du mich wieder entführen? Bist du enttäuscht, du wendischer Teufel, weil ich nicht mit deinem Alten zur Hölle gefahren bin? Komm nur, du Schuft, du Heuchler, du Kuppler, ich warte auf dich! Ich werde dir die Augen auskratzen! Ich werde deine hübsche Fratze in Streifen schneiden! Ich werde dir deine ...«

146

Doch ich versage mir, die barbarischen Drohungen wiederzugeben, die folgten, weil sie aus dem Mund einer fränkischen Edeldame recht seltsam klangen. Helenas Paris, der junge Knes Slawomir, saß reglos am Heck des Verfolgerschiffes, sprach nichts, tat nichts und sah sehr unglücklich aus.

Umso tatendurstiger, lauter und siegesfroher war seine Gefolgschaft. Der rotbärtige Pribislaw schrie die Befehle. Die Filzhüte ruderten wie entfesselt. Da waren sie schon auf gleicher Höhe und rammten uns. Ein Entkommen war nicht mehr möglich.

»Alle Mann nach hinten!«, befahl Odo. »Die Waffen heraus! Lasst keinen herüber!«

Odos Befehl hatte unerwartete Folgen. Er bewirkte gleich eine ganze Kette von Unglücksfällen.

Unsere Männer stürzten nach hinten.

»Kommt her, ihr wendischen Fischköpfe!«, schrie Helko und schwang das erbeutete Schwert. »Wir werden euch eure Schwänze stutzen!«

»Sächsischer Hund!«, schrie einer in unserer Sprache zurück. »Haben dich gleich! Dann fressen sächsischen Hundebraten!«

So flogen Beleidigungen von Schiff zu Schiff. Unsere Verfolger sprangen von den Ruderbänken auf und wollten uns entern. Alles drängte schreiend, drohend, mit Waffen fuchtelnd auf die uns zugewandte Seite des Bootes. Die Ersten wurden schon handgemein. Auch unser Totenschiff, wo alle am Heck versammelt waren, neigte sich gefährlich nach hinten. Da – wieder ein Rammstoß. Und was geschieht? Knes Ratibor mischt sich in das Geschehen ein. Der Stoß hat den starren Leichnam, der vorher bereits in Schieflage war, von seinem Lager geholt. Wie ein Geschoss fliegt er herab und landet aufrecht in unserer Mitte. So steht er da, weil er in dem Gedränge nicht fallen kann, als bleicher Vorwurf für die Störung der Totenruhe.

Der Schreck, der unseren Verfolgern bei diesem Anblick in die Knochen fährt, ist unbeschreiblich. Die Vorderen brüllen auf und drängen zurück. Einer stürzt bewusstlos ins Wasser. Von hinten wird nachgeschoben, dort ist unser unfreiwilliger Helfer noch nicht bemerkt worden. Das wilde Gedränge wird für das wendische Kampfboot zu einseitig. Es schwankt, es neigt sich – es schlägt um.

Dreißig Männer stürzen ins Wasser, tauchen auf, prusten, schlagen die Wellen, klammern sich an ihr gekentertes Boot. Dazwischen treiben ihre Filzhüte.

Bei uns, auf dem Totenschiff, erhebt sich Jubelgeschrei. Doch mit einem barschen »Zurück!« drängt Fulk uns zur Mitte, damit uns nicht auch ein feuchtes Schicksal ereilt. Knes Ratibor kann nicht folgen, wird von einem zum andern gereicht und landet bei mir. Ich bette ihn vorläufig unter den Ruderbänken.

Mich aufrichtend sehe ich plötzlich Swinde ein Ruder ergreifen und schreien: »Da ist der Verräter! Da hast du, was du verdienst! Da hast du es!«

Sie hat Slawomir unter den Schwimmern ausgemacht. Im nächsten Augenblick holt sie zum Schlag aus und lässt das Ruderholz auf seinen Kopf krachen. Der Kopf taucht ab und nicht wieder auf. Swinde starrt auf die schäumenden Wellen, starrt und starrt – und kreischt vor Entsetzen. Mit einem gewaltigen Sprung ist sie im Wasser. Sie reißt ihre Kehrseite hoch und dann sehe ich nur noch ihre Füße verschwinden.

»Was fällt der denn ein?«, rief Odo.

»Ich glaube, sie will mit ihm sterben!«, gab ich ratlos zurück.

»Sterben? Das hätte sie früher haben können! Und wir hätten weniger Mühe gehabt!«

Aber ich irrte. Sie tauchte auf und brachte Slawomir an die Oberfläche. Bewusstlos hing er in ihrem Arm. Mit zwei, drei Schwimmstößen war sie mit ihm am Schiff.

»Hilf mir, Dicker!«, schrie sie. »Fass zu!«

Ich beugte mich nieder, und indem ich zog und sie schob, brachten wir Knes Slawomir auf das Schiff und in unsere Gewalt. Kraftvoll und ohne Hilfe wälzte Swinde sich über die Bordwand.

»Er wollte sich meiner Rache entziehen!«, rief sie triumphierend. »Jetzt entgeht er mir nicht!«

»Hoffentlich lebt er ...«

Ein Blutbach rann von der Stirn in die feuchte Mähne des jungen Mannes.

Sie sah mich erschrocken an – und da packte sie auch schon seinen Kopf, beugte sich über ihn und küsste ihn heftig. »Komm zu dir, Liebster«, flüsterte sie, »komm zu dir!«

Mittlerweile hatten wir die Unfallstelle schon ein Stück hinter uns gelassen. Zwar nahte nun die Flotte der Einbäume, doch das bedeutete für uns keine Gefahr mehr. Die Ankömmlinge mussten sich erst einmal um die Schiffbrüchigen kümmern. Wir gewannen schnell einen sicheren Vorsprung. Der Wind ließ zwar nach, doch das glichen wir aus, indem wir unser Schiff von weiterem Ballast befreiten – den Trümmern der Hütte und den Balken, auf denen sie gestanden hatte. Knes Ratibor und sein Lieblingshund bekamen einen würdigen Platz unter dem hoch geschwungenen Bug. Wir ruderten alle kräftig, und ich stimmte auf dem heidnischen Totenschiff ein frohes Lied zum Lobe Gottes an: »Benedicamus Domino ...«

Swindes Bemühungen waren erfolgreich. Es gelang ihr, ihren geliebten, gehassten Entführer ins Leben zurückzuholen. Kaum hatte er aber die Augen geöffnet, war es vorbei mit der zärtlichen Behandlung. Sie hielt schon das Seil in Bereitschaft, das die alte Zauberin zurückgelassen hatte und das ursprünglich für ihren Hals bestimmt war. Damit band sie dem Benommenen die Hände so fest, dass er aufstöhnte. Das freie Ende des Seils schlang sie sich um den Leib.

»Die wehrhafte Jungfrau macht keine Umstände«, sagte Odo, der neben mir auf der Ruderbank schwitzte. »Den Alten umgebracht, den Jungen gefangen genommen ... Bin gespannt, was sie mit ihm vorhat. Immerhin ist er der neue Häuptling. Bevor ihm Gewalt angetan wird, werden wir eingreifen müssen!«

Wie nicht anders zu erwarten: Odo war bereits eifersüchtig auf den Gefangenen.

So glitten wir unter dem Segel mit den seltsamen Zeichen dahin. Die Sonne vertrieb die letzten Wolken, es wurde ein strahlender Frühlingstag. Der grüne Streifen am Horizont kam näher und näher, und spät am Nachmittag erreichten wir das andere Ufer.

9. Kapitel

Ich nehme vorweg, dass wir schon am nächsten Tag an der Elbe waren und dass uns am folgenden Morgen der Übergang glückte. Was bis dahin geschah, werde ich nur kurz abhandeln, um recht schnell zu den aufregenden Ereignissen zu kommen, in die wir nach unserer Rückkehr in den Sachsengau verwickelt wurden.

Mit dem Totenschiff erreichten wir einen günstigen Punkt, die Südspitze des Sees, wo wir von Fischern erfuhren, die Elbe sei nur fünfzehn Meilen entfernt und es führe sogar ein Weg zum Ufer des Flusses. Wir öffneten freigiebig unsere Beutel mit Hacksilber und fanden ein ganzes Fischerdorf voller diensteifriger Helfer. Unsere Ankunft mit dem gekaperten Totenschiff löste zwar Neugier und Verwunderung aus, aber niemand begegnete uns feindselig. Die Verständigung war allerdings etwas schwierig, weil uns nun Sparuna und Niklot fehlten. Unser Gefangener weigerte sich hartnäckig, den Mund aufzutun. Nur einmal, als wir ihn fragten, ob wir das Schiff mit dem Leichnam herrenlos dem Wind überlassen oder zur Burg zurückschicken sollten, erklärte er kurz, es komme nur das Letztere infrage, und die Strafe der Götter, die uns treffen werde, könne dadurch ein wenig gemildert werden.

Dankbar für die Aussicht auf Strafmilderung stellten wir einen Trupp Freiwilliger aus dem Fischerdorf zusammen, der sich am nächsten Morgen an Bord begab. Die Männer schienen weder den Toten noch seinen Sohn zu erkennen, vielleicht gehörten sie sogar einem anderen Stamm an. Wir konnten aber sicher sein, dass sie denselben Kulten anhingen. So würden sie Knes Ratibor mit der nötigen Ehrfurcht behandeln und ihn (vermutlich) nicht bestehlen. Was uns betraf, so behielten wir die der Kiste entnommenen Waffen mit der Absicht, sie später zurückzuschicken. Und auch dem Bottich mit den geköpften Hühnern konnten wir nicht widerstehen. Sie wurden dem Toten entzogen und mussten den Hunger der Lebenden stillen.

Die Fischer boten uns zur Übernachtung sogar ihre Hütten an, doch wir zogen es vor, ihnen Felle und Decken abzukaufen und am Seeufer im Freien zu bleiben. Die ganze Nacht über brannte unser Feuer, und die Hälfte unseres Trupps hielt abwechselnd Wache. Es bestand immerhin die Möglichkeit, dass unsere erbitterten Verfolger nicht aufgegeben hatten, dass sie zu Schiff oder auf dem Landweg herbeieilen und uns im Schlaf überfallen würden. Bis etwa Mitternacht übernahm ich den Unterhalt des Feuers und hockte über meiner Näharbeit. Ich hatte mir nämlich Leinentücher, eine eiserne Schere und eine Nähnadel aus feinem Schweineknochen erhandelt, und die Fischerfrauen halfen mir sogar beim Zusammennähen der Stücke. Den Zuschnitt besorgte ich selbst, und sie wollten sich, als ich die erste Anprobe machte, geradezu totlachen über das seltsame Männergewand. So erfüllte ich mein Gelübde und ging wieder in der Kutte. Zuletzt setzte ich sogar noch eine Kapuze an.

Fast schlaflos verbrachte auch Swinde die Nacht. Sie ließ kaum ein Auge von ihrem Gefangenen, den sie an einen Baum gebunden hatte. Anfangs setzte sie sich in die Nähe ins Gras, doch immer wieder sprang sie auf, umkreiste den Baum wie ein Raubtier und zeigte Slawomir ihre Krallen, wobei sie ihm unermüdlich dieselben Vorwürfe machte und allerlei unbestimmte Drohungen ausstieß. Zum Hühnerschmaus kam sie zu uns ans Feuer, verschlang heißhungrig anderthalb Huhn und stand dann auf, um ihm die übrig gebliebene Hälfte zu bringen. Als er ablehnte, aß sie auch diese. Wäre sie nun – nach seinem Willen – eine verkohlte Leiche auf dem Grunde des Sees, bemerkte sie dazu mit bitterem Spott, würde es ihr wohl nicht so gut schmecken. Slawomir schwieg zu allem und blickte nur starr vor sich hin. Später bettete sie sich in seiner Nähe, schlief aber kaum und vergewisserte sich alle Augenblicke, dass er noch da war.

Nachdem wir gegessen hatten, gingen Odo und ich beiseite, um zu beraten. Mein Amtsgefährte war anfangs dafür, den Gefangenen gleich am nächsten Morgen mit dem Totenschiff zurückzuschicken. Er fand, dass unsere Lage durch ihn nur schwieriger wurde und dass es nicht unserem Auftrag entsprach, einen Fürsten der Obodriten gefangen zu nehmen. Er hatte recht, aber ich glaube, er wollte Slawomir aus einem anderen Grunde schnell wieder loswerden. Er ertrug es einfach nicht, dass ein weibliches Wesen – noch dazu ein so reizvolles wie Swinde – in seiner Gegenwart die blauen Augen nur immerfort auf einen anderen richtete. Er verstand nicht, dass seine hochherzige Befreiungstat – und der Ruhm dafür gebührt tatsächlich nur ihm – nicht durch Dankbarkeit, Bewunderung oder gar mehr gewürdigt wurde. Er nannte Swinde nur noch verächtlich »Warattos Tochter«, die »wehrhafte Jungfrau«, das »wütige Biest« oder die »mordende Braut« und warf ihr scheele Blicke zu.

Ich widersprach seiner Meinung und legte dar, dass uns die Gefangennahme des Slawomir einen Vorteil bringe: Wir könnten ihn gegen die vier vornehmen Franken und Sachsen austauschen. Danach würden wir erneut in Freundschafts- und Bündnisverhandlungen eintreten. Ich glaubte, sicher zu sein, dass uns der junge Knes trotz allem nicht gram war. Das bewies für mich schon seine Untätigkeit auf dem Schiff. Hatte er sich vielleicht nur gezwungenermaßen an der Verfolgung beteiligt, weil er als neuer Häuptling nun einmal dazu verpflichtet war?

Odo stimmte nachdenklich zu. Er ging sogar noch weiter: Als Slawomir uns beiden erlaubte, zuerst an Bord zu gehen, habe das auf ihn wie die stille Bitte gewirkt, das Schiff zu entführen. »Und die mordende Braut zu retten«, fügte er hinzu, wobei er die Gerettete wieder mit einem schiefen Blick bedachte. »Ich bereue es schon, und er wird es auch noch bereuen!«

Dies war natürlich nur Ausdruck seiner Enttäuschung. Im Übrigen schloss er sich meiner Meinung an, und ich ging gleich zu Slawomir, um ihm unseren Beschluss mitzuteilen. Der junge Knes hörte mir aufmerksam zu. Doch kam ich nicht weit mit meinen Darlegungen, denn als ich vom Austausch gegen die vier in der Burg sprach, fiel mir Swinde gleich heftig ins Wort. Slawomir sei allein ihr Gefangener, ich hätte ja miterlebt und sogar ein bisschen geholfen, als sie ihn außer Gefecht setzte, aus dem Wasser zog und an Bord brachte. Er gehöre ihr, sei von nun an und für alle Zeit ihr Sklave, und niemals werde sie ihn hergeben.

Ich hielt es für wenig angebracht, mich auf einen Wortwechsel mit ihr einzulassen, obwohl es mich ärgerte, dass sie mich immer noch duzte und »Dicker« nannte und vor meiner Amtswürde (über die Odo sie aufgeklärt hatte) keinerlei Achtung bezeigte. Nach unserer Rückkehr ins Frankenreich würde sie sich unserer Entscheidung wohl oder übel beugen müssen.

Die unruhige Nacht ging vorüber, und nachdem wir das Totenschiff bemannt und zur Rückfahrt verabschiedet hatten, machten wir uns auf den Weg zur Elbe. Zwei alte Männer aus dem Dorf waren unsere Führer. Ein paar jüngere boten sich uns als Träger an, doch wir verzichteten vorsichtshalber auf ihre Dienste. Vielleicht hatten sie erspäht, was wir aus unseren Hosenbeinen gezaubert und in Körbe und Säcke umgeladen hatten.

Wir waren deshalb unterwegs wachsam und erreichten den Fluss ohne Zwischenfall. Auch hier fanden wir bereitwillige Helfer. Am nächsten Morgen brachten sie uns in zwei Booten hinüber. Von sächsischen Fischern erfuhren wir, wo wir gelandet waren. Fünf römische Meilen flussaufwärts und wenige Meilen weiter ins Landesinnere vorstoßend, würden wir die Burg des Remmert erreichen. Zum Sitz des fränkischen Grafen gelangte man hingegen flussabwärts, der Weg war länger. Schon nach höchstens fünf bis sechs Meilen würden wir aber am Ufer einen Rastplatz finden – bei Zelibor.

»Dorthin zieht es dich doch schon lange, Vater«, sagte Odo. »Was mich betrifft, so bin ich jetzt ebenfalls neugierig. Möchte den Vogel mal kennen lernen, der hier überall fremde Nester ausraubt. Als kleiner Knabe war ich auch so ein Räuber. Kein Baum war mir zu hoch, wenn ich ein Nest plündern wollte. Dabei war ich sehr geschickt und hatte meine Freude daran, wenn dann die Alten zurückkamen, ihre Brut vermissten und kläglich piepten. Ein boshafter Bengel! Und natürlich habe ich immer nur friedliche, harmlose Sänger beraubt. Vielleicht kann ich es wiedergutmachen, indem ich mal einem Raubvogel das Nest plündere.«

»Du glaubst doch nicht ernsthaft, Odo«, sagte ich, »wir könnten die gefangenen Wenden befreien.«

»Auf jeden Fall müssen wir es versuchen. Wir müssen die Filzhüte wieder versöhnen, im Augenblick sind sie uns feindlich gesinnt. Wenn das der Alte erfährt, nimmt er es übel. Und was wird dann aus meiner Heirat mit Hildegard?«

Ich zog es vor, darauf nicht zu antworten.

Wir setzten uns in Bewegung und marschierten am Elbufer entlang, wo viele Reisende von Ost nach West und umgekehrt eine breite Spur hinterlassen hatten. Odo, das Schwert an der Seite, schritt voran in seinem zerrissenen und verdreckten Purpurmantel, der inzwischen auch als Zeltdach und Schlafdecke gedient hatte. Er sah aus wie ein vertriebener König auf Asylsuche. Wir anderen mochten seine letzten Getreuen sein, die auf dem Karren, den wir erstanden hatten, den beiseitegeschafften Staatsschatz mitführten. Durch alle Unbilden dieser Tage hatte ich mit Gottes Hilfe unsere Schatulle gerettet, sodass deren Inhalt uns notfalls als ehrenwerte kaiserliche Gesandte ausweisen konnte.

Es war ein heißer Tag, und der Marsch wurde uns beschwerlich. Nur Swinde schien keine Müdigkeit zu kennen. Sie trug das lange Gewand, in dem man sie auf das Schiff gebracht und das sich dort später noch angefunden hatte, und war wieder mit dem Strick gegürtet, an dem ihr Gefangener hing. Der gefesselte junge Mann folgte ihrem zügigen Schritt nur widerwillig, und so musste sie ihn alle Augenblicke antreiben und vorwärtszerren. Dies diente unseren Männern zur Erheiterung, manches Scherzwort flog hin und her und hielt uns trotz der Hitze bei Laune.

Als die Sonne im Zenit stand, rasteten wir auf einem schattigen Plätzchen seitlich des Weges. Ich verzehrte eine Zwiebel und ein Stück Käse und bettete mich im hohen Gras. Vom Fluss her wehte ein leichter Wind, Hummeln summten mich in einen sanften Schlummer. Da fühlte ich mich auf einmal emporgehoben über die Wipfel der Bäume, in den blauen Himmel hinauf. Mitten im weißen, weichen Gewölk saß ich dort, und auf der Nachbarwolke erschien ein Engel, der lächelte und mir zuwinkte. Er hielt ein Glöckchen in der Hand und rührte es anfangs leicht, dann etwas stärker. Wie lieblich war dieser Klang! Ein zweiter Engel erschien, auch er mit einem Glöckchen. Zu ihnen gesellten sich ein dritter, ein vierter, ein fünfter. Alle lächelten mir zu und läuteten dabei ihre Glöckchen. Das Klingeln und Klirren schwoll an und immer mehr Engel versammelten sich auf der Wolke. Ich fragte mich, wie sie alle dort Platz finden konnten. Dann bemerkte ich jedoch, dass sie nicht mehr lächelten und dass ihre Glöckchen einen harten, gar nicht mehr lieblichen Klang hatten. Es war eher ein dumpfes Rasseln, dazu vernahm ich ein Schurren und Rumpeln. Dann hörte ich auch menschliche Stimmen, Männerstimmen, die durcheinanderschrien. Die Engel verweilten noch immer auf der Wolke und starrten mich an, und ich wunderte mich, dass sie so grobe, bellende Stimmen hatten. Ich bekam Angst, und da fühlte ich mich auch schon gepackt und geschüttelt.

Ich riss die Augen auf und sah – Rouhfaz.

»Gott im Himmel, hast du mich erschreckt! Was gibt es?«

»Kommt schnell, Herr Lupus! Und bringt die Urkunde mit!«

»Warum?«

»Damit man uns nicht in die Sklaverei verkauft!«

»Wer sollte das tun?«

»Der Mann dort ... Seht Ihr ihn?«

Ich fuhr aus dem Grasbett auf, und jetzt verstand ich meinen Traum.

In fünfzig Schritten Entfernung, auf dem Uferweg, staute sich ein Zug von Menschen, Tieren und Wagen. Ganz vorn saß ein hagerer, reich gekleideter Mann auf einem Rappen und führte heftige Reden und Widerreden mit Odo, der breitbeinig vor ihm den Weg versperrte. Hinter dem Reiter kamen fremdartig aussehende Bewaffnete zu Fuß und zu Pferde, hoch beladene Wagen und schließlich eine für mich noch unübersehbare Anzahl halb nackter, zerlumpter Männer, Frauen und Kinder, immer mehrere aneinandergefesselt. Das Klirren und Rasseln der Ketten, das Schurren der Füße, das Gebrüll der Wächter hatte ich in meinem Wolkentraum wahrgenommen, bevor ich begriff: Der Händler Bromios war erschienen und machte sich mit der Menschenware, die man für ihn bereitgehalten hatte, auf den Weg zu den Sklavenmärkten.

Ich sprang auf, und mit der Schatulle unter dem Arm eilte ich an Odos Seite.

Der Reiter rief gerade zornig: »Gib endlich den Weg frei, Kerl! Oder willst du, dass wir dich in die Elbe werfen?«

»Du selber wirst Elbwasser schlucken!«, schrie Odo zurück, »wenn du nicht endlich Rede und Antwort stehst!«

»Rede und Antwort – dir? Einem Strauchräuber, der sich für einen Gesandten des Kaisers ausgibt?«

»Strauchräuber? Für diese Beleidigung wirst du teuer bezahlen! Wenn meine Hundertschaften erst hier sind ...«

Der Händler lachte höhnisch auf und wandte sich an seine Leute: »Seine Hundertschaften! Nun hört euch das an! Dieser abgerissene Schuft will uns Hundertschaften entgegenschicken!«

Die Männer stimmten in sein Gelächter ein.

Odo legte die Hand an den Schwertgriff und donnerte: »Wir treffen uns vor dem Hofgericht wieder! Dann werden wir sehen, ob du Haufen Kameldreck es wagen wirst, noch einmal gegen einen Stellvertreter des Kaisers das Maul zu wetzen!«

»Einen Stellvertreter des Kaisers? Das wird immer besser! Jetzt ist er schon Stellvertreter, nicht nur Gesandter! Wo mag der stellvertretende Kaiser wohl seinen prächtigen Mantel herhaben? Wen hat er wohl dafür totgeschlagen?«

Die Kerle brüllten vor Heiterkeit. Der schwer bewaffnete Trupp, der aus etwa fünfundzwanzig bis dreißig Männern bestand, war unverkennbar von der Art wie die meisten Begleitmannschaften reisender Kaufleute: Kriegsveteranen, ehemalige Athleten und Tierbändiger, entlassene Sträflinge, Mauren und andere dunkelhäutige Männer. Was den Händler selbst betraf, so kam er mir, als ich näher trat, sogar bekannt vor: das gelbliche, pockennarbige Gesicht, der schwarze Vollbart und ... natürlich, er schielte! Ja, ich kannte den Mann. An seinen Namen hatte ich mich nicht mehr erinnert. Aber jetzt war ich sicher, schon einmal mit ihm gesprochen zu haben.

»Verzeih«, sagte ich, indem ich zu ihm trat. »Ich möchte dir etwas zeigen. Vielleicht erkennst du es wieder.«

»Oh!«, rief er, noch immer lachend. »Da kommt ja ein Heiliger aus dem Busch!« Er warf einen flüchtigen Blick auf das Pergament, das ich ihm entgegenhielt. »Was soll das sein? Eine Botschaft des Papstes?«

Ich tippte auf das Titelmonogramm und den Vollziehungsstrich des Kaisers.

»Blicke hierher!«, sagte ich streng. »Und sage mir, ob du das kennst!«

Er beugte sich vor – und plötzlich stutzte er. »Ja, das kenne ich«, sagte er betroffen.

»Vermutlich, weil du ein Dokument besitzt, das ebenso unterzeichnet ist. Ich selber habe es ausgestellt. In der kaiserlichen Kanzlei zu Aachen. Du ersuchtest um freie Durchreise mit deiner Ware. Der Herr Kanzler genehmigte deine Bitte. Ich übergab dir den Brief mit der Erlaubnis, die Straßen des fränkischen Reiches zu benutzen und auf seinen Handelsplätzen deinen Geschäften nachzugehen. Ich ermahnte dich, die Gesetze des Reiches zu achten und überall den Männern, die im Namen des Herrschers die Macht ausüben, gehorsam zu sein. Anderenfalls würde dir die Erlaubnis entzogen, und du würdest bestraft. Ich wies dich auch an, dieses Dokument immer bei dir zu tragen. Wenn du dich daran hältst, kannst du es mir wohl vorzuweisen!«

Diese Worte hatten die erfreulichste Wirkung. Der Händler beeilte sich abzusitzen und machte mir eine tiefe Verbeugung. »Ja, auch ich erkenne Euch wieder, Herr«, sagte er, wobei er ein Auge auf mich richtete, während das andere zum Himmel starrte. »Verzeiht meinen Irrtum, aber wie konnte ich Euch hier vermuten? Ewig dankbar bin ich Euch für Eure Güte. Wie lange ist das jetzt her? Fünf Jahre! Deshalb mögt Ihr wohl Nachsicht haben. Ich erinnere mich sehr gut an Euch, Ihr seid bei Hofe ein wichtiger Mann, Herr Bubo ...«

»Ich heiße Lupus!«

»Oh, oh, habt Nachsicht mit mir! Natürlich, Herr Lupus ... Ich werde alt, mein Gedächtnis ... Ich werde Euern Befehl sofort ... das Dokument ... es ist im Gepäck auf dem Wagen dort ... wenn Ihr Euch ein wenig gedulden wollt ...«

»Lass es sein«, sagte ich, »ich will dir glauben. Und ich verzeihe dir deine Unverschämtheit. Vergeben ist christlich. Ich weiß aber nicht, ob mein Amtsgefährte geneigt ist, meinem Beispiel zu folgen. Du hast den edlen Herrn Odo von Reims, den Nachfahren von Königen, in einer Weise beleidigt ...«

Odo hatte, die Arme gekreuzt, dabei gestanden, mir einmal voller Genugtuung zugeblinzelt und nur auf dieses Stichwort gewartet.

»Für den Strauchdieb, den abgerissenen Schuft, und den Verdacht, ich hätte jemanden umgebracht, muss ich dich zur Verantwortung ziehen«, sagte er zu dem Sklavenhändler mit einer Miene, als schmerzte es ihn, gerecht sein zu müssen. »Besonders jedoch für die Drohung, mich in die Elbe zu werfen.«

»Aber ich konnte doch nicht wissen ...«

»Ich hatte dich aufgeklärt. Wer wir sind, bezeugt diese Urkunde. Du bedrohtest einen Stellvertreter des Kaisers, also ihn selbst. Als ich dich darauf aufmerksam machte, fandest du das zum Lachen. Ich denke, das alles reicht, um dich hängen zu lassen!«

»Hängen?« Der Händler Bromios schrie auf. »Ihr wollt mich hängen?«

»Als Boten des Kaisers«, fuhr Odo unnachsichtig fort, »sind wir auch Gerichtsherren und könnten dich gleich auf der Stelle verurteilen. Davon sehen wir aber ab, weil wir vermuten, du würdest dich unserm Urteil nicht fügen und das Gesindel dort gegen uns aufhetzen. Wir wollen das Leben unserer Leute nicht unnötig in Gefahr bringen. Solange unsere Hundertschaften noch unterwegs sind, hast du also eine letzte Frist. Aber die nützt dir natürlich nichts. Wir werden dich, wo immer du dich im Reichsgebiet aufhältst, bei der nächsten Gelegenheit festnehmen lassen.«

»Aber warum denn? Warum denn?«, stammelte Bromios fassungslos. »Für einen Irrtum? Ein paar unbedachte Worte? Ich bin ein ehrlicher Handelsmann ... habe mir niemals etwas zuschulden kommen lassen ... Ich mache Geschäfte, die erlaubt sind ... will nur meines Weges ziehen ...«

Ich hatte mit Odo noch einmal Blicke getauscht und nahm nun mit ernster Miene wieder das Wort. »Da kommen wir auf einen weiteren Punkt, für den du dich verantworten musst. Erlaubte Geschäfte? Die Leute dort, die du zum Sklavenmarkt bringen willst, gehören alle zu einem wendischen Stamm, den der Kaiser zu seinen Freunden und Verbündeten zählt. Es sind Obodriten. Wer sie verschleppt, verhält sich feindselig.«

»Wie? Feindselig?«, rief Bromios betroffen. »Ich bin doch kein Feind! Ich bin ein friedlicher Reisender! Und was das für Leute sind ... Woher soll ich das wissen? Ich habe keine Ahnung, zu welchem Stamm sie gehören. Ich sehe mir jeden an und kaufe ihn, wenn er sich weiterverkaufen lässt. Die Leute von drüben sind von guter Beschaffenheit, groß und schön, kräftig, ausdauernd. Woher sie kommen? Von irgendwoher dort hinter dem Fluss! Ich frage nicht, wenn ich kaufe.«

»Wen fragst du nicht?«

»Diejenigen, die mir die Leute verkaufen.«

»Wer ist das?«

»Ein Mann, der auch zu denen gehört. Hat aber ein Haus auf dieser Seite. Ein paar Meilen von hier.«

»Er heißt Zelibor?«

»Ja ...«

»Wer sind die anderen?«

»Die anderen?«

»Du sprachst eben von mehreren Männern, die dir die Leute verkaufen. Wer war noch dabei, als ihr das Geschäft gemacht habt?«

Er zögerte mit der Antwort und starrte mich misstrauisch an. Offenbar witterte er eine Falle.

»Nun?«, drängte ich.

»Wer noch dabei war? Graf Waratto. Es ist Vorschrift, dass der Gaugraf bei solchen Geschäften dabei ist. Das weiß ich genau.«

»Und früher? War er auch immer dabei?«

»Immer.«

»War noch jemand zugegen?«

»Die beiden Sachsen ... Herr Remmert und sein Sohn Wido.«

»Mit diesen vieren hast du das Geschäft abgeschlossen.«

»So ist es, Herr Lupus. Was ist daran schlecht?«

Er breitete die Arme und tat so verwundert, als hätte er nicht Hunderte Menschen, sondern Bärenfelle oder Bernsteinklumpen gekauft. Ich warf einen Blick auf die elende Menge hinter dem Wagen des Händlers. Vielen war anzusehen, dass sie erst kürzlich misshandelt worden waren. Einige Frauen, die sich ein wenig ausruhen und am Wegrand niedersetzen wollten, wurden von den Schergen des Bromios mit Stockhieben wieder auf die Beine gebracht.

»Wem hast du das Geld gegeben?«, fragte ich den Händler. »Dem Zelibor? Oder den anderen?«

»Ich habe die Säcke mit Geld auf den Tisch gestellt«, erwiderte er, »und sie haben sie ausgeschüttet und nachgezählt.«

»Alle vier?«

»Alle vier.«

»Was für Geld war das?«

»Byzantinische Solidi, Semisses, Tremisses, Frankendenare ...«

»Wie viel insgesamt?«

»Mindestens zweitausendfünfhundert Solidi.«

»Oder dreißigtausend Denare. Wie viele Menschen sind es, die du da mitschleppst?«

»Können vierhundert sein.«

»Die hast du billig bekommen.«

»Ich habe ja auch noch mit Waren bezahlt. Wein, Gewürze, feine Seidengewebe ... Ich zahle gute Preise, Herr Lupus, betrüge niemanden!«

Der Händler machte bei jeder Antwort eine kleine Verbeugung. Ein Auge flehte mich hin- und herrollend an, das andere schien Hilfe im Himmel zu suchen.

Odo, der seine Blicke umherschweifen ließ, um noch einmal das Kräfteverhältnis zu prüfen, fand es an der Zeit, sich wieder ins Gespräch zu mischen.

»Dreißigtausend Denare?«, fragte er. »Du hast wirklich nicht mehr als dreißigtausend bezahlt?«

»Und noch mindestens fünftausend in Waren, Herr Odo von Reims!« versicherte der Händler. »Was sage ich – fünftausend? Achttausend! Zehntausend!«

»Sehr sorgfältig scheinst du nicht rechnen.«

»Vierzigtausend! Ich schwöre es! Insgesamt vierzigtausend Denare!«

163

»Würde das reichen?«, wandte sich Odo an mich, wobei er nachdenklich auf mich herabsah und eine Augenbraue hochzog.

Unverzüglich begriff ich, worauf er hinauswollte. »Du meinst als Wergeld?«, fragte ich zurück.

»Wohl nicht ganz«, beantwortete er seine Frage selbst. »Es handelt sich immerhin um schwerste Vergehen. Bedrohung, Beschimpfung, Verleumdung und Verspottung des Kaisers in der Person seiner Stellvertreter ... feindliche Umtriebe an der Grenze, gegen ein befreundetes und verbündetes Volk gerichtet ...«

»Ich bitte die Herren um Gnade!«, jaulte der Händler. »Bedrohung des Kaisers ... feindliche Umtriebe ... Niemals käme mir das in den Sinn!«

»Viertausend wären, denke ich, angemessen«, sagte Odo, den Zwischenruf überhörend. »Oder ist das zu wenig? Vor dem Hofgericht würde er unter fünftausend nicht davonkommen.«

»Fünftausend Denare?«, fragte Bromios hoffnungsvoll.

»Fünftausend Solidi!«

Der Händler schrie auf.

»Du kannst dich natürlich auch hängen lassen«, sagte Odo, »wenn dir dein Hals nicht so viel wert ist. Danach fährst du dann gleich zur Hölle. Nachdem du gut durchgeröstet bist, schickt dich der Teufel in die Sonderabteilung für Sklavenhändler. Dort bekommst du einen Beutel mit fünftausend Solidi, und die musst du bis in alle Ewigkeit zählen. Und dabei kannst du dann bereuen, dass du im Leben so geizig warst. Das wird deine Höllenstrafe sein.«

»So viel Geld könnte ich gar nicht mehr aufbringen«, sagte Bromios kläglich. »Ich musste ja fast alles, was ich hatte, ausgeben, damit ich die Ware bekam.«

»Das wollen wir dir glauben, obwohl es nicht sehr wahrscheinlich ist«, nahm ich nun wieder das Wort. »Wie du vielleicht bemerkst, Bromios, machen Herr Odo und ich uns Gedanken darüber, wie wir dir das Schlimmste ersparen können. Obwohl du von dunkler Abstammung bist, aus einem fremden Land kommst und kein Recht auf Schutz durch unsere Gesetze hast. Für Leute wie dich gibt es keine Festlegung über die Höhe eines Wergelds, mit dem sie der Todesstrafe entgehen könnten. Die Richter des Hofgerichts werden dich gnadenlos hängen, und wenn man dich vielleicht doch mit einem Wergeld davonkommen lässt, dann wird es außerordentlich hoch sein ... gewiss noch höher als die Summe, die dir Herr Odo gerade nannte. Wir wären aber bereit, ein wenig abzulassen und dich nicht weiter zu verfolgen. Vorausgesetzt, dass wir uns einigen können.«

»Was verlangt Ihr, Herr Lupus? Ich komme Euch gern entgegen. So sprecht doch!«, rief der immer noch furchtbar erschrockene Händler.

»Wir verlangen nur vierzigtausend.«

»Vierzigtausend Denare? Auch das ist sehr viel! Ich habe sie nicht.«

»Wir wollen kein Geld. Du überlässt uns deine Ware.«

»Wie? Die Ware? Ihr meint ...«

»Du verstehst schon.« Ich packte ihn am Arm und führte ihn hinter seinen Wagen. »Diese vierhundert Menschen hier! Sagtest du nicht, du hättest alles in allem vierzigtausend bezahlt? Also im Durchschnitt hundert pro Kopf, und natürlich wolltest du beim Verkauf das Doppelte oder Dreifache einnehmen. Aber hier ist kein Markt und so bleibt es bei hundert Denaren für jeden. Damit ist ihr Wert festgelegt. Du übergibst uns die vierhundert Obodriten, hast damit dein Wergeld im Voraus bezahlt, und wir sehen von einer Anklage ab.«

»Ihr ruiniert mich!«, stöhnte der Händler.

»Besser ruiniert als tot«, sagte Odo, der uns gefolgt war. »Das solltest du dir zum Wahlspruch machen.«

»Was habe ich nur getan! Was hab ich getan! Wir ziehen friedlich unseres Weges ...«

»Du verwechselst da etwas«, scherzte Odo in seiner, wie ich finde, manchmal groben, unchristlichen Art. »Du meinst die Wolken dort oben, zu denen du ständig mit einem Auge hinaufschielst, sie ziehen friedlich dahin. Richte mal dein anderes Auge auf das, was hier unten geschieht. Deine Leute suchen Streit. Sollte Blut fließen, hängt ihr alle – die ganze Bande!«

Während wir mit Bromios verhandelten, war es zwischen den Männern unseres Gefolges und den Bewachern des Trecks zu Beschimpfungen und Handgreiflichkeiten gekommen. Fulk und ein Kerl, der nur noch ein Ohr und ein halbes Kinn besaß, hatten schon die Schwerter gezogen. Anscheinend hatte der andere gehöhnt, sie würden uns leicht alle niedermachen, wenn es ihr Herr befehlen sollte. Darauf hatte Fulk angeboten, ihm zur Erinnerung an diesen Waffengang auch das zweite Ohr abzuhauen.

Der Händler rannte gleich hin, entschuldigte sich bei Fulk und trennte die beiden. Alle seine Leute waren Unfreie, völlig rechtlos, und sie mussten sich auf die Verteidigung der »Ware« gegen Räuber und Diebe beschränken. Bei jeder mutwilligen Gewalttat konnte mit ihnen kurzer Prozess gemacht werden.

Bromios kehrte zu uns zurück, barmte noch eine Weile, winselte, fiel auf die Knie, besann sich dann auf verschiedene Kaufmannstricks und wollte mit uns schachern. Aber wir blieben unnachgiebig. So musste er schließlich allen vierhundert Gefangenen die Ketten abnehmen lassen.

Einige junge Männer, die der unverhofften Freiheit nicht trauten, rannten gleich die Böschung hinunter, sprangen in den Fluss und schwammen zum anderen Ufer. Bei einer Schwangeren setzten vor Freude die Wehen ein. Hinter einem Busch, von Weibern umringt, brachte sie ein Knäblein zur Welt.

Ich ging unter den Leuten umher und suchte jemanden, der unsere Sprache verstand. In einem Mann, der sich Zupan nannte, fand ich ihn. Das ist kein Name, sondern bei den Wenden die Amtsbezeichnung des Dorfvorstehers. Dem Zupan erklärte ich, dass er seine Befreiung dem Kaiser Karl verdanke, dessen Vertreter wir seien, und dass er dies unter seinen Leuten bekannt machen solle. Das tat er und bald konnte ich mich kaum retten vor rührenden Dankesbezeigungen.

Der Zupan übernahm dann auch die Führung der Befreiten nach ihrer Rückkehr ins Wendengebiet. Damit durfte nicht gezögert werden. Wir trauten Bromios nicht. Sobald wir den Rücken gewandt hatten, würde er vielleicht versuchen, wenigstens einen Teil der Leute wieder einzufangen. Dazu würde er vielleicht sogar über den Fluss gehen. Es kam also darauf an, die vierhundert Wenden schnellstens hinüberzubringen und ihnen einen Vorsprung zu verschaffen, damit sie die Burg erreichen konnten, bevor sie eingeholt wurden. Nur dort würden sie erst einmal sicher sein.

Wir schickten Helko, der von uns allen zu Fuß der Schnellste war, zu einem Dorf am Elbufer zurück, wo wir gesehen hatten, dass Stämme zu Flößen zusammengebunden wurden. Das Holz sollte stromabwärts nach Dänemark gebracht und verkauft werden. Wir geizten nicht mit dem Lohn für die sächsischen Flussschiffer, und schon kurze Zeit später legten sie mit drei Flößen an. Vom Ufer aus leitete Odo die Überfahrt und sorgte dafür, dass die Sachsen nicht etwa eigene Geschäfte machten und dass niemand vergessen oder von den Leuten des Händlers versteckt wurde.

Ich nahm derweil den Zupan beiseite und ließ mir von ihm berichten, wie der Überfall und die Gefangennahme vor sich gegangen waren.

Sein Dorf in der Nähe der Burg war schon im Winter von Remmerts und Zelibors Leuten niedergebrannt und ausgeraubt worden. Alle Verschleppten gehörten zum Stamm der Obodriten, Wilzen und Sorben waren nicht dabei. Waratto hatte sich unter ihnen die Jungen und Starken ausgesucht, die bis zur Ankunft des Händlers für ihn arbeiten mussten. Beim Verkauf am Tag zuvor in Zelibors Herberge hatte der Graf seine menschliche Ware, den Zupan darunter, dem Händler angepriesen und um Preise gefeilscht. Damit war jeder Zweifel beseitigt, dass der oberste Vertreter des Kaisers im Gau mit im Geschäft war.

Nun kam unser Auftrag für den Zupan. In der Burg angekommen, sollte er Sparuna aufsuchen und unser Angebot machen: den Austausch der vier gefangenen Franken und Sachsen für Knes Slawomir. Der Zupan machte runde Augen und wollte erst nicht glauben, dass es einen neuen Knes gab, und schon gar nicht, dass er sich in unserer Gewalt befand. Da wollte ich ihn zu dem Gefangenen führen, damit ihm dieser selbst die nötigen Auskünfte gab.

Aber auf unserem Lagerplatz fand ich weder Slawomir noch seine Bewacherin Swinde. Ich fragte Rouhfaz, ob er die beiden gesehen habe.

Er flüsterte mir ins Ohr, damit es der Zupan nicht mitbekam: »Ich glaube, sie hat ihn umgebracht.«

»Umgebracht? Wie denn?«

»Sie schlug ihn mit einem Ast so lange auf den Kopf, bis er umsank. Dann schleppte sie ihn dort ins Gebüsch.«

»Bist du gefolgt?«

»Bewahre! Dann hätte sie mich vielleicht auch noch ...«

Ich schickte den Zupan zu seinen Leuten und drang in das Gebüsch ein. Lange musste ich nicht suchen.

Der junge Mann lag ausgestreckt, mit geschlossenen Augen im Moos. Swinde saß neben ihm und drehte Strähnen seines langen, blonden Haars zu Flechten.

Sie blickte mit hellblauen Augen zu mir auf und sagte lächelnd: »Ist er nicht schön?«

»Du hast ihn getötet!«, rief ich. »Warum?«

»Getötet? Ach, Dicker, was redest du da? Er schläft. Ich hab ihn hierher gebracht, in Sicherheit. Damit es euch nicht einfiel, meinen Sklaven dem Händler zu verkaufen.«

»Das hast du uns zugetraut?«

»Ich traue euch manches zu.«

»Wir haben vierhundert Wenden die Freiheit verschafft!«

»Vielleicht hättet ihr gern noch einem mehr die Freiheit verschafft. Aber daraus wird nichts. Der gehört mir!«

In diesem Augenblick blinzelte Slawomir und hob ein wenig den Kopf. Swinde fuhr fort, mit seinem Haar zu spielen.

Mich aber zischte sie an, wobei ihr Blick wieder dunkelblau wurde: »Und nun verschwinde! Oder willst du, dass ich ihm noch einmal wehtue?«

Kurz vor Sonnenuntergang standen wir am Ufer und beobachteten, wie die letzten Hundert, darunter der Zupan, hinübergebracht wurden.

Der Händler saß auf einem Stein und sah mit stummer Verbitterung zu, wie seine frisch erworbene Ware auf der anderen Seite des Flusses im Walde verschwand.

»Du darfst nun weiterreisen«, sagte Odo. »Und lass dir eine Lehre sein, was du heute erlebt hast.«

»Für solche Lehren bedanke ich mich«, erwiderte Bromios seufzend. »Kommt der Kaufmann mit vollen Taschen, reist mit leeren zurück. Das stellt die Welt auf den Kopf.«

»Du wirst sie schon wieder auf die Beine stellen und dir die Taschen füllen, spätestens in Lenzen und Magdeburg«, erwiderte Odo lachend.

Wir blickten dem arg geschrumpften Kaufmannstreck nach, wie er am Ufer der Elbe dahinzog und im Osten verschwand.

»Nun aber kehrt gemacht!«, sagte Odo. »Auf zu Zelibor! Ich vermute, unsere Herzensfreunde sind dort noch alle versammelt!«

10. Kapitel

Odo hätte am liebsten Zelibors Herberge gestürmt, den Beauftragten des Kaisers, den Gaugrafen Waratto, der gesetzwidrig Menschenhandel trieb und sich damit schamlos bereicherte, um seinen Gewinn erleichtert und ihn vor das Hofgericht geladen. Dazu kam es aber nicht (vielleicht zu unserem Glück), weil es, wie erwähnt, schon recht spät geworden war und wir uns vorher noch einmal zur Rast entschließen mussten. Nachdem wir eine weitere Meile zurückgelegt hatten, erreichten wir ein Fischerdorf, das die meisten seiner früheren Bewohner verlassen hatten und wo wir mehrere leer stehende, halb verfallene Hütten vorfanden. Das genügte uns als Notquartier für die Nacht.

Ich benutzte diese letzte Atempause vor dem unvermeidlichen Zusammenstoß, um Odo zu überzeugen, dass wir mit unseren schwachen Kräften wenig Aussicht hatten, auf Waratto und Remmert, die über starke Gefolgschaften verfügten, Druck auszuüben. Mit ihnen, den örtlichen Machthabern, würden wir nicht so leichtes Spiel haben wie mit dem Händler. Odo sah das ein, und wir beschlossen, einen Eilboten nach der alten sächsischen Eresburg zu schicken, wo eine starke kaiserliche Truppenmacht zusammengezogen war. Nur Helko, der in Sachsen zu Hause war und lange, schnelle Beine hatte, konnte dieser Bote sein. Zur Sicherheit sollte ihn aber einer der ebenfalls hier heimischen Recken begleiten. Ich diktierte Rouhfaz, der außer Pergament auch ein Fläschchen mit Tinte gerettet hatte, im Mondlicht ein Schreiben an den Festungskommandanten, in der Hoffnung, dass dieser einen Schriftkundigen in seiner Umgebung hatte. Nachdem ich unsere Lage geschildert hatte, bat ich um Hilfe, da wir in Ausübung unseres Amtes in großer Gefahr seien und der Abfall eines wichtigen Sachsengaus drohe.

In aller Frühe machten sich unsere beiden Eilboten, zusätzlich mit mündlichen Weisungen versehen, auf den Weg. Helko sah ich erst in Aachen wieder. Der andere, ein guter, tapferer Bursche, kam unterwegs durch Wegelagerer ums Leben.

Als wir etwas später aufbrechen wollten, merkten wir plötzlich, dass jemand fehlte. Swinde befand sich nicht auf ihrem Schlafplatz und war auch woanders nicht aufzufinden. Wir schwärmten aus, aber bald brach Odo die Suche ab.

»Die mörderische Braut ist uns anscheinend vorausgeeilt«, meinte er. »Wahrscheinlich ist sie zu ihrem früheren Bräutigam zurückgekehrt. Wer weiß, was sie denen erzählt und was das alles zu bedeuten hat ...«

Ihren Gefangenen hatte sie nämlich zurückgelassen. Das hat eine kurze Vorgeschichte, die ich hier noch einfügen muss.

Odo hatte natürlich von mir erfahren, wie Swinde bei unserer Begegnung mit dem Händler ihren Sklaven auf Lebenszeit in Sicherheit gebracht hatte. Als Bromios fort war, kam sie mit ihm aus dem Busch und führte ihn wieder an dem Seil, das sie um ihren Leib geschlungen hatte. Er wirkte noch stark benommen und hatte nun außer der großen Schmarre, die von dem Schlag mit dem Ruder geblieben war, noch mehrere blutige Beulen an der Stirn und am Hinterkopf.

Bisher hatte sich Odo wenig um unseren Gefangenen gekümmert und ihn aus Gründen, die er mir gegenüber mehrmals benannte, sogar verächtlich behandelt. Sich die entführte Geliebte wie einen Karrengaul ausspannen zu lassen und sie dann auch noch auf eine grauenerregende Jenseits-Reise zu schicken, das ging über seine Vorstellungskraft. Vergebens hatte ich ihm immer wieder zu erklären versucht, dass das Bild, das die Wenden sich von unserer Welt und jener anderen machen, nicht unserer christlichen Art entspricht. Einmal wollte er unterwegs dem Slawomir das Geständnis entlocken, er habe die Entführung des Totenschiffs durch uns erhofft und gefördert. Aber der stolze Obodrit wies das mit einem empörten Blick seiner schwarzen Augen zurück. So hörte Odo auf die immer mal wieder laut herausgeschrienen Vorwürfe Swindes, und wenn er das »wütige Biest« auch nicht ausstehen konnte, sah er ihre Entrüstung als berechtigt an. Da sie Slawomir nicht von der Seite wich, konnten wir uns keinen besseren Wächter wünschen, und so widersprachen wir nicht mehr ihrem Anspruch. Dabei hatten wir uns ja längst darüber geeinigt, was mit ihm geschehen sollte.

Als Odo nun aber sah, wie sie Slawomir zugerichtet hatte, packte ihn der Zorn. Sollte der junge Knes als Gefolterter, als Entstellter zurückkehren? Welchen Eindruck musste das auf seine Leute machen! Augenblicklich zog Odo sein Schwert, und mit einem Hieb war der Strick durchtrennt. Swinde stampfte mit den Füßen auf und schrie immer wieder ihr »Der gehört mir!«

Da verlor Odo seine Nachsicht für die Schwächen des anderen Geschlechts und stieß die Kreischende so heftig weg, dass sie über den Rasen kullerte. Das verfehlte nicht seine Wirkung. Sie heulte und schluchzte noch ein bisschen, hielt dann aber den Mund.

Odo löste dem jungen Knes in aller Ruhe die Fesseln und sagte: »Ich glaube, die sind jetzt nicht mehr nötig. Ihr werdet in Kürze Eure Freiheit erhalten. Das heißt, sobald die vier Männer zurückgekehrt sind, die Ihr entführt habt. So lange müsst Ihr es noch bei uns aushalten. Eure vierhundert Stammesgenossen, die verkauft werden sollten, sind gerade heimgekehrt und werden unsere Botschaft überbringen.«

»Unsere Leute sind frei?«, rief Slawomir und ein Freuden-
schimmer glitt über sein zerbeultes Gesicht. »Ihr habt sie losgekauft?«

»Doch nicht losgekauft!«, erwiderte Odo mit der Miene
erhabener Entrüstung. »Sind wir Kaufleute? Wir sind die
Faust und das Schwert des Kaisers. Wir haben sie befreit –
allein durch die Wirkung unserer Gegenwart!«

»Das wird Euch nicht vergessen!«

»Gut. Aber denkt auch daran. Gelegentlich.«

Slawomir wurde Rouhfaz übergeben, zu dessen Fertig-
keiten ja auch gehört, Kräutersalben zusammenzurühren
und Verbände anzulegen. Am Abend saßen wir mit dem jungen Knes um ein Feuer und besprachen mit ihm, was unseres
Auftrags war. Er zeigte sich allem sehr aufgeschlossen, beharrte freilich weiter auf seiner Forderung, die Störenfriede
auf unserer Seite betreffend. Die Stimmung war freundlich,
und es wurde sogar gescherzt und gelacht. Fulk entblödete
sich allerdings nicht, ein übriges Mal sein Talent zu zeigen,
durch mehrere aufeinanderfolgende Fürze das Angriffs-
signal einer Kriegstrompete nachzuahmen. Das genierte
mich vor dem jungen Herrscher eines Nachbarvolks, mit
dem wir in Frieden leben wollen.

Swinde hatte sich nach dem Zwischenfall mit Odo nicht mehr
bemerkbar gemacht. Wenn wir uns nach ihr umsahen, traf uns
nur manchmal ihr dunkelblauer Blick. Als es weiterging, blieb
sie unter den Letzten, und beim Feuer saß sie abseits. Dann
jedoch, während wir – Odo, Slawomir und ich – uns in einer der
Hütten, wo Gras und Schilf aufgeschüttet waren, zur Ruhe legten, schlich sie plötzlich wie eine Katze herein und rollte sich
wie selbstverständlich zu unseren Füßen zusammen.

Nun aber war sie fort, nicht aufzufinden. Fulk, der die letzte
Wache hatte, beteuerte, sie noch im Morgengrauen durch den

offenen Eingang der Hütte schlafend zu unseren Füßen gesehen zu haben. Kurz danach musste sie unbemerkt fortgelaufen sein.

Wir standen noch herum und berieten, weil einige fanden, es sei besser, das Raubnest des Zelibor zu umgehen und erst einmal sicheren Boden zu gewinnen, als wir vom Uferweg her Lärm hörten. Ein paar Augenblicke später war es Gewissheit: an ein Ausweichen war nicht mehr zu denken. Da kamen sie schon – Waratto, Remmert und Wido. Auch Swinde war dabei, sie musste sich sehr beeilt haben. In ihrem Rücken hatten sie mindestens hundert schwer bewaffnete Männer.

Waratto trat stracks auf uns zu, gab Odo und mir die Hand und begrüßte uns mit einem gleisnerischen Lächeln. »Gruß und Heil! Wie schön, dass uns die Herren *missi dominici* noch einmal besuchen. Wie froh sind wir, dass Ihr gesund und am Leben seid! Wir hatten uns anfangs große Sorgen um Euch gemacht, nachdem Ihr so mutig dort hinübergegangen wart. Dann aber erfuhren wir durch unsere zuverlässigen Kundschafter, mit welcher Kühnheit Ihr Euch gerettet hattet – auf einem Totenschiff. Wunderbar!«

»Da hat man Euch etwas Falsches berichtet, Waratto!«, erwiderte Odo. »Wir waren dort nicht in Gefahr und wären gern etwas länger geblieben, denn wir sind Freunde der Obodriten. In Gefahr war nur Eure Tochter. Beinahe wäre sie Opfer eines heidnischen Stammesbrauchs geworden. Ihr habt sie übrigens schlecht erzogen. Dankbarkeit kennt sie nicht, gutes Benehmen auch nicht, und von Zeit zu Zeit wird sie gewalttätig.«

»Das sagt der, der mich gestern geschlagen hat!«, schrie Swinde, die nun ein fränkisches Gewand trug und sogar die Zeit gefunden hatte, ihre Haarflechten zu einem Kranz zu binden. »Hier – überall blaue Flecke. Und der Dicke war der Erste, der auf dem Totenschiff über mich herfallen wollte. Und jetzt wollen sie meinen Entführer, den ich gefangen genommen habe, dorthin zurückschicken! Wenn du dir das gefallen lässt, Vater, bist du ein Feigling. Ich will meinen Sklaven, er gehört mir! Da ist er!«

Ich kam nicht dazu, auf die mich betreffende böse Verleumdung zu antworten, denn aller Aufmerksamkeit war nun auf Slawomir gerichtet. Mit verbundenem Kopf saß er im Gras vor der Hütte, in der wir genächtigt hatten.

Kaum hatte Wido ihn erblickt, zog er sein Schwert, stürzte auf ihn zu und kreischte: »Scheußlicher Unhold! Elender Räuber! Bei Wodan und Saxnot, verrecken sollst du!«

Der hellblonde Kümmerling hob das Schwert, doch sehr ungeschickt, und ehe er Schaden anrichten konnte, waren mehrere bei ihm. Fulk, der Schnellste, umklammerte sein Handgelenk mit eiserner Faust. Das Schwert fiel ins Gras.

»Versuche das nicht noch einmal!«, schrie Swinde ihren früheren Bräutigam an. »Sonst reiße ich dir den Kopf ab und stecke ihn auf den Spinnrocken!«

»Hör mal, Waratto«, ließ sich nun Remmert, der plump und mit böse funkelnden Äuglein dabeistand, aus seinem Haargewirr vernehmen. »Ich meine, das Beste wird sein, ihn gleich aufzuhängen. Was hat er uns nicht alles angetan! Der Baum dort scheint mir geeignet zu sein!«

»Aber vorher will ich ihn foltern!«, quengelte Wido, wobei er das Schwert aufhob, doch vorsichtshalber zurück in die Scheide steckte.

»Ihn aufhängen? Davon kann keine Rede sein!«, fuhr Odo den Sachsenhäuptling an. »Er steht unter unserem Schutz, das heißt, dem Schutz des Kaisers. Niemand wage, ihm etwas anzutun!«

»Es ist ja wohl auch in Eurem Sinne«, ergänzte ich, »dass die vier Männer, die sie drüben noch festhalten, zu Euch zurückkehren. Man wird sie gegen ihn austauschen.«

»Lass es nicht zu, Vater!«, schrie Swinde. »Sie lügen! Sie wollen ihn ebenso wegschenken wie die vierhundert anderen!«

»In der Tat, das ist meine Sorge«, sagte Waratto und gab sich nachdenklich. »Ein Händler kommt von weit her, will ein ordentliches Geschäft machen, erwirbt seine Ware unter der strengen Aufsicht des Gaugrafen, wie es Vorschrift ist, und plötzlich kommen Leute daher, geben sich als Vertreter des Kaisers aus, berauben ihn des Erworbenen und treiben ihn fort, erleichtert um ...«

»Vierzigtausend Denare«, vollendete Odo, »die ihr wohl inzwischen schon unter euch aufgeteilt habt. Wer hat sich das Meiste eingesteckt? Ich zweifle nicht. Am besten stiehlt es sich, wenn man ganz oben sitzt. Dann ist Stehlen das reinste Vergnügen, dann braucht man auch keinen Mut mehr dazu ... so wie damals am Süntel.«

»Für diese Verleumdung werde ich noch von Euch Rechenschaft fordern!«, rief Waratto, dem plötzlich Zornröte ins Gesicht stieg.

»Halten wir uns doch nicht mit alten Geschichten auf«, höhnte Odo. »Damals ging es ja nur um dreihundert Denare, eine Kleinigkeit. Aber wer einmal stiehlt, verlernt es nicht und ... er vervollkommnet sich!«

»Ich verbiete Euch ...«

»Der Händler kommt seit fünf Jahren«, sagte ich in ruhigem Ton, weil ich fürchtete, das Gespräch, wie Odo es führte, könnte uns in eine schlimme Lage bringen. »Ich selber stellte ihm damals die Erlaubnis aus, im Frankenreich Handel zu treiben. Wir wussten nicht genau, wo er das tat. Dass er hier Menschenware kaufte, erfuhr der Kaiser erst in diesem Frühjahr durch die wendischen Gesandten. Nehmen wir an, Bromios hat jedes Mal vierzigtausend Denare hier gelassen, so macht das inzwischen zweihunderttausend. Zu prüfen ist noch, welchen Anteil Ihr hier dem Fiskus schuldet. Bei Menschenhandel ist er beträchtlich. Ihr werdet das alles nachträglich entrichten müssen, Herr Graf.«

»Aber noch schwerer wiegt ja das andere«, nahm Odo wieder das Wort. »Unzählige Überfälle auf einen befreundeten Stamm. Genau das Gegenteil von dem, wozu Ihr hier eingesetzt seid. Das ist ein Fall für das Hofgericht, Waratto! Ihr dürft Euch in diesem Augenblick als geladen betrachten. Richtet es ein, dass Ihr spätestens in zwei Monaten in der Aachener Pfalz seid. Wir werden Zeugen sein in dem Prozess.«

»Das glaube ich nicht«, sagte Waratto lächelnd.

»Und warum nicht?«

»Weil ich mir nicht vorstellen kann, dass wir dort alle so glücklich vereint sein werden wie an diesem herrlichen, sonnigen Morgen am Elbufer.«

»Ob Ihr glücklich sein werdet, bezweifle ich auch. Aber erscheinen werdet ihr.«

»Wirklich?«

»Man ist bereits unterwegs, um Euch abzuholen.«

»So? Wer denn?«

»Die Besatzung der Eresburg wird unsere Botschaft inzwischen erhalten haben. Ein paar Hundertschaften sind unterwegs!«

Kaum hatte Odo diese Worte gesprochen, brach Waratto in schallendes Gelächter aus. Remmert fiel ein, stieß glucksende Töne aus und hielt sich den Bauch. Wido kicherte. Auch ihre Gefolgsleute, die sich inzwischen ringsum auf dem Rasen gelagert hatten, lachten laut und ungeniert.

»Nun«, rief Waratto, unter Lachen mühsam atmend, »dann werden wir sie geduldig erwarten! Die vorigen, die Euch folgen sollten, fünf Hundertschaften, sind vermutlich in unseren Sümpfen versackt. Wollen sehen, ob diese es schaffen!«

178

»Die Kerle lügen und betrügen!«, polterte Remmert, der sich inzwischen an unseren Karren herangemacht hatte und in den Kisten und Körben wühlte. »Da – sieh dir das an, Graf! Und sie behaupten, dass wir stehlen. Das ist die Beute, die sie bei der Hochzeit da drüben gemacht haben. Deshalb mussten sie so eilig verschwinden. Einiges haben sie wohl auch dem Kaufmann geraubt. Der kommt nicht wieder, der wird sich hüten! Der Handel mit ihm ist ruiniert. Gib ihnen, was sie verdienen, Graf! Häng sie auf oder wirf sie in den Fluss – den wendischen Hund dazu!«

»Sie werden schon bekommen, was sie verdienen«, erwiderte Waratto ausweichend. »Wir müssen uns damit nicht beeilen.«

»Ich will meinen Sklaven behalten, Vater!«, schrie Swinde wieder. »Er gehört mir, ich hab ihn gefangen!«

»Aber du willst doch auch deine Vettern Siggo und Faramod wiederhaben. Deine gute Mutter wäre untröstlich, wenn die Söhne ihres erschlagenen Bruders nicht wiederkämen.«

»Die sind garstig, ich mag sie nicht! Für die gebe ich ihn nicht her!«

»Es sind ja auch noch zwei sächsische Edelinge in ihrer Gewalt.«

»Auch um die mach dir keine Sorgen«, knurrte Remmert. »Fehdebrüder und Erbschleicher. Sollen sie da drüben verrecken, das kümmert mich nicht. Noch einmal: Häng den wendischen Unhold lieber gleich auf! Denn falls sie ihn mitbringt in meine Burg, tue ich es!«

»Aber vorher darf ich ihn foltern!«, quäkte Wido.

»Das wirst du bleiben lassen, du Vogelscheuche!«, fuhr Swinde ihn wieder an. »Der ist mein Eigentum, der wird nicht angerührt!«

»Ich weiß schon, was du mit ihm vorhast!«, geiferte er. »Ich weiß es genau! Du willst heimlich mit ihm ... so – so – und so ...«

Er formte mittels Daumen und Mittelfinger der Linken ein Loch, in das er den Zeigefinger der Rechten hineinstieß. Diese sehr unanständige Geste erntete ringsum bei den Männern wieherndes Lachen. Swinde bückte sich, hob einen Stein auf und warf ihn Wido an den Kopf. Er traf ein Ohr, und Wido krümmte sich.

»Die führt sich auf«, sagte Remmert, »als wäre sie die Königin von Wessex. Dabei ist sie nicht mehr halb so viel wert wie vorher. Wenn wir sie als Witwe des Häuptlings der Filzhüte überhaupt nehmen sollen, muss vorher ein neuer Ehevertrag gemacht werden. Für die sind sechs Dörfer als Morgengabe zu viel!«

»Sei vorsichtig, Remmert«, sagte Waratto ruhig, aber unüberhörbar drohend. »Bisher hast du meine Gunst genossen.«

»Und ich habe dir deine Truhen gefüllt.«

»Was wärst du wohl ohne mich?«

»Und du? Was wärst du ohne mich?«

Sie standen sich gegenüber und stierten sich ein paar Atemzüge lang an. Remmert senkte als Erster den Blick.

Waratto ließ ihn stehen und wandte sich uns zu.

»Meine Herren *missi dominici* oder was immer ihr seid, ich sehe mich leider gezwungen, euch festzunehmen. Ich habe allen Grund zu vermuten, dass ihr Schwindler seid. Der Schaden, den ihr verursacht habt, ist schon beträchtlich. Wir bringen euch jetzt zu Zelibor. Alles Weitere wird eine Untersuchung ergeben.«

Ich gestehe, dass unser Protest nur lau ausfiel. Was sollten wir noch sagen? Konnten wir noch etwas zu unserer Rechtfertigung vorbringen, was nicht längst vorgebracht worden war? Odos leichtfertige Drohung mit Gewalt hatte uns lächerlich gemacht. Das lehrt uns: Solche Tricks darf man nur einmal wagen, nie zweimal!

Wir wurden allesamt wie gemeine Verbrecher gefesselt und abgeführt.

Swinde warf uns hellblaue, triumphierende Blicke zu, während sie mit ihrem Sklaven am Seil neben uns hertänzelte. Nach einem kurzen Marsch erreichten wir Zelibors Herberge.

»Siehst du, Vater, ich hatte recht. Hätten wir Pelze, Wachs und Hirschhorn gekauft und uns nach Dänemark abgesetzt, könnten wir jetzt unseren Wohlstand genießen. Nichts ist schlimmer, als im Leben den richtigen Augenblick zu verpassen. Es gibt ihn nur einmal, er kommt nicht wieder.«

Dies war die letzte Weisheit, die ich von Odo hörte, während wir, ringsum von sächsischen Speeren bedroht, in das festungsartige, von einem hohen Palisadenzaun umgebene Anwesen geführt wurden. Zelibors Herberge bestand aus einem großen Blockhaus unmittelbar am Elbufer und mehreren Gebäuden leichterer Bauart und unterschiedlicher Höhe und Breite, die dahinter als Speicher, Ställe und Gefängnisse auf dürrem Heideboden weitläufig verstreut waren. In eines dieser Letzteren führte man uns. Ein knorriger Alter mit einem Ring im Ohr, der eifrig um Waratto und Remmert herumbuckelte, wies uns ein. Das war Zelibor selbst, der berüchtigte Menschenfänger. Das Haus, in das er uns führte, hatte noch bis vor wenigen Tagen den gefangenen Wenden als Obdach gedient, auf zerschlissenen, stinkenden Schilfmatten hatten sie gelagert. Die Wände bestanden zwar nur aus Flechtwerk, und an vielen Stellen war der Lehmbewurf abgebröckelt, doch gaben die so entstandenen Löcher nur die Sicht auf ein kleines Stück des Anwesens und auf den hohen Zaun frei. In dem Haus konnten über hundert Gefangene untergebracht werden, sodass man für uns, die wir nur noch neun waren, viel Platz hatte. Die Fesseln wurden uns nicht abgenommen, und damit wir nicht miteinander sprechen konnten, teilte uns Zelibor, der kaum etwas sagte und auf Fragen mit unverständlichem Grunzen antwortete, Schlafstellen in großen Abständen zu. Nur mit lauter Stimme konnte man sich dem am nächsten Liegenden mitteilen. Doch das rief dann gleich einen Wächter herbei, der erbarmungslos Knüppelhiebe austeilte. Für Odo und mich, die in gegenüberliegenden Ecken des Hauses untergebracht waren, wurde jede Verständigung unmöglich.

Slawomir war von uns getrennt worden, und nur zufällig sah ich durch eines der erwähnten Löcher in der Wand, dass man ihn besonders streng und sicher verwahrte. Zelibor ließ ihn zu einem toten Baum bringen, unter dem Ziegen weideten, die er wegstieß, um eine hinter Unkraut und Gras verborgene Eisenplatte aufzuheben. Darunter gelangte man wohl über eine Treppe zu einem unterirdischen Verlies. Slawomir wurde hinabgeführt. Nach einer Weile tauchten Zelibor und seine Leute wieder auf. Einer blieb als Wache unter dem Baumkrüppel sitzen.

Wir wussten nicht, was Waratto und Remmert mit uns vorhatten, doch schon bald bekamen wir eine Ahnung davon.

Erst kurze Zeit hatten wir auf unseren elenden Schilfmatten zugebracht, als einer unserer Recken, ein Franke, von zwei stämmigen Wächtern ergriffen und hinausgeschleppt wurde. »Zur Untersuchung deiner Verbrechen«, sagte man ihm. Der Rest des Tages verging, und unser Mann kam nicht wieder.

Als mir einer der Wächter gegen Abend eine winzige Schale mit Haferbrei brachte, die ich mit gefesselten Händen ausessen musste, wagte ich zu fragen, was mit ihm geschehen sei.

Zu meiner Überraschung erhielt ich die Antwort: »Ist unschuldig. Wurde frei gelassen.«

»Frei gelassen? Und wo ist er jetzt?«

Der Wächter bedeutete mir mit einer Geste, der Mann sei irgendwo draußen, weit draußen.

»Wie?«, rief ich. »Da draußen? Im Wald? In den Sümpfen? In der Wildnis? Habt ihr ihn etwa ausgesetzt?«

Darauf hörte ich nur noch ein Brummen und sah den Rücken des Wächters, der davonstapfte.

Eine qualvolle Nacht verging, in der ich kaum Schlaf fand. Ratten huschten umher, und allerlei Ungeziefer krabbelte an mir herum. Die Männer, die uns bewachten, hockten in der Nähe der offenen Tür bei einer Ölfunzel und würfelten. In meiner Ecke lag ich im tiefen Schatten und wurde von dort vermutlich kaum wahrgenommen. So konnte ich wagen, mich ab und zu aufzurichten und durch das Loch in der Wand zu spähen. Ich sah den toten Baum seine Äste gegen den dunklen Himmel recken. Ein Mann ging auf und ab, seinen Speer geschultert. Irgendwann vernahm ich ein Geräusch und bemerkte, dass die Eisenplatte gehoben und gegen den Stamm gelehnt war. Ein schwacher Lichtschein erhellte das Viereck der Öffnung. Dann sah ich eine plumpe Gestalt von unten heraufsteigen – Remmert. Ihm folgten Wido und Zelibor. Die Öffnung wurde geschlossen, die drei verschwanden. Ich wagte mir kaum vorzustellen, was sie dort unten getan hatten.

Der zweite Tag unserer Gefangenschaft brach an, und er war erst wenige Stunden alt, als sich der Vorgang vom Tag zuvor wiederholte. Abermals wurde einer unserer Leute geholt, ein Friese diesmal. Auch er kam nicht wieder. Meine Frage, wo er geblieben sei, beantwortete der Wächter mit der gleichen Geste: da draußen, irgendwo draußen!

So war uns offenbar bestimmt, was so manchen Boten unseres Königs und Kaisers vorher beschieden war: spurloses Verschwinden. Waratto ging dabei sehr schlau vor: Er erklärte den Mann, den er loswerden wollte, für unschuldig und gab ihm die Freiheit. Tatsächlich ließ er ihn einige Meilen fortbringen und aussetzen, vermutlich ohne Waffen und Nahrungsmittel, sodass er kaum Aussicht zu überleben hatte. Hunger, wilde Tiere oder ein Sumpfloch mochten besorgten, was noch zu besorgen war. Hässliche Morde, wie sie die Sachsen wünschten, wurden vermieden. Falls einer mit Glück und Gottes Hilfe davonkam, konnte sein Wort kaum schaden, weil es gegen das eines Mächtigen stehen würde. Dieser hatte ihm immerhin gnädig das Leben geschenkt, obwohl er davon überzeugt war, dass er zu einer Schwindlerbande gehörte.

Am dritten Tag unserer Gefangenschaft verschwand ein Burgunder, am vierten auch unser letzter Sachse. Was diesen betraf, so schien mir sicher zu sein, dass seine Stammesgenossen ihn – vielleicht gegen Warattos Befehl und heimlich – umbrachten. Er hatte im eigenen Lande weit größere Aussicht davonzukommen als die anderen.

Die nächtlichen Besuche von Remmert, Wido und Zelibor in dem Verlies wiederholten sich in der zweiten und dritten Nacht. Das schien mir immerhin zu beweisen, dass Slawomir noch am Leben war. Die drei Schurken waren offensichtlich bewaffnet und trugen Gegenstände bei sich, die ich in der Dunkelheit nicht klar erkennen konnte. Indem ich ein Ohr an das Loch in der Lehmwand presste, hoffte ich, aus dem unterirdischen Raum Geräusche, Stimmen, vielleicht Schreie zu erhaschen. Doch in der einen Nacht heulte ein Sturmwind, in der nächsten prasselte Regen hernieder. Ich konnte nichts hören.

Dafür gab es in der vierten Nacht, in der es ebenfalls regnete, einen Zwischenfall unter dem toten Baum. Ich hatte schon auf das Erscheinen der drei Schufte gewartet, die schließlich auch kamen und die eiserne Tür öffneten. In dem Augenblick aber, als sie hinabsteigen wollten, tauchte plötzlich aus der Dunkelheit eine weibliche Gestalt auf. Leicht konnte ich sie an der Stimme erkennen, es war Swinde. Sie machte ein großes Geschrei und stieß die drei mit Händen und Füßen zurück. Sie brach sogar einen der verdorrten Äste vom Baum und schlug damit auf die Kerle ein. Ein paar Augenblicke später erkannte ich auch den breiten Schatten des Grafen. Waratto war offenbar seiner Tochter nachgeeilt. Er beruhigte sie und es kam zu einem längeren heftigen Wortwechsel, bei dem ich fast nur die tiefe, grollende Stimme Warattos und die heiser bellende Remmerts unterscheiden konnte. Ich bekam nur Satzfetzen mit, doch war nicht schwer zu erraten, dass auch der Graf einen weiteren nächtlichen Besuch der drei in Slawomirs Kerker verhindern wollte. Es gelang ihm schließlich, die Öffnung wurde geschlossen, alle fünf zogen ab. Vorher hatte Waratto allerdings seine Tochter noch mit einer Ohrfeige daran hindern müssen, allein hinabzusteigen.

Am fünften Tag unserer Gefangenschaft wiederholte sich zunächst, was bisher täglich geschehen war: Einer von uns wurde »zur Untersuchung seiner Verbrechen« abgeholt, ein bärenstarker Bretone. Beim Hinausgehen hob er die gebundenen Hände und grüßte uns vier, die zurückblieben. Wir hatten nun fast keine Gefolgschaft mehr. Es war leicht zu verstehen, dass sie sich ein Vergnügen daraus machten, uns nach und nach immer schutzloser werden zu lassen. Ich war sicher, Fulk würde der Nächste sein.

11. Kapitel

Gegen Abend dieses fünften Tages unserer Gefangenschaft geschah jedoch etwas Unerwartetes: Man holte uns alle, das heißt uns vier, die noch da waren – Odo, Fulk, Rouhfaz und mich. Die Wächter nahmen uns sogar unsere Fesseln ab, und während wir unsere steifen, geschundenen Handgelenke kneteten, konnten wir ein paar Worte wechseln.

»Haltet durch!«, raunte Odo. »Die Rettung ist nahe. Helko muss längst in der Eresburg sein. In ein paar Tagen sind sie hier und hauen uns raus!«

»Gott sei mit ihnen«, seufzte ich.

»Wenn ich nur meine Waffen wieder hätte«, knurrte Fulk, »dann würde ich mithauen. Diese Ochsen haben mir sogar mein Trinkhorn abgenommen. Die glauben wohl, ich bin so etwas wie ihresgleichen und würde damit zustoßen.«

»Seht mal, Herr Lupus!«, flüsterte Rouhfaz und zerrte mich am Ärmel. Er öffnete verstohlen eine Hand und zeigte mir, was drinnen lag: ein plump geschnitzter Würfel. Rouhfaz drehte ihn, und nun war zu sehen, dass auf drei Flächen die Höchstzahl eingeritzt war.

»Wo hast du den her?«

Rouhfaz deutete nach der Stelle neben der Tür, wo die Wächter nachts zu spielen pflegten. »Heute Nacht werden wir unseren Spaß haben.« Er versicherte sich, dass er nicht beobachtet wurde, und warf den falschen Würfel weit von sich zwischen die Matten.

Wir wurden vor das Blockhaus geführt. Am Elbufer war ein langer Tisch aufgestellt, an dem Waratto, Remmert, Wido und ein paar andere ihre Mahlzeit hielten. Man bediente sich aus Schüsseln mit Fleisch und Körben mit Brot und ließ sich dazu einschenken. Zelibor selbst ging mit einem Krug herum, der wohl mit Wein aus dem Süden gefüllt war, geliefert vom Händler Bromios für Menschenware. Der rote Saft lief in die Bärte und mischte sich mit dem glänzenden Fett der Schweinslenden. Unter dem Tisch schnappten Hunde nach den herabfallenden Brocken.

Erst auf den zweiten Blick war zu erkennen, dass hier nicht nur ein paar abgefeimte Schurken ein Schwelgermahl hielten. Als wir herangeführt wurden, fielen mir die drei Männer in einfachen Kitteln zunächst nicht auf, die ein paar Schritte vor dem Tisch mit dem Rücken zum Fluss standen. Man konnte sie für wartende Knechte halten, die die Schüsseln auf- und abtrugen. Doch als wir uns neben ihnen aufstellen mussten, blickte ich aufmerksamer zu ihnen hin – und erkannte unseren Sichelbart. Wahrhaftig, es war Sparuna! Auch die anderen beiden waren Wenden. Man hatte ihnen ihre Waffen, Gürtel und sogar ihre Filzkappen abgenommen.

Sparuna neigte grüßend den Kopf, und ich streckte ihm gleich die Hand hin. Er wollte das Gleiche tun, doch eine polternde Stimme ließ uns zurückfahren. Waratto strich seine schwarzen Haare aus der Stirn, blies die feisten, fettglänzenden Wangen auf und befahl: »Keine Verbrüderungen mehr! Das ist vorbei! Das gibt es nicht wieder. Die alte Feindschaft ist wiederhergestellt!«

»Guter Krieg ist besser als schlechter Frieden!«, röhrte Remmert und ließ ein Stück Fleisch hinter dem Gewirr seines Bartes verschwinden.

»Du ...« Waratto deutete auf Sparuna. »Wiederhole denen, was euer Häuptling uns mitteilen lässt!«

Sparuna trat etwas vor und wandte sich uns vier abgerissenen Gestalten zu. Unsere schmutzigen Gesichter und unsere verwahrloste Kleidung sagten ihm alles, denn seine Miene hatte einen schmerzlichen Zug, als er anfing: »Bringe ich Botschaft von Knes Pribislaw.«

»Wie?«, rief Odo. »Knes Pribislaw? Ihr habt schon wieder einen neuen?«

»Halt's Maul oder ich lasse dich wegschaffen!«, fuhr Waratto ihn an. »Sprich weiter, Wende!«

»Lässt Knes Pribislaw sagen, dass er ablehnt Austausch von Gefangenen. Werden Siwa geopfert die vier Franken und Sachsen. Dann guter Krieg.«

»Habt ihr gehört?«, rief Waratto. »Dann guter Krieg! Das ist euer Werk! Nur euer Werk, ihr Halunken!«

»Aber wollt ihr denn nicht, Sparuna«, rief ich, »dass Knes Slawomir zu euch zurückkehrt?«

»Ist abgesetzt Slawomir von Versammlung.«

»Warum?«

»Wegen Entführung von Totenschiff. Wurde verdächtigt Slawomir, dass selber wollte Entführung. Um Frau zu retten. Und dass mit Absicht in Gefangenschaft.«

»Die hat er sich aber gemütlicher vorgestellt!«, rief Remmert mit einem kollernden Lachen.

»Ist ja alles nicht wahr, der wollte nicht in Gefangenschaft!«, schrie Swinde dazwischen, die plötzlich aufgetaucht war und sich neben Wido am Tisch niederließ. »Der hat mich meinem süßen Wido entführt, um mich seinem Alten zum Fraß hinzuwerfen. Als der Alte daran erstickt war, wollte er mich umbringen lassen. Daraus wurde aber nichts, weil die dort das Schiff brauchten, um ihre geraubten Juwelen fortzu-schaffen. Da kam er hinter uns her, und ich hab ihm eins mit dem Ruder verpasst. Der Dicke da hat mir geholfen, ihn aus dem Wasser zu ziehen. Stimmt das, Dicker?«

»In der Tat, ich habe dabei geholfen«, sagte ich etwas ver-unsichert, weil ich jetzt sah, dass Swinde aus Widos Becher trank, seine Wange tätschelte und ganz ungeniert mit dem Tölpel schön tat. »Doch ich muss dazu bemerken ...«

»Jedenfalls kriegt er nun seine Strafe«, schrie sie. »Die Strafe, die er verdient hat!«

»Aber vorher wird er noch mal gefoltert!«, krähte Wido und wurde dafür sogar geküsst.

»Sparuna, du musst bezeugen«, sagte Odo, »dass wir euch nichts gestohlen haben. Die Waffen brauchten wir, um zu überleben, sie wurden nur ausgeliehen. Graf Waratto, der sie uns abnehmen ließ, ist verpflichtet, sie euch zu übergeben. Das Totenschiff wurde von uns zurückgeschickt.«

»Ist auch angekommen, Herr Odo. Und ist am nächsten Tag noch einmal hinaus. Hat Frau Dragomira begleitet Knes Ratibor.«

»Und noch etwas musst du bezeugen, Alter!«, sagte Odo und blickte den Wenden durchdringend an. »Erkennst du in mir und Lupus die beiden Männer, die vor zwei Monaten mit dir und deinem Gefährten in Aachen vor dem Thron standen und vom Kaiser Karl den Auftrag erhielten, zu euch zu reisen und zwischen Franken und Obodriten Frieden zu stiften? Erkennst du uns?«

»Erkenne ich euch, Herr Odo, Herr Lupus. Wie nicht? Ihr seid Freunde von Obodriten.«

»Dann möchte ich vor dieser fressenden, saufenden Gerichtsversammlung feststellen«, rief Odo, »dass Feindschaft mit den Obodriten nicht im Sinne des Kaisers ist und ...«

»Was fällt dir ein?«, brüllte Waratto. »Wer hat dir das Wort erteilt, Großmaul? Du stehst hier vor deinen Richtern, das hast du erkannt, also schweige und höre demütig an, was beschlossen wurde. Wiprecht, komm her! Wir werden einen Brief an den Kaiser schreiben, damit er erfährt, was für Untaten hier in seinem Namen begangen wurden. Setz dich und schreib.«

Das Schreibermännlein tauchte auf wie ein Kobold, glitt neben dem Grafen auf die Sitzbank, nestelte seinen Kodex vom Gürtel, legte ihn auf den Tisch, schlug ihn auf und zückte den Griffel.

Waratto ließ sich von Zelibor den Becher voll schenken, leerte ihn in einem Zuge und hielt ihn dem Wirt noch einmal hin. Seine Stimme war nicht mehr fest und er hatte schon einige Mühe, die Worte zu formen.

»Großmächtiger Herr und Kaiser und so weiter ... hier saßen heute zu Gericht Euer treuer Untertan Graf Waratto, aus der Familie Hugoberts, Sohn des Haderich und so weiter ... ferner als Räte und Beisitzer die Franken Waddo und Sunniulf und die Sachsen Remmert, Wido, Nothbald, Dudo, Adalgar, Liuthar, Geddo, Hemiko, Druthmer ... und wie heißt du? Na, frag ihn selbst, Wiprecht ... Ich kann mir nicht jeden Namen merken ... saßen zu Gericht über zwei Männer, die sich Odo und Lupus nennen, von zweifelhafter Herkunft, angeblich hergesandt in Euerm Namen, und welche hier folgende Verbrechen begingen: feindselige Unternehmungen gegen unsere Nachbarn, die Obodriten ... Beraubung von Hochzeitsgästen ... Entführung eines Schiffes, um ihre Beute fortzuschaffen ... Diebstahl von Waffen, die zur Ausstattung eines Toten gehörten ... Beraubung eines ehrlichen Handelsmannes um Ware im Wert von vierzigtausend Denaren ... Noch etwas? Weiter: Die Folge aller dieser Verbrechen ist, dass unsere Handelsstraßen nun als unsicher gelten und dass die Obodriten mit Krieg drohen. Der neue wendische Unterkönig weigert sich, vier edle Franken und Sachsen aus seiner Gewalt zu entlassen, und beabsichtigt, sie zu töten, was als gerechte Vergeltung ... hast du: ›als gerechte Vergeltung‹? ... die Hinrichtung ihres Entführers verlangt. Dieser wurde von meiner Tochter Swinde mit großem Heldenmut gefangen genommen. Was die Männer, die sich Odo und Lupus nennen, betrifft, so verurteilt sie unser Gericht zum Tode, aber sie werden in Gewahrsam gehalten und Euch an den Hof überstellt, damit Ihr noch einmal selbst über sie zu Gericht sitzen könnt. Dabei werde ich, wenn Ihr es wünscht, als Zeuge zugegen sein. Ich verneige mich vor Euch als Euer treuester, untertänigster ... und so weiter. Schreib das ab und mach einen Brief daraus, Wiprecht.«

»Ja, Herr.«

»Viele Umstände«, wandte Remmert ein, der schon währen des langen Diktats immer wieder seinen Unmut gezeigt hatte. »Wenn wir sie zum Tode verurteilen ... wozu sie dann noch länger durchfüttern? Überlasse sie mir, Graf, ich erledige das. Mit diesen Händen drehe ich ihnen die Hälse um! Dieses Messer stoße ich in ihre Wänste! Sie haben uns schon genug geschadet!«

Seine Genossen, die »Räte und Beisitzer«, grölten Zustimmung.

»Halt dein Maul, Remmert!«, fuhr der betrunkene Graf ihn an. »Ihr dreckigen, verblödeten Sachsen müsst von uns lernen, wie man solche Angelegenheiten auch ohne Blutvergießen erledigt. Sperrt Augen und Ohren auf und lernt! Dankbar sein solltet ihr, weil wir Franken so viel Geduld mit euch haben. Mir ist es schon lange zuwider, hier in diesem ödesten Winkel der Welt zu hocken, mir euer Geschwätz anzuhören und dauernd nur eure Räuberfressen um mich zu haben. Es reicht mir schon lange. Deshalb werde ich zur Kaiserpfalz reisen. Dort werden sie sich freuen, wenn sie das Beutegut sehen, das ich diesen Verbrechern abgenommen habe. Eine Belohnung wird nicht ausbleiben!«

»Das glaube ich auch!«, sagte Odo höhnisch. »Der Herr *camerarius* wird alles wiedererkennen. Hat es ja selber ausgesucht!« Er stieß ein lautes Gelächter aus, das so ansteckend auf mich wirkte, dass ich einstimmen musste.

Waratto schleuderte seinen Becher nach uns. »Bringt sie weg!«, schrie er. »Die kann ich auch nicht mehr sehen!«

Kurz darauf lagen wir wieder gefesselt auf unseren stinkenden Schilfmatten. Ich versuchte, meine Gedanken zu sammeln und das Erlebte zu verarbeiten. Die Folgen unserer Rettungstat mit dem Totenschiff waren böse. Die uns feindlich gesinnte Partei in der Obodritenburg hatte die Oberhand gewonnen. Slawomir, des Verrats und der Verletzung eines heiligen Brauchs beschuldigt, war geächtet und durch Pribislaw, den wütenden Gockel, ersetzt worden. Immerhin hatten die von uns beauftragten Fischer das Schiff zurückgebracht. Die beleidigte älteste Ehefrau des Knes Ratibor hatte nun ihr Recht wahrgenommen, mit ihrem Gemahl ins Wendenparadies zu segeln.

Was Odo und mich betraf, so waren wir also zum Tode verurteilt. Doch uns umzubringen, wie Remmert es wünschte, war Waratto noch nicht bereit. Sei es, dass sich in seiner schwarzen Seele ein Fünkchen Dankbarkeit für die Errettung seiner Tochter regte, wenn er uns dieses Verdienst auch hartnäckig verweigerte, sei es, dass er sich fragte, ob wir nicht doch echte *missi dominici* waren, und dass es besser sei, sich ein Hintertürchen offen zu lassen ... er hielt vorerst die Hand über uns. Nicht zu retten war aber wohl Slawomir. Für Waratto war er jetzt wertlos, seine Verwandten bekam der Graf im Austausch für ihn nicht wieder. Den Sachsen hatte der junge Wendenfürst mehrmals erheblichen Schaden zugefügt, jetzt wollten sie Rache. Durch Swindes beherztes Handeln auf dem Schiff, an dem ich noch teilgehabt hatte, bekamen sie sie. Welcher Teufel aber war nur in dieses Weibchen gefahren, halb Jungfrau, halb Witwe, das mir immer rätselhafter wurde?

Ich lauerte wieder an meinem Guckloch, als ich sie – kaum war es dunkel geworden – unter dem toten Baum erspähte. Sie musste es sein, obwohl ein langer, weiter Mantel, der auch über den Kopf geschlagen war, ihre Gestalt verhüllte. Bei ihr waren zwei Männer, keiner größer als sie selbst und leicht zu unterscheiden: Wido und Zelibor. Der Mann mit dem Speer, der Wache hielt, hob die Eisenplatte. Die drei stiegen hinab, zuerst Zelibor, danach die verhüllte Swinde, dann Wido. Ich sah nur noch das schwach erleuchtete Viereck der Öffnung und hörte auch diesmal nichts, weil sich nahe bei unserem Hause ein paar Hofköter wütend anbellten.

Wie meistens in dieser Gegend war der Nachthimmel eine fast schwarze, von keinem einzigen Sternenfünkchen erhellte Kuppel. Nach einer Weile bewegte sich jemand mit einem brennenden Kienspan über das dunkle Gefilde und näherte sich unserem Haus. Es war einer unserer Wächter, der von den beiden anderen erwartet wurde, damit er die Ölfunzel entzündete. Ein anderer ging eine Weile mit der Lampe umher, hielt sie knapp über dem Boden und schien etwas zu suchen. Dann hockten sie sich nieder, wie immer nahe bei der offenen Tür, und begannen zu würfeln. Ich blickte weiter gespannt durch das Loch in der Flechtwand.

Es mochte die Zeit für fünf Vaterunser vergangen sein, als Zelibor wieder erschien und herausstieg. Sein krummer, gedrungener Schatten bewegte sich auf den des Wächters zu. Die beiden redeten miteinander. Inzwischen hatten die Hunde sich beruhigt, und es war einen Augenblick lang still. Von den Männern hörte ich nur ein unverständliches Grummeln. Doch da erschien es mir plötzlich zum ersten Mal, dass ich einen aus dem unterirdischen Verlies heraufdringenden Laut vernahm. Es war ein Schrei, eher ein Kreischen, von einer dünnen, hellen Stimme ausgestoßen.

Ich presste das Ohr an die Öffnung, doch hörte ich nur noch das dumpfe Geräusch der niederfallenden Eisentür. Zelibor hatte sie zugeworfen. Er ging dann fort und verschwand irgendwo. Der Mann mit dem Speer blieb da, schritt wieder auf und ab, entfernte sich aber ziemlich weit von dem toten Baum.

Meine Aufmerksamkeit wurde kurz abgelenkt, weil plötzlich unter unseren Wächtern ein Streit ausbrach. Die Stimmen wurden lauter und lauter, und bald war klar, dass es sich um einen verschwundenen Würfel handelte – natürlich den Fälscherwürfel, den Rouhfaz gefunden und weggeworfen hatte. Sein Besitzer schien ihn zu vermissen und beschuldigte die beiden anderen, ihn gestohlen zu haben. Und schon hatte er einen am Kittel gepackt.

In diesem Augenblick sah ich durch das Loch in der Wand, wie die Eisentür wieder hochgestemmt wurde. Der Speerträger kümmerte sich nicht darum. Zuerst stieg Swinde heraus, dann eine zweite, schattenhafte Gestalt, ein Mann. Doch was war das? Dieser war größer als Swinde, mindestens einen Kopf größer. Die beiden bewegten sich rasch fort, und ich vernahm noch ihre eiligen Schritte, als ich sie nicht mehr sah. Sie mussten in diesem Augenblick an unserem Haus vorüberlaufen. Doch unsere Wächter bemerkten sie nicht. Zwei hatten sich gepackt und versuchten, einander niederzuringen. Der dritte redete auf sie ein und trennte sie schließlich. Inzwischen war die Eisenplatte schon wieder über die Öffnung gewälzt. Der Speerträger ließ sich jetzt unter dem toten Baum nieder und blieb dort sitzen.

Eine Weile geschah nichts. Unsere Wächter schienen sich versöhnt zu haben und würfelten weiter.

Dann aber, es musste schon nach Mitternacht sein, kam vom Blockhaus her Lärm auf. Eine Horde Betrunkener taumelte näher, von Remmert angeführt, den ich an seinem unförmigen Wanst und seiner heiseren Stimme leicht erkannte. Die Kerle schleppten in ihrer Mitte ein altes Weiblein, das klägliche Hilferufe ausstieß. Es musste dieselbe Alte sein, die ich hier täglich gesehen hatte, wie sie, mal mit einem Milchkrug, mal mit einem Besen hin und her huschte und den Mägden zur Hand ging. Remmert hob selbst die Platte, und die Betrunkenen schleppten die Alte die Treppe hinunter.

Auch unsere Wächter waren aufmerksam geworden und beobachteten den offenen Einstieg unter dem toten Baum. Das Stimmengewirr und Gelächter der Betrunkenen drang herauf, immer beherrscht von den rauen Tönen des obersten Sachsen.

Kurze Zeit später erschienen die Kerle nach und nach wieder an der Oberfläche und trollten sich. Zuletzt kletterte Remmert heraus und wies den Wächter an, die Eisentür zu schließen. Mit torkelnden Schritten entfernte er sich, ging aber nicht geradewegs auf das Blockhaus zu, sondern schlingerte im Bogen an unserem Hause vorbei. Als er die drei Männer unter der Tür bemerkte, blieb er stehen.

»Morgen früh gibt es etwas!«, verkündete er. »Eine wendische Beerdigung. Soll keiner uns nachsagen, dass wir nicht ihre Bräuche achten. Das Totenschiff wartet schon auf seine Fracht. Und damit sich der wendische Schuft nicht einsam fühlt, habe ich ihn noch schnell verheiratet. Mit der Alten, der Unna! Jetzt halten sie Hochzeit da unten in dem stinkigen Loch, ha, ha, ich hab ihr sogar eine Morgengabe versprochen: alles Land links und rechts der Elbe, an dem sie mit ihrem Schiff vorbeikommen werden! He, Limpold, Siudger, Thiedrich ... ihr kommt alle hin, verstanden? Das soll sich keiner entgehen lassen! Eure Gefangenen bringt mit! Da können sie sehen, die verfluchten Franken, dass ihr Kaiser hier nichts mehr zu sagen hat. Auch Waratto hat nichts mehr zu sagen, dem passt das alles nicht, doch er muss die Schnauze halten. Bald wird es hier keine fränkischen Grafen mehr geben, Männer, dafür wird Saxnots Gefolgschaft sorgen, die jagen wir fort mitsamt ihrem Jesus Christus und ihrem Bischof ... das schwöre ich bei unseren Göttern ...«

Remmert verschwand in der Dunkelheit.

12. Kapitel

Quälend langsam verging die Zeit bis zum Morgen. Als aber erstes graues Licht durch die Ritzen in der Flechtwand sickerte, wurde es draußen schnell lebendig. Unter dem toten Baum versammelte sich anscheinend dieselbe Gesellschaft wie in der Nacht. Die Eisenplatte wurde angehoben, und einige stiegen hinab. Auch Remmert kam herbei, gab wieder irgendwelche Befehle, und alle standen herum und warteten.

Und dann wurden zwei menschliche Gestalten, in Säcke gehüllt und mit Stricken verschnürt, heraufgebracht. Die kleinere, anscheinend leblos, rührte sich nicht und musste getragen werden. Die etwas größere bog und wand sich, wurde auf die nackten Füße gestellt und fortgeschleift. Alles bewegte sich nach dem Blockhaus hin, und Remmert gab unseren Wächtern noch einmal ein Zeichen. Sie trieben uns hinaus, diesmal ohne unsere Fesseln zu lösen, und wir schlossen uns an.

Es ging am Blockhaus vorbei, hinunter zum Elbufer. Dort brannte ein Feuer, dessen schwacher Schein auf mehrere Boote fiel. In eines warf man die beiden verschnürten Gestalten, sodass sie nebeneinander zu liegen kamen und fast versanken in einem Bett, das ihnen von Heu, Sägespänen und Torfstücken bereitet war. Die eine leistete immer noch Widerstand und strampelte mit den nackten Füßen. Schreien konnte sie allerdings nicht, denn sie war wohl geknebelt. Auch Faustschläge stellten sie nicht ruhig, aber man ließ schnell von ihr ab, weil Flucht nicht mehr möglich war. Die andere bewegte sich immer noch nicht, und man nahm ihr die Fesseln und die Verhüllung ab. Es war jene Alte, die Remmert Unna genannt hatte. Sie war entweder ohnmächtig oder schon tot.

Die heisere Stimme des dicken Sachsenhäuptlings bellte Befehle. Zwei Knechte stiegen in das Boot und setzten sich auf die Ruderbank. Mit den kurzen Armen fuchtelnd wies Remmert sie an, das Boot zunächst ein Stück stromaufwärts zu fahren und dann umzukehren. Anscheinend wollte er die Vorbeifahrt genießen. Die Ruder klatschten ins Wasser, und während der erste Sonnenstrahl über die Wasseroberfläche glitt, lenkten die Männer das Boot zur Mitte des Flusses. Mit brennenden Ästen in den Fäusten sprangen andere in ein zweites Boot, das in kurzem Abstand folgte.

Am Ufer waren weit über hundert Zuschauer versammelt. Es handelte sich vor allem um sächsisches Kriegsvolk und die Leute von der Herberge. Unsere Bewacher sorgten wieder dafür, dass Gespräche unter uns Gefangenen nicht möglich waren. Wir konnten uns nur zuzwinkern und gegenseitig mit Gesten unserer gefesselten Hände Mut machen. Odo war auch in unserer erbärmlichen Lage der Alte, verschaffte sich Platz durch Ellbogenstöße und Fußtritte und blieb von Kopf bis Fuß ein *missus dominici*, wenn auch sein schöner Pur- purmantel nur noch ein dreckiger, schäbiger Lumpen war.

Dann sah ich auch den Grafen Waratto. Bleich, mit düste- rer Miene und offensichtlich unter den Folgen eines Wein- rausches leidend, stieg er steifbeinig die Böschung herab und ließ seine üble Morgenlaune an Zelibor aus, der wieder um ihn herum buckelte. Bei ihm waren die beiden Franken aus seiner Gefolgschaft, die am Tag zuvor mit ihm »zu Gericht gesessen« hatten. Von Swinde war nichts zu sehen, vergebens hielt ich nach ihr Ausschau. Waratto ließ sich schwerfällig auf einer Bank unter den tief hängenden Zweigen eines Weidenbaums nieder, keine zehn Schritte vom Wasser entfernt. Er ließ Remmert rufen und hielt ihm irgendetwas vor.

Der fette Sachse verfolgte mit seinen flinken Äuglein die Boote, hörte kaum zu und rief plötzlich: »Wido! Wo ist Wido?« Er erhielt keine Antwort und nun riefen auch andere nach Wido.

»Hat noch nicht ausgeschlafen«, witzelte einer der Umstehenden.

»Seine Braut ist auch nicht zu sehen«, stellte ein anderer fest.

»Vielleicht verstecken sie sich vor dem Mann im Boot«, vermutete ein dritter. »Haben Angst, er könnte sie mit hinabziehen.«

»So viel Macht hat der nicht«, erklärte ein vierter mit Gewissheit. »Seht mal, er wehrt sich nicht mehr, hat sich mit seinem Schicksal abgefunden. Muss sich im Wendenparadies mit der alten Unna begnügen!«

Alle brachen in ein Gelächter aus.

Inzwischen waren die beiden Boote in der Mitte des Flusses angekommen, wohl zweihundert Schritte stromaufwärts. Remmert stieß einen Pfiff aus und schwenkte die Arme über dem Kopf. Das war das Zeichen für die Männer. Die beiden Knechte im ersten Boot sprangen mit ihren Ruderhölzern ins Wasser. Gleich wurden vom zweiten Boot aus die brennenden Äste in das erste geschleudert. Heu, Torf und Sägespäne gerieten in Brand, und erst kleine, dann stärkere, höhere Flammen züngelten hinter den Bootswänden auf. Die Strömung drehte das Boot und trug es zügig fort, in unserer Richtung. Der zweite Kahn nahm die beiden Ruderer auf und kehrte ans Ufer zurück.

Die Elbe führte noch immer Frühjahrswasser, das eilig dahinströmte. Nur wenige Augenblicke konnte es dauern, bis das brennende Boot in voller Fahrt vorüberkam. Der Wind blies die Flammen an, sie loderten jetzt hoch auf. Schwarzer Rauch wehte hinterher. Remmert schrie etwas, das wie ein Schlachtruf klang. Ein sieghaftes Gebrüll war die Antwort seiner Gefolgschaft. Dazu wurden Lanzen geschwenkt und Pfeile auf das Boot abgeschossen.

Plötzlich erhob sich dort etwas hinter den Flammen. Ein verzerrtes Gesicht erschien und war gleich wieder weg. Das Boot glitt vorüber und ein zweites Gesicht tauchte auf. Ich sah einen weit aufgerissenen Mund, einen hellen, brennenden Haarschopf, lange, dünne, spinnenartige Arme ...

»Wido!«, schrie einer am Ufer.

Noch einmal zeigte sich die erste Gestalt, das musste die Alte sein. Sie sank gleich wieder zurück. Die andere – ein Mann, aber welcher? – wollte sich durch die Feuerwand nach vorn ins Wasser stürzen. Doch es gelang nicht, und Rauchgewölk hüllte alles ein. Das Boot war vorüber und wurde stromabwärts getragen.

Irrte ich mich? Oder irrte der, der den Namen gerufen hatte?

Ein wildes Geschnatter erhob sich am Ufer.

»Es war Wido!«, wurde versichert.

»Wido war es, ich hab ihn erkannt!«

»Dein Sohn, Remmert, dein Sohn verbrennt dort!«

»So rettet ihn doch!«, brüllte der Sachsenhäuptling. »Rettet ihn! Warum seid ihr noch nicht in den Booten?«

Unverzüglich waren drei, vier Boote bemannt. Auch das Boot mit den Knechten, die die Brände geworfen hatten, nahm die Verfolgung auf. Remmert brüllte Befehle.

»Geht ins Haus, seht nach! Vielleicht ist er da! Bringt ihn her! Bei allen Göttern, es kann nicht sein! Ich selber war doch mit im Verlies ... war sicher, dass es der wendische Hund war. Wer sonst? Wie ist mein Sohn in das Boot gekommen? Ja, ja, ich hab ihn gesehen, er war es ... Aber wer hat das getan? Wer hat das getan? Beeilt euch, faules Gesindel! Wollt ihr ihn umkommen lassen?«

Es war aber längst zu spät. Das brennende Boot hatte einen Vorsprung, der nicht aufgeholt werden konnte, bevor die beiden Unglücklichen zu Asche geworden waren. Die Männer ruderten trotzdem aus Leibeskräften. Am Ufer schwärmten andere aus, um Wido zu suchen, obwohl sie sicher waren, ihn nicht finden zu können. Alle hatten ihn ja auf dem Boot gesehen und erkannt.

Wie von Sinnen lief Remmert umher, mit den Fäusten schlug er auf seine Leute ein. Sein Blick fiel auf Zelibor, er packte und schüttelte ihn. Der alte Wilze musste noch einmal in das Verlies hinab, kam aber zurück mit der Meldung, dass dort niemand mehr sei.

»Ihr habt ihn entkommen lassen«, schrie Remmert, »den Schurken, den Hund, euern wendischen Stammesbruder! Habt ihn heimlich hinübergebracht! Oder lauert er hier noch irgendwo in einem Versteck? Wer hat meinen Sohn ins Verlies geworfen, an seiner Stelle? Wer war das? Gestern Abend war er noch hier. Man muss ihn überwältigt und dort hinuntergeschleppt haben! Eine Verschwörung! Wer steckt dahinter? Waratto! Wo ist deine Tochter? Fort ist sie, nicht aufzufinden! Gestern hockte sie ständig bei Wido, ging ihm so um den Bart, dass sich alle wunderten. Was bedeutete das? Was hatte sie vor? Woher diese plötzliche Verliebtheit? Vorher war sie nicht von ihrem wendischen Sklaven zu trennen – bei allen Göttern, mir ist jetzt klar, wie er sie bediente! Die Schlange! Die Hure! Deine Tochter, Waratto! Und du? Du hast es gewusst, es war dir nur recht! Du denkst ja, du bist mir nichts schuldig! Deinen fetten Gewinn hast du eingestrichen, mehr als dir zustand – für die Ware, die meine Leute herangeschafft und für die manche mit ihrem Blut bezahlt haben! Auch der Wein, den es dafür gegeben hat, schmeckt dir – seit Tagen säufst du dich voll! Aber nun sind diese Kerle da aufgetaucht, angeblich Boten deines Kaisers. Der mag die Geschäfte nicht, die wir hier machen, der braucht die Wenden von drüben selber – als Schwertfutter. Wofür? Seinen nächsten Krieg gegen uns, die Sachsen! Dafür waren sie ja früher schon gut. Und da hast du gedacht in deinem treulosen Schädel: Wenn es der Kaiser so haben will, soll er es haben! Dann lasse ich lieber den Sohn eines sächsischen als den eines wendischen Fürsten umbringen! Ich lasse die beiden einfach vertauschen ...«

Während er alle diese Beschuldigungen hervorstieß, hatte sich Remmert vor Waratto aufgebaut, breitbeinig, eine Faust in der Seite, die andere vor der Nase des Grafen schüttelnd. Waratto saß noch immer, in seinen Mantel gehüllt, auf der Bank unter der Weide. Hasserfüllt sah er zu Remmert auf, hinter dem sich dessen Leute mit wilden, drohenden Mienen zusammenrotteten.

»Bist du fertig?«, legte auch er nun los, wobei er sich aufraffte, um auf den andern herabzusehen. »Was polterst du hier herum, Bauerntölpel? In deiner grenzenlosen Dummheit hast du doch deinen Sohn selbst umgebracht! Ich wollte den Wenden hängen lassen – dabei hätte ich den richtigen Hals nicht verfehlt! Aber du wolltest ihn in die Elbe werfen und hast ihn in den Sack stecken lassen. Und boshaft und gemein wie du bist, war dir das nicht genug – nein, es musste noch etwas zum Lachen geben! Ja, lache nur, lache! Jetzt hast du Grund dazu!«

»Männer!«, schrie Remmert. »Hört ihr das? Er verhöhnt uns noch! Der Mörder meines Sohnes verhöhnt uns! Einen Speer! Gebt mir einen Speer!«

Was jetzt geschah, war von dem Platz aus, wo ich stand, nur schwer zu verfolgen. Wohl an die dreißig, vierzig schreiende Männer umringten die beiden Widersacher. Es schien, dass Waratto um sich schlug und zu entkommen suchte. Ein

Speer schwebte über den Köpfen, von zwei Fäusten umklammert. Ob Remmert es selbst war, der zustieß, konnte ich nicht erkennen. Alle brüllten noch einmal auf, und dann traten viele zurück, und ich konnte Waratto sehen, der auf der Bank zusammengesunken war und plötzlich auf den Boden herabrollte. Schnell breitete sich unter seinem Hals eine Blutlache aus. Er hob noch den Kopf und versuchte, sich aufzurichten. Aber da war schon einer mit dem Schwert über ihm und stach zwei-, dreimal zu. Ein anderer versetzte ihm einen Fußtritt, doch den schien er nicht mehr zu spüren.

Odo, der weiter entfernt stand als ich, hielt es nun nicht mehr aus und eilte hinzu. Als seine Wächter ihn aufhalten wollten, schlug er ihnen mit den gefesselten Händen so hart ins Gesicht, dass sie zurücktaumelten. Andere wichen vor ihm aus. Er trat zu dem Ermordeten und beugte sich über ihn. Als er den Kopf hob, maß er Remmert und seinen Anhang mit einem funkelnden Blick und sagte mit donnernder Stimme: »Es sollen sich diejenigen melden, die das getan haben. Sie werden sich vor dem Gericht des Kaisers verantworten müssen!«

Der Sachsenhäuptling hatte einen Augenblick lang reglos dagestanden, als ob ihn die eigene Untat erschreckte. Jetzt brachte ihn die Erwähnung des Kaisers erneut zum Sieden. Er bückte sich und hob den Speer mit der blutigen Spitze auf, den der Mörder Warattos – er selber oder ein anderer – fallen gelassen hatte.

»Vor dem Gericht des Kaisers?«, brüllte er. »Dort könnt ihr lange auf uns warten. Und hier, im freien Sachsen, habt ihr Franken nichts mehr zu suchen! Mein Sohn, der da in dem Boot verbrennt, war ein Toter zu viel! Und wenn du es wagst, noch das Maul aufzureißen, Schurke, dann wird dir nicht mehr viel Zeit bleiben, es zu bereuen! Dann kannst du dem da Gesellschaft leisten, wenn wir ihn in die Elbe schmeißen! Dann ...«

»Odo!«, schrie ich. »Zurück!«

Remmert hatte den Speer gehoben, als wollte er ihn auf Odo schleudern. Aber er ließ den Arm gleich wieder sinken und warf die Waffe ins Gras. »Nein! Wozu soll ich das selber besorgen? Das können die Wenden da drüben tun. Die werden sich freuen, wenn sie hohen Besuch bekommen – von den Entführern ihres Totenschiffs! Auf ihren Opfersteinen stirbt es sich ganz besonders angenehm! Alle hierher! Da liegt noch ein Boot, es leckt, vielleicht geht es schon bei der Überfahrt unter! Packt sie hinein – alle vier! Dazu die beiden Franken, Warattos Saufbrüder! Schade, dass Chrok nicht hier ist, ihr Bischof, den werden wir später an seine Kirchentür nageln! Zelibor! Ins Boot mit dir, du bringst sie hinüber!«

Der Herbergswirt, der sich heftig sträubte, wurde herbeigeschleppt. Er fiel vor Remmert auf die Knie. »Erbarmen, Herr! Die Obodriten werden mich töten!«

»Das werden sie – und das sollen sie, du wilzischer Hund! Du warst verantwortlich für den Gefangenen! Mit Waratto und seiner Hure von Tochter hast du ihn ausgetauscht – gegen Wido! Aber das wird dir da drüben nichts nützen, die wollen den Slawomir nicht mehr haben, und auf dich warten sie schon lange! Ins Boot mit ihm! Nehmt allen die Fesseln ab, sollen sie rudern, sonst saufen sie ab mit dem elenden Kahn. Ich gönne ihnen einen schöneren Tod!«

Während Remmert weiter schimpfte und dabei Fausthiebe und Fußtritte verteilte, wurden wir zu dem einzigen Boot geschleppt, das noch am Ufer lag. Es schien dort schon eine Weile zu rotten, doch wunderbarerweise fiel es nicht auseinander, als wir es, von unseren Fesseln befreit, zu Wasser ließen. Wir sprangen hinein und ergriffen die Reste von Ruderhölzern, die wir im fauligen Wasser auf dem Boden des Bootes fanden. Wir waren sieben, und mit Ausnahme Zelibors hatten wir es alle sehr eilig, dem Machtbereich des wütenden, aufrührerischen Sachsen zu entkommen. Wer konnte wissen, ob er nicht anderen Sinnes wurde, sobald er den Blick elbabwärts wandte und weit hinten die schwarze Rauchfahne sah, die von den versinkenden Bootstrümmern aufstieg.

Inzwischen war es taghell, und mit der Strömung kamen wir gut voran. Wir waren aber kaum über die Mitte des Flusses hinaus, als unser Kahn so vollgelaufen war, dass er jeden Augenblick sinken musste. Odo und Fulk ruderten nur noch allein, wir Übrigen schöpften – nur mit den Händen – atemlos Wasser. Ich bin ein schlechter Schwimmer, und um die meisten anderen war es nicht besser bestellt. Schon schwappten die Wellen ins Boot, es musste jeden Augenblick sinken.

Da wurden unerwartet sechs von uns auf Kosten des siebten gerettet.

Aus dem Schilf des Ufers, dem wir uns näherten, schwirrte ein Pfeil heran. Er traf Zelibor, der am Bootsheck Wasser schöpfte, mit solcher Wucht, dass er ihn über die Bordwand warf. Der alte Wende versank und hinterließ eine Blutspur im Wasser. Das um einen Mann erleichterte Boot trug uns weiter. Es ging erst unter, als wir hinausspringen konnten und Boden unter den Füßen spürten.

Wir stiegen ans Ufer, und diesmal – das hatten wir ja schon festgestellt – wurde unser Kommen bemerkt. Eine ganze Horde wendischer Krieger umringte uns, als wir triefend die Böschung hinaufstiegen. Sie richteten ihre Lanzen auf uns, und was sie uns zuschrien, waren keine Freundlichkeiten. Anscheinend hielten sie uns für einen der Menschenfängertrupps von der anderen Seite, und sie hatten Zelibor als den vermeintlichen Anführer gleich erkannt und getötet. Freilich mochten sie sich gewundert haben, dass der schlaue Wilze, dessen sie niemals habhaft werden konnten, so leichtfertig bei Sonnenschein auf ihr Ufer zusteuerte. Überrascht waren sie, als sie uns nach Waffen untersuchten und keine einzige fanden.

Zum Glück hatte ich ein bisschen Wendisch gelernt. Unter Zuhilfenahme von Händen und Füßen erklärte ich, dass wir Freunde seien, und ich nannte zwei Namen, mit denen ich gleich die schönste Wirkung erzielte: Slawomir und Sparuna. Kaum waren sie ausgesprochen, hellten die Mienen der wendischen Krieger sich auf, und einer, der Anführer, erklärte uns wortreich und umständlich, die beiden Genannten seien ganz in der Nähe. Dann forderte er uns auf, ihm zu folgen.

Tatsächlich, unser Marsch war nur kurz. Nach etwa fünfhundert Schritten erreichten wir ein kleines Dorf. Die Wenden führten uns auf den freien Platz in der Mitte. Aus einer der Hütten traten Slawomir, Sparuna und ein paar andere, auch Frauen. Die Dunkelhaarige ... war das nicht Swinde?

Alle kamen auf uns zu ...

Um den Rest zu erzählen, kann ich mich kurz fassen. Ich hatte mich nicht getäuscht, als ich Swinde in der Nacht mit einem anderen aus dem Verlies heraufkommen sah als dem, mit dem sie hinuntergestiegen war. Während ihr Vater und Remmert im Blockhaus miteinander zechten und wie gewöhnlich stritten, drängte sie Wido, mit ihr in den Kerker hinabzusteigen und ein letztes Mal vor der Hinrichtung Slawomirs Rache an ihrem Entführer zu nehmen. Der eitle und grausame Tölpel war schnell bereit. Für einen Beutel mit byzantinischen Goldmünzen, von Swinde ihrem Vater entwendet, schloss ihnen Zelibor die Kerkertür am Fuße der Treppe auf und ließ sie dann mit dem Gefangenen allein. Der schlaue Wilze mochte sich über die Absicht der Grafentochter nicht täuschen, aber auch glauben, dass sie im

Einvernehmen mit Waratto handelte, der nur halbherzig Remmerts Forderung nach der Hinrichtung des jungen Wendenfürsten zugestimmt hatte.

Swinde handelte auch diesmal mit erstaunlicher Tatkraft und Umsicht. Als Wido seine Folterwerkzeuge auspackte, ergriff sie eines davon, einen Hammer, und schlug ihn nieder. Dann befreite sie Slawomir, der schon in einen Sack gesteckt und verschnürt war, um am nächsten Tag in die Elbe geworfen zu werden. Gemeinsam banden und knebelten sie den Ohnmächtigen, zogen ihm Hosen und Schuhe aus und steckten ihn in den Sack, den sie wieder fest verschnürten. Slawomir zog die Kleider an, die seine Befreierin, unter dem Mantel versteckt, für ihn mitgebracht hatte. Swinde verschloss den Kerker und brachte Zelibor den Schlüssel. Als Remmert später mit seiner betrunkenen Bande hinabstieg, um sein widerwärtiges Possenspiel zu treiben, schöpfte er keinen Argwohn. So blieb die Vertauschung unentdeckt. Swinde und Slawomir konnten fliehen. Ein Boot hatte sie flussaufwärts versteckt, und sie gelangten glücklich hinüber.

Sie waren gerade erst angekommen, als wir zu ihnen stießen. Sparuna war schon tags zuvor nach der Erfüllung seiner Mission zurückgekehrt. Er konnte Slawomir berichten, dass Pribislaw, der sich inzwischen zum Knes aufgeworfen hatte, kaum Zuspruch unter den Obodriten fand. Die wenigsten sahen den Sohn des Ratibor mitschuldig an der Entführung des Totenschiffs und seine Gefangenschaft als freiwillige an. Da sich seine Mutter Dragomira bei der zweiten Ausfahrt des Schiffs geopfert hatte, waren die Götter zufriedengestellt. Sparuna war sicher, der rechtmäßige Knes Slawomir würde auf wenig Widerstand stoßen, wenn er in seine Burg zurückkehren wollte.

So wurde entschieden, es zu wagen. Alle Männer des Dorfes schlossen sich Slawomir an. Nach ein paar Tagen des

Umherziehens wuchs der kleine Haufen zu einem mehrhundertköpfigen Heer. Als die Verteidiger der Burg es herankommen sahen, verließ sie sogleich der Mut. Sie öffneten das Tor, und Pribislaw unterwarf sich.

Am liebsten wären Odo und Fulk mit aufgebrochen, um unserem Freund Slawomir die Macht zurückzuerobern. Ich riet davon ab, und die Wenden gaben mir recht, denn das wäre ein zu großes Wagnis gewesen und konnte missdeutet werden. Wir blieben im Dorf zurück und warteten ab. Auch Swinde durfte nicht mitziehen. Ihr ehemaliger Entführer, dann Stiefsohn, schließlich Gefangener und Sklave, nun Gefährte ihrer gemeinsamen Flucht und wieder Stammesfürst – er wollte es so.

Swinde, dieses reizende, aber raubeinige weibliche Wesen, war – wie ich erst jetzt erfuhr – erst fünfzehn Jahre alt. Während der unruhigen Tage des Wartens und Hoffens kamen wir uns ein bisschen näher. Sie fasste Vertrauen zu mir, dem »Dicken«, auch mit Rouhfaz freundete sie sich an. Wir plauderten lange miteinander, und weil ich bemerkte, dass ihre Erziehung arg vernachlässigt war, erteilte ich ihr ein wenig Unterricht in den Wissenschaften, soweit ich selbst etwas davon verstehe. Rouhfaz unterwies sie ein bisschen im Lesen und Schreiben.

Mit Odo neckte sie sich gern und spielte weiter die gefährliche, kleine Raubkatze. Doch schließlich war er es, der Kenner der weiblichen Seele, der ihr ein freimütiges Geständnis entlockte. Schon als kleines Mädchen hatte sie ihren wendischen Prinzen geliebt, und ihre Entführung hatte sie in der Tat so vorbereitet, wie es Odo vermutet hatte. Dann kam die schreckliche Enttäuschung, als Slawomir sich dem Befehl seines Vaters beugte. In der Brautnacht tötete sie den Alten, indem sie ihn mit einem Schaffell erstickte. Aus ihrer Liebe

wurde Hass, weil Slawomir sich ihrer Opferung nicht wider-
setzte. Auf dem Schiff brachte sie ihn in ihre Gewalt und
nahm sich vor, ihn sein Leben lang dafür büßen zu lassen.
Aber dann wurde von ihrem Vater und Remmert sein Tod
beschlossen. Da gewann die Liebe wieder die Oberhand,
besiegte den Hass, und Swinde zögerte nicht, noch einen
zweiten Toten auf ihr wenig entwickeltes Gewissen zu laden.

Am dreizehnten Tag nach unserer Ankunft im Wenden-
dorf erhielten wir endlich die erlösende Nachricht, dass
Slawomirs Unternehmen geglückt war. Am siebzehnten Tag
kam er selbst mit großem Gefolge. Er gab uns ein Gastmahl
und rühmte uns als Befreier seiner vierhundert Stammesgenossen. Solange er Knes der Obodriten sei, schwor er,
werde er uns diese Freundestat nicht vergessen und ein treuer Verbündeter des Kaisers sein. Zum Zeichen seines guten
Willens hatte er die vier Gefangenen mitgebracht, die nun
frei waren. Er lud uns ein, noch eine Zeitlang auf seiner Burg
als seine Gäste zu verweilen, aber wir lehnten höflich ab.
Lange waren wir unterwegs, Zeit war es heimzukehren.

Zu unserer großen Freude führten die Wenden von der Burg
unsere Tiere mit sich – Odos Impetus und meinen Grisel. Auch
für Fulk und die beiden Franken hatten sie Pferde mitgebracht.
Sogar unser Wagen rollte über den Dorfplatz. Von seinem
ursprünglichen Inhalt war zwar nichts mehr übrig, doch Slawomir ließ ihn mit Geschenken füllen – Waffen, schönen
Pelzen, kunstvoll gewebten Leinentüchern, Krügen mit Honig.
Die Geschenke, die wir mitgebracht hatten, konnten wir leider
nicht mehr überreichen. Sie gehörten nun zum Schatz des
Feindes der Franken und Obodriten, Remmert.

Der Tag des Abschieds brach an. Was wurde aus unserem
Liebespaar? Odo und ich hatten lange beraten und waren zu
der Meinung gelangt, dass wir das junge, verwilderte

Mädchen, das schon zweimal getötet hatte, doch immerhin eine edle Fränkin war, hier nicht zurücklassen durften. Ihr Vater Waratto, der sich nicht viel um sie gekümmert, sie aber beschützt hatte, lag erschlagen auf dem Grunde der Elbe. Ihre Mutter Gerberga war nach dem Tode ihres Bruders und dem Verschwinden der Tochter so schwer erkrankt, dass man sie zur Erholung auf die Familiengüter in Austrien brachte. Wir sprachen mit Slawomir über Swinde. Der junge Wendenfürst mit dem harten Blick und den sanften Zügen blieb für uns bis zuletzt schwer durchschaubar, rätselhaft war uns die seltsame Mischung von reinen Empfindungen, Pflichtbewusstsein und Aberglauben, die sein Wesen bestimmte. Er wollte Swinde mit in die Burg nehmen, wo sie unter den Witwen seines Vaters leben sollte. Nach einer angemessenen Zeit, mindestens einem Jahr, wollte er sie dann heiraten.

»Nach einem Jahr?«, sagte Odo. »Seid Ihr sicher, mein Freund, dass sie dann noch am Leben ist? Oder dass dann die anderen Witwen noch leben?«

Wir überzeugten ihn von unserem Vorschlag. Wir wollten das Mädchen mitnehmen und zu ihrer Mutter bringen, deren Familiensitz an unserem Wege lag. In der Munt eines Onkels und unter der Obhut von Verwandten würde dort Swindes Erziehung vervollkommnet. Nach einem Jahr oder besser nach zweien könnte dann Slawomir Brautwerber schicken, vielleicht unsere Freunde Sparuna und Niklot. Wir würden eifrige Fürsprecher sein.

Swinde zeigte sich weniger einsichtsvoll als ihr Liebster. Sie schrie, biss und kratzte, hängte sich Slawomir an den Hals und musste mehrmals wie eine Klette entfernt werden. Am Ende aber blieb ihr nichts anderes übrig, als sich zu fügen. Ihr Blick war jetzt nur noch dunkelblau und blieb so während der ganzen Reise.

Knes Slawomir stellte uns eine Schutzmacht von fünfzig Leuten, die uns auf mehr oder weniger gangbaren Wegen elbabwärts geleitete. Wir entließen sie nördlich des Ortes, wo gerade die *Hammaburg* mit einer christlichen Kirche errichtet wird, überquerten den Fluss und zogen durch sächsisches Gebiet, wo wir Remmerts Feindschaft nicht fürchten mussten. Bei Bremen setzten wir über die Weser, folgten ihr südwärts, erreichten Markloh und schließlich die Römerstraße längs der Lippe.

Inzwischen sind wir zurück in Aachen.

Ich machte einen schriftlichen Bericht über den Verlauf unserer Mission, der vom Herrn Kanzler dem Kaiser Karl und seinen Beratern vorgetragen wurde. Man wird Remmert vor das Hofgericht bringen, sofern man seiner habhaft werden kann. Doch das ist im Augenblick unwahrscheinlich. Inzwischen ist Helko auch wieder hier, und von ihm erfuhr ich, dass es überall im nördlichen Sachsen zu neuen Erhebungen gekommen ist. Vielleicht wird es noch Jahre dauern, bis der Herr Karl mit diesem widerspenstigen Völkchen fertig wird.

Als ich neulich nach dem Gottesdienst einen Spaziergang machte, begegnete ich Odo. Wir hatten uns wohl einen Monat lang nicht gesehen und fielen uns in die Arme.

»Dem Himmel sei Dank, du lebst!«, rief ich. »Große Sorgen habe ich mir um dich gemacht!«

»Warum denn?«, fragte er vergnügt. »Sehe ich schon so hinfällig aus?«

»Das nicht. Aber du wolltest doch die Prinzessin Hiltrud entführen. Ich dachte, du hättest es getan ...«

»Und mich dabei erwischen lassen? Freund, wenn ich etwas unternehme ...«

»Ich weiß. Aber manchmal bedenkst du die Folgen nicht. Ich fürchtete schon, du hättest sie heimlich geheiratet.

Immerzu musste ich daran denken, wie es dem alten Knes Ratibor in seiner Brautnacht mit einer Fünfzehnjährigen erging. Prinzessin Hiltrud ist sechzehn!«

»Was willst du denn damit sagen?«, fragte Odo mit einer unwirschen Geste.

»Nun, ich meine ... hm ... solche Fälle sind ja nicht selten. Neulich las ich in dem Buch eines Geschichtsschreibers etwas über den großen König der Hunnen, Attila. Weißt du, wie der gestorben ist? Er starb mit ungefähr fünfzig Jahren in seiner Brautnacht – mit einer blutjungen Germanin!«

»So etwas höre ich gern«, sagte Odo, erhaben lächelnd.

»Wieso?«

»Man hat Hiltrud verlobt! Und weiß du, mit wem? Mit einem Tattergreis aus Burgund, sehr mächtig und reich, aber mindestens zwanzig Jahre älter als ich. Ich warte noch etwas ab und nehme sie dann als unberührte Witwe. Inzwischen werde ich mich in meiner Grafschaft einrichten.«

»Hast du denn eine?«

»Noch nicht. Aber kann mir der Alte eine verweigern, nachdem wir uns so verdient gemacht haben? So etwas braucht nun mal seine Zeit. Du bist ja auch noch nicht Bischof ...«

Nein, ich bin noch nicht Bischof – und werde auch nie einer sein. Ich bleibe ein einfacher Kärrner im Dienste höherer Mächte, das muss mir genügen.

Und nun Gott mit dir, mein lieber Vetter Volbertus! Möge dieser Bericht dich und deine Brüder ein wenig aufklären über die Zustände in der Welt und euch an den langen Winterabenden in euerm einsamen Bergkloster unterhalten. Falls ich wieder mal etwas Mitteilenswertes erlebe, hört ihr von mir. Lebt wohl!

Glossar

beneficium
Wohltat, Verdienst;
aufgrund erwiesener Dienste
übertragenes Gut oder Recht

camerarius
Kämmerer, Schatzmeister

Capitulare missorum generale
Eine 802 erlassene
Sammlung von Verordnungen
über Aufgaben der Boten des Kaisers

Capitulare Saxonicum
Ein Kapitular (Sammlung von
Rechtsverordnungen) für Sachsen

Diutisk
Deutsch (ahd. »zum Volke gehörig«)

Hammaburg
Hamburg

Ite, missa est
Abschlussformel der katholischen
Messe, (eigtl. ite, missa est concio –
Geht, entlassen ist die Versammlung

Lex Saxonum
Gesetz der Sachsen
(germanisches Stammesrecht,
von Karl dem Großen erlassen)

lingua amatoria
Sprache der Liebe

mandatum
Mandat, Auftrag

missi dominici	Boten des Herrschers, Königsboten bzw. Boten des Kaisers
Munt	Vormundschaft (ahd. Schirm, Schutz, Gewalt); bei der Verheiratung einer Tochter ging die Munt vom Vater auf den Ehemann über
per verbum nostrum, *ex nostri nominis auctoritate*	Auf Unser Geheiß, mit dem Gewicht Unseres Namens
Wergeld	Bußgeld, vom Täter für sein Vergehen zu zahlen

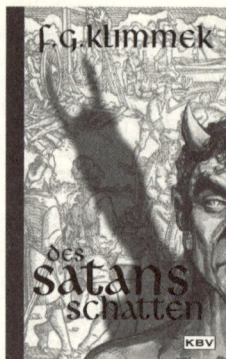

F.G. Klimmek
DES SATANS SCHATTEN
Taschenbuch, 285 Seiten
ISBN 978-3-937001-61-6
9,50 EURO

Lange hat es Frederik von dem Kerkhof, den professionellen Mörder und ehemaligen Spion im Dienste des Fürstbischofs von Münster, nicht in seinem holländischen Exil gehalten. Es gilt, in Crange eine wichtige Dankesschuld abzutragen. Dies wiederum zwingt ihn, einen Mord aufzuklären, der nach menschlichem Ermessen nicht von einem Sterblichen begangen worden sein kann. Damit betritt von dem Kerkhof erneut ein mittelalterliches Szenario aus Tod, Intrige und Verrat von ungeahnter Dimension; denn der Ermordete war damit befasst gewesen, dem spurlosen Verschwinden ganzer Familien und Gruppen von Reisenden nachzuspüren. Um welche Art von Dämon muss es sich handeln, der solch eine Vielzahl von Menschen einfach ins Nichts überwechseln lassen kann?
Befürchtet Frederik anfangs noch, es mit dem Satan höchstpersönlich aufnehmen zu müssen, wäre er am Ende gar froh, nicht auf einen schwereren Gegner als ihn zu treffen. Zwar ist sein Widersacher höchst irdischer Natur, doch das macht alles noch schlimmer.

»Es ist ein Riesenspaß, wie er genau das Lokalkolorit und die historischen Fakten nachzeichnet.« (Westfälischer Anzeiger)

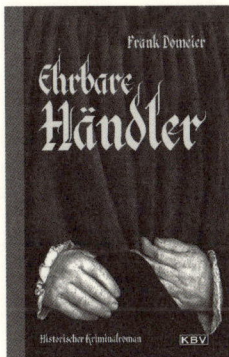

Frank Domeier
Ehrbare Händler
Taschenbuch, 311 Seiten
ISBN 978-3-940077-31-8
9,90 EURO

Der geachtete Händler Bode wird erhängt aufgefunden. Aber war es wirklich Selbstmord?

Die Familie und die Gilde der Mindener Händler widersprechen mit aller Vehemenz. Solch einen schändlichen und unehrenhaften Tod können und wollen sie nicht akzeptieren.

Andere sprechen von hinterhältigem Mord. Die Rede ist von Vergeltung wegen geplatzter Geschäfte und von enttäuschten Kaufleuten in den großen Hansestädten.

Und immer wieder taucht die Frage auf, wie viel das Geschäft des toten Händlers nun tatsächlich wert ist. Sind die Schulden wahrhaftig so hoch, wie einige behaupten?

Hinter der Fassade der ehrbaren Händler wird allmählich ein Gespinst aus Neid, Habsucht und Lügen erkennbar.

Um das Rätsel zu lösen, werden auf Empfehlung des Mindener Bischofs Otto die Nonne Agnes aus dem Kloster Möllenbeck und Ludolf, der Sohn des Stiftsverwalters, gerufen. Schon einmal haben die beiden auf unkonventionelle Weise einen Kriminalfall gelöst. Wird es ihnen ein zweites Mal gelingen?

»Die charmant erzählte Geschichte zeigt eine Welt voller Geheimnisse, aber auch skurrile Persönlichkeiten.«
(Heidelberg aktuell)